엔도르핀
프로젝트

엔도르핀
프로젝트

박범신 소설

문학동네

차례

–

엔도르핀 프로젝트

첫번째 죽음

　오늘로 꼭 단식 열흘째다. 매일 아침 일어날 때마다 달력에 표시를 해두었으니까 틀림없을 것이다. 애린은 오지 않는다. 이제 그만 올 테야. 여기가 싫어. 애린의 목소리가 들리는 것 같다.

　사층짜리 상가 주택의 옥탑방이다.

　조립식 패널로 지은데다가 너른 옥상의 콘크리트 바닥이 뿜어내는 복사열을 고스란히 받고 있으니 한낮에는 가히 사우나탕에 앉아 있는 기분이다. 여름이 지나가는 중인데도 폭염은 계속되고 있다. 그는 벽을 짚고 간신히 일어나 수돗물을 두 모금 마신다. 물맛은 밍밍하다. 어제까진 하루 세 모금씩 세 번 물을 마셨으나 오늘부터 두 모금씩, 물을 두 번만 마시고 있다. 해가 기우는 중이다. 시장통에 편입된 건물 일부와 그보다 더 높은 언덕배기의 허름한 집들이 보인다. 다세대주택들이 꼭대기까지 꽉 찬 언덕이다. 언덕 꼭대기엔 교회가 있다. 유난히 드높은 교회 첨탑 꼭대기에 불투명한 놀이 내려앉는 걸 그는 잠깐 내다본다. 십자가는 흐릿하고 침침하다.

특별한 목적이 있어 단식을 시작한 건 아니다.

처음엔 너무 더워서 뭘 준비해 먹는 일이 귀찮았고, 다음엔 설사와 변비를 시도 때도 없이 해온 참이라 이번 기회에 내장을 좀 쉬게 하는 게 좋다고 생각했고, 마지막엔 이상할 만큼 마음이 편안하고 맑아진 느낌이어서 그 상태를 그냥 유지하는 게 좋았던 것뿐이다. 단식을 계속하니 무엇보다 두통이 사라져 행복하다. 설사와 변비는 물론이고, 특별히 덥다거나 시끄럽다는 느낌도 없다. 머릿속에 섬유질이 꽉 낀 것 같았던 두통이 사라지면서 갑자기 소음까지 멀어져 아주 고요한 느낌이 드는 과정은 정말 특별한 경험이다. 시끌벅적한 시장통 네거리가 코앞인데다가 등뒤에선 한 시간에 몇 번씩 국철이 지나가는 난장 아닌가.

그런데 단식 이후엔 그 모든 소음이 잘 들리지 않는다.

어느덧 열흘째니, 한 달을 충분히 채울 수 있을 것 같다. 주인이 두 번이나 올라와 문을 두드렸지만 그가 꼼짝도 안 하고 있으니까 부재중으로 알고 그냥 내려간 바 있다. 하기야 열흘 동안 그가 오가는 걸 본 적이 없었을 테니 어떻게 잠긴 문 너머에 사람이 있다고 믿겠는가. 밤에도 그는 물론 불을 켜지 않는다. 옥탑방은 사방에서 비쳐드는 불빛만으로도 기초적인 일상생활을 할 만큼 밝을 뿐 아니라, 일상생활조차 멈춘 상태니까 불을 켤 이유가 없다. 대변은 물론이고 소변이 끊어진 것도 며칠 된 것 같다. 집주인은 철문 밑으로 쪽지 하나를 쓱 밀어넣고 물러난다. '벌써 다섯 달이나 집세가 밀렸어요.' 쪽지엔 그렇게 쓰여 있다. '방을 복덕방에 내놓겠다'는 말과 '집세로 살아가는 사람이니 너무 고깝게 생각하지 마라'라는 말을 친절히 덧붙여놓은 걸 보면, 그리 매정한 주인은 아니다.

등뒤에서 기차가 지나간다.

조립식 옥탑방의 벽에서 불과 삼십여 미터 떨어진 곳을 지나가는 기차니까, 당연히 옥탑방 전체가 기차의 파장으로 떨릴 수밖에 없다. 그러나 예전에 느끼던 거친 떨림이 아니다. 기차 소리도 멀고 떨림의 파장도 공손하다. 기차 소리에 의해 그의 몸을 요람처럼 싸고 있는 그 어떤, 편안하고 고요한 외피가 전혀 훼손되지 않았다는 말이다. 단식이 거둔 효과는 그래서 하루가 다르게 더 경이롭다.

수건을 물에 적셔 몸을 섬세히 닦는다.

마음을 더욱 정갈히 하는 게 우선 필요하다. 우연히 시작한 일이다. 처음엔 심심해서, 그다음엔 견디는 시간이 늘어나는 게 재미있었을 뿐이다. 스스로 숨쉬기를 멈추고 견디는 일이다. 애초엔 삼십 초 동안 숨을 막고 있기도 어려웠으나, 몇 차례 반복하고 나자, 이제는 사십 초, 오십 초를 돌파, 일 분을 넘기는 것이 자유롭다. 아니 일 분 정도가 아니다. 무려 일 분 사십 초까지 숨을 참고 있는 데 성공한 것이 바로 어제이다.

오늘 목표는 숨 안 쉬기, 이 분이다.

경이로운 것은 호흡을 멈춘 상태에서 시간을 끌다보면 몸안에서 정체 모를 향기가 증폭되는 것 같은 느낌, 혹은 어떤 기분좋은 상태에 도달하게 된다는 사실이다. 영혼이 그 자신의 몸에서부터 분리되는 듯한 느낌도 든 적이 있다. 일반적으로 죽음 직전엔 충만감이나 황홀감을 느끼는 경우가 많다는 걸 어느 책에서 읽은 기억이 떠오른다. 죽은 자들의 대부분은, 사고사든 자연사든 상관없이, 일반적으로 편안하고 행복한, 심지어 황홀한 표정으로 생을 마감한다는 것이다. 평생 한 번도 충만한 삶을 살았던 시기가 없었으며 임종에 이르는 과정 또한 고통스러웠던 어머니가 정작 돌아가신 직후에 보여주었던 안락하고 충만한 그 표정은 절대 잊을 수가 없다. 살아생전 어머니의 인생 역정을 생각하면 그처럼 아름답고 편안해 보이는 주검을 어떻게 이해할 수 있겠는가.

그는 가부좌를 튼 채 벽에 기대앉는다.

마음을 정갈하게 하려고 한동안 눈을 감는다. 이제 시작할 시간이다. 죽고 싶다거나 한 것은 아니다. 죽고 싶은 마음은 전혀 없다. 원하는 건 좋은 향기다. 숨을 참고 있을수록 향기가 온몸을 적셔오는 그 느낌은 정말 좋다. 대숲에 둘러싸인 여름의 고향 집에서 맡았던 냄새와 유사하지만 꼭 그 냄새인지는 분명하지 않다. 뭐랄까, 눈앞이 더 투명해지고 가슴속과 내장을 비롯한 온갖 기관들이 더 환해지는 느낌이 드는 냄새다.

그는 눈을 지그시 감고 숨을 훕, 멈춘다.

삼십 초, 사십 초가 금방 지나간다. 예전 같으면 어림도 없는 시간인데 숨을 참고 사십 초가 지났는데도 전혀 불편함이 없다. 향긋한 냄새가 나기 시작한다. 눈을 뜨고 열심히 가고 있는 시계의 초침을 본다. 시곗바늘은 오십 초를 통과, 일 분대를 향해 가고 있다. 정체 모를 향기가 증폭된다.

가슴이 설레는 기분이다.

물론 단식을 오래 계속해온 그의 뇌와 폐는 급속하게 역동성
이 떨어지고 있다. 평소보다 훨씬 적은 산소에 의해 신진대사가
이루어지고 있다는 뜻이다. 숨을 멈춘 상태로 시간을 급속히 연
장하는 게 가능한 이유도 어쩌면 단식에 있을지도 모른다고 그
는 생각한다. 체력이 떨어지면 떨어질수록 산소의 필요량은 준
다. 일 분을 넘겼는데도 고통스럽지는 않으니 견디고 말고 할 것
도 없다. 어젯밤엔 어떤 황홀감까지 맛보지 않았던가. 한계에 이
르면 정말로 뇌 속에서 엔도르핀이 한꺼번에 쏟아져나오는지도
모른다.

　"엔도르핀 프로그램……"

　그는 가부좌를 튼 채 중얼거린다.

　근사한 작명이다. 욕망의 난폭한 폭발을 유도하고 있는 저 바
깥세상의 포식자들은 결코 맛볼 수 없는 프로그램이 아닌가. 창
너머로 붉은 교회 십자가가 얼핏 보인다. 언제나 그렇듯이 십자
가에서 하느님의 말씀은 들리지 않는다. 그 대신 애린의 얼굴이
툭 하고 떠오른다. "더워 미치겠어." 그애가 말하고 있다. "여기
이러고 누워 있으면…… 비참해져." 지난주 토요일엔 오지 않
았으니 벌써 이 주일 전의 일이다. 주말마다 이곳에 왔다가 일요
일 오후 제 엄마한테 돌아가는 일은 그애와 나 사이의 오래된 관
행이다. 그의 일주일은 토요일에 찾아올 그애를 맞이하기 위해

보내는 것과 다름없다. 음식을 만들고, 청소를 하고, 그리고 서쪽으로 많이 기울어진 햇빛을 좇아 옥상 난간까지 걸어가면, 시장통 너머의 큰 사거리 한편의 낡은 상가 건물 그늘 속을 그애가 걸어온다. 큰 사거리에서 그가 살고 있는 상가 건물까진 야트막하게 내려앉은 비탈길이다. 마치 미끄러져 내려오는 것처럼 그애의 걸음새는 리드미컬하다. "애린이야." 그는 중얼거리곤 한다. 작은 연인이 가슴속으로 미끄러져 들어오는 것 같아 때로 가슴이 두근거리기도 한다.

그러나 그애는 더이상 이곳에 오지 않을 것이다.

숨을 멈추고 일 분이 가볍게 넘어간다. 그는 눈을 감는다. 눈을 감으니 애린의 환영이 보다 더 또렷이 보이는 듯하다. 흰 머리띠를 매고 있다. 비탈길을 다 내려와 옥탑방이 있는 상가 건물 현관으로 빨려들면 탁, 탁, 탁 발소리가 난다. 그는 다가오는 그애의 발소리를 환청으로 듣는다. 숨을 여전히 쉬지 않고 있지만 아직까진 전혀 불편함이 없다. 이제 옥상으로 그애가 모습을 드러낼 순서이다.

시곗바늘은 어느덧 일 분 삼십 초를 지나고 있다.

불현듯 감은 눈 속에 먹물 같은 어두운 그늘이 스며든다. 애린의 환영이 먹물에 가려 흐릿해진다. "아빠" 하고 그애가 부른 것 같지만 아무 소리도 들리지 않는다. 그애는 절대 오지 않을 것이므로. 바람이 혹시 부는가? 시야에 먹물이 빠르게 번지는 중이다.

곧 이 분이야.

그는 속으로 중얼거린다. 가슴이 약간 답답해지지만 아직 고통스러울 정도는 아니다. 답답한 느낌이 가슴에서부터 쇄골로, 목울대로, 턱으로 올라오더니 머릿속으로 번진다. 물이 차오르는 것처럼 거침이 없다. 아래쪽에서 정수리까지 빠르게 탈색돼오는 느낌이다. 더이상 애린의 환영이 보이지 않는다. 눈앞이 흐릿해진다. 숨을 참고 있는지 어쩌는지도 모르겠다. 그는 그러나 여전히 숨을 멈추고 앉아 있다. 시계조차 보이지 않는다. 답답한 느낌이 쓰윽 사라지는 대신 이번엔 눈앞에 먹물이 시시각각 짙어지고 있다. 머릿속은 하얀데 시야는 캄캄하다. 몸이 한순간 둥 하고 떠오르는 것 같다. 어디로 가려는 것일까. 무엇인가 그의 몸을 태워서 끌고 가는 느낌이다. 조금 어지럽다. 몸이 캄캄한 터널 속으로 휘리릭, 빠르고 난폭하게 끌려들어간다. 무의식적으로 그는 허공을 움켜쥔다. 이 정도의 빠르기라면 아마도 곧 빛의 속도를 능가할 것이다.

어둠. 어둠의 구멍.

놀랄 만한 가속성이 그를 사로잡고 있다.

그러나 터널의 끝이 보이는 듯하다. 광속으로 흐르는 전방의 어디에 곧 빛의 틈이 나타난다. 틈은 넓어지고, 가속적 흐름에 따라 어둠의 입자들이 빠르게 흩어져 날린다. 거센 바람에 어둠이 낱낱이 분해돼 뒤로, 뒤로 날려가 흐트러져버리는 듯하다. 그리고 한순간 시야가 환해진다. 속도감도 사라지면서 몸은 부드러운 활강 상태가 된다. 눈앞이 희부옇다. 그는 눈을 깜박거리고 앞을 본다. 누가 흰 벽에 등을 기댄 채 가부좌를 틀고 앉아 있는 게 보인다. 빛의 속도로 어둠의 구멍 속을 흘러온 다음으로 보는 첫번째 풍경이다.

누굴까?

가부좌를 틀고 앉은 중년 남자를 그는 본다. 아래쪽으로 비스듬히 보이는 모습이다. 놀랍게도 자신의 모습이 붕, 허공에 떠 있다는 사실을 그는 그제야 알아차린다. 내려다보이는 중년 남자는 눈을 반쯤 감고 있다. 희끗희끗한 머리, 창백한 얼굴빛, 잔주름 많은 홀쭉한 볼…… 그는 순간 흠칫, 몸을 떤다. 가부좌를 틀고 앉아 있는 남자가 자신에게서 분리된 또다른 자신이라는 걸 명백히 깨달았기 때문이다. 허공에 떠 있으면서 방바닥에 앉아 있는 자신을 이렇게 또렷이 보다니, 놀랍고 신기하다.

밑에 앉아 있는 남자는 눈을 감고 있다.

살아 있다는 생각은 들지 않는다. 천년 전부터 그 자세 그대로, 거기 앉아 있었던 것 같다. 그러나 주검이 아닌 건 확실하다. 눈을 뜨면 금방이라도 허공에 떠 있는 다른 자신을 향해 빙그레 웃어줄 것 같은 표정이다. 홀쭉한 볼과 뾰족한 턱선의 그림자가 깡마른 어깨에 내려와 있다. 온화하면서도 어딘지 모르게 조금 슬픈 느낌이다.

그때, 갑자기 콧구멍 속이 환해진다.

다시 향기다. 부드러운 바람이 불어오고 있는 모양이다. 향기에 싸인 그의 몸이 바람에 실려 가볍게 흐르기 시작한다. 가부좌를 튼 지상의 남자가 점점 멀어지고 있다. '안녕히'라고 말하고 싶은데, 지상의 그는 끝끝내 허공으로 흐르는 그를 바라보지 않는다. 그는 천장에 닿을 듯 떠올라 창문을 슬쩍 넘어 나온다. 곧 시장통 상공이다. 시장통 위를 그는 흐른다. 애드벌룬을 탄 것 같다. 자신의 옥탑방이 멀어진다. 시장통을 오가는 사람들의 정수리와 잡다하게 놓인 물건들과 간판의 비좁은 모서리를 그는 내려다본다. 노란 티셔츠를 입은 한 소녀가 그 사이를 걷고 있다. 애린이다. 애린이라고 그는 생각한다. 애린이가 오다니. 애린은 사거리 한편의 아이스크림 가게로 들어가는 중이다. 그는 손을 흔들어보지만 애린 역시 허공으로 흐르는 그를 돌아다보지는 않는다.

이번엔 불현듯 꽃밭이다.

애린은 더이상 보이지 않는다. 꽃향기는 아주 감미롭고 따뜻하다. 그의 입이 저절로 벌어진다. 꽃밭은 산지사방, 끝 간 데 없이 번져나가 타원형으로 가라앉고 있는 지평선에서 마무리되고 있다. 아름답고 황홀하다. 그는 천천히 흐르면서 꽃의 바다를 가만히 내려다본다. 꽃의 광채와 향기가 온몸의 세포들을 깨워 일으키는 느낌이다. 깨어난 세포들은 세수한 어린애들처럼 해맑다. 그의 눈엔 수천만, 그의 몸을 구성하고 있는 세포들의 얼굴까지 환히 보인다. 부식되지도 늙지도 않을 세포의 얼굴들인데, 그 얼굴들은 이내 꽃의 얼굴로 환원된다. 온갖 꽃들이 섞여 있다. 키가 큰 놈과 키가 작은 놈, 얼굴이 넓은 놈과 얼굴이 좁은 놈, 화려한 놈과 수수한 놈, 그리고 빨·주·노·초·파·남·보가 한데 어우러져 부드럽고 힘찬 파동을 만드는 중이다. 흐르면서 보는 꽃바다는 흐르면서 보는 수천수만의 무지개나 다름없다. 그는 황홀해서 벌린 입을 다물지 못한다.

그리고 잠시 후 이번엔 난데없이 물소리가 들린다.

강이 흐르고 있다. 강물은 놀랄 만큼 투명하다. 흐름은 경박하지 않고 물빛은 푸르스름한 흰빛이다. 강바닥에 가라앉아 반짝거리는 수많은 자갈도 보인다. 눈부시지 않지만 환한 자갈이다. 어떤 자갈은 옥 같고 어떤 자갈은 다이아몬드 같고 또 어떤 자갈은 유리구슬을 닮았다. 꽃의 바다를 지나와 마침내 보석의 바다에 도달한 게 확실하다. 그는 강물에 손을 넣으려다가 그만둔다. 너무 물이 맑아서 손을 넣으면 손이 물에 섞여 풀어질 것 같다.

누가 강 건너편에 서서 그를 바라보고 있다. 어머니? 어머니라고 생각했는데 할머니다. 아니, 할머니라고 생각하자마자 할머니가 아니라 또 어머니가 된다. 그는 고개를 흔들고 다시 본다. 아버지도 있고, 할아버지도 있다. 할아버지는 헬멧을 쓴데다가 헤드랜턴을 두르고 있어 좀 우습다. 영락없이 광부 차림이다. 모두 무표정하다. 어머니가 여전히 무표정한 얼굴로 엉거주춤, 손을 들었다 놓는다. 장애가 있는 듯한 손짓이다. 어서 강을 건너오라는 것인지, 그만 되돌아가라는 것인지 알 수 없다. 강은 깊지 않으면서 깊다.

그는 이윽고 가만히 강 이쪽 편에 내려앉는다.

활강이 그랬던 것처럼 착지 또한 부드럽다. 어머니와 아버지와 할아버지는 강 건너편에 있다. 그는 바지가 물에 젖을까봐 선뜻 강물로 뛰어들지도 못하고 시선을 모아 강 건너편을 바라본다. 아주 거대한, 흰 대리석으로 축조된 신전 같은 건물의 실루엣이 어머니의 등뒤로 보인다. 대나무 숲에 둘러싸인 신전이다. 어머니가 다시 한번 손짓을 한다. 오라는 것인지, 오지 말라는 것인지 여전히 알 수가 없다. 그는 강을 건너려고 바지를 걷어올린다. 대숲이 원만하고 섹시하게 일렁이고 있다. 그는 조심스럽게 첫발을 강으로 내딛는다. 차갑지 않은 강물이다. 발을 내딛는 자리마다 물살이 부서져 하얗게 포말을 피워올린다. 흰 꽃이 피었다가 곧 지는 과정을 슬로비디오로 보는 듯하다. 고요하면서도 환한 광경이다.

강은 깊지 않다.

기분이 급격히 좋아진다.

이대로 가면 금방 강을 건너 어머니, 아버지 앞에 큰절을 올릴 수 있을 것 같다. 한 번도 뵌 적이 없는 할아버지에게도. 할아버지, 아주 맑고 아름다운 강이에요. 헬멧과 헤드랜턴은 좀 우습잖아요? 얼른 강을 건너 할아버지께 말하고 싶다. 발이 한순간 쑥 빠진다. 끝까지 무릎 아래로 강이 흘러가리라고 생각한 것은 착각이었던 게 확실하다. 간신히 몸의 중심을 잡고 서니 이미 허리까지 물이 찬다. 그는 난감해져서 강 건너를 본다. 어머니가 손을 내젓고 있다. 오지 마. 강물이 깊어. 어머니는 그렇게 말하는 것일까. 혹시 다리가 있을까 하고 강의 하류 쪽을 바라본다. 그쪽으로 해가 지고 있다. 희고 붉은 빛이 가득차서 강의 소실점은 보이지 않는다. 늘 보았던 놀빛이 아니라 어떤 서기로 가득찬, 신묘한 놀빛이다. 음악 소리도 들린다. 우주적 리듬이다.

이제 강의 중심부에 가깝다.

누가 연주하는 음악 소리인지는 알 수 없으나 장엄하고 환한 리듬이 계속 그를 따라오고 있다. 그는 음악 소리에 홀린 듯 한 발을 더 앞으로 내민다. 쑤욱, 몸이 강 밑으로 내려앉는다. 놀라지는 않는다. 음악 소리가 몸을 강물 위로 둥실둥실 떠울 수 있을 것 같다. 그런데 음악 소리가 아닌 다른 무엇이 비틀, 하고 쓰러지는 그를 잡는다. 보이지 않는 손이다. 보이지 않는 커다란 손이 쓰러지는 자신의 몸을 안아서 잡고 있다. 아빠……라는 소리가 났으나, 처음에 그는 그 소리의 의미를 알아차리지 못한다. 그것은 그냥 의미 없는 어떤 소리에 불과하다고 그는 생각한다. 강과, 강 건너에 있는 어머니, 아버지, 할아버지와, 장엄한 흰 대리석 건물과, 일렁이는 대숲의 푸른 그림자가 갑자기 흐릿해진다. 안 돼요. 그는 사라지는 것들이 안타까워 손을 내밀려고 애쓴다. 불현듯 썰물처럼 빛이 사라지는 느낌이다.

"……아빠!"

좀 전의 그것보다 훨씬 가깝고 큰 목소리다. 이번엔 소리의 주인을 알아차린다. 애린의 목소리가 틀림없다. 빠르게 빛이 빠져나간 눈앞의 화면은 어느새 흐릿한 무채색으로 뒤바뀌어 있다. 머리가 쪼개지는 것처럼 아프다. 그는 아, 하고 비명을 지르듯이 입을 벌린다. 숨구멍이 막힌 것일까. 통증이 머리에서 가슴으로 재빨리 전이된다. 그리고 한순간, 일시에 터널을 빠져나가는 것처럼, 막혔던 목젖이 확 열린다. 그는 심하게 기침을 쏟아놓으면서 번쩍 눈을 뜬다. 폭력적인 어떤 기운이 목울대를 폭풍같이 돌파해 휩쓸어가는 중이다.

"아빠!"

애린이 울부짖으며 팔에 안은 그의 몸을 흔든다. 시계가 눈앞에 있다. 그는 비로소 자신이 숨을 멈추고 있었다는 사실을 인식한다. 오, 이 분 삼십 초, 라고 말하고 싶지만 말은 목젖을 넘어오지 않는다. 이 분을 넘기다니, 기대 이상이다.

누에

권고사직을 당한 건 삼 년 전이다.

티베트에선 몸을 '뤼'라고 부른다. '뤼'는 껍데기라는 뜻이다. 영원히 죽지 않는 영혼이 잠시 쉬어가는, 혹은 둘러쓰고 있던 거적이 몸이라는 것이다. 서구에선 나비가 혼의 상징이다. 나비는 여러 번 허물을 벗는다. 나비를 가리키는 '프시케'는 본래 각성이라는 뜻을 내포하고 있다. 몸이란 각성을 앞둔 나비가 잠시 의탁하고 있는 누에고치나 다름없다. 나비가 각성을 통해 화려하고 자유롭게 날아가고 남은 누에고치는 무기물에 불과하다. 진정한 각성에 따른 '나비의 비상'은 불멸이고 불사이며 영원하다.

물론 그는 그런 것들에 대해 그동안 잘 몰랐다.

대학에서 잠시 철학을 전공한 적이 있기는 했다. 2학년 때까지였다. 특별히 철학적 지향이 있어서가 아니라 고등학교 때 담임의 영향과 추천을 받아서 들어간 대학이었다. 국어 교사였던 담임 선생은 별명이 '실존주의'였을 정도로 수업중에 실존주의에 대해 많은 말을 했다. 키르케고르, 야스퍼스, 하이데거, 사르트르, 카뮈 같은 이름을 알게 해준 것도 바로 그분이었다. '존재는 본질에 선행한다'는 실존주의 명제는 모든 학생이 외우고 있을 정도였다. 아버지가 꼭 입학하길 원했던 K대학에 들어가려면 내 성적으로는 철학과밖에 없다고 담임은 말했다.

그러나 철학과는 적성에 맞지 않았다.

누이동생이 셋이나 딸린 장남으로서 철학과를 그대로 졸업했다간 취직자리도 얻지 못할 형편이었다. 적성에도 맞지 않고 장래성도 없는 그것을 붙잡고 인생을 낭비할 수 없었다. 그는 2학년을 마치는 둥 마는 둥 경제과 1학년으로 전과했다. 그사이 전과 준비를 하느라 전공과목을 제대로 듣지도 못했다. 그는 경제과를 착실히 다녔고 졸업 후엔 회사에 취직, 주로 총무과나 회계과에서 일해왔다. 가난뱅이 집안에서 여동생 셋이 모두 전문대학일망정 학교에 다닐 수 있었던 것은 그가 주어진 환경에 따라 착실히 장남 노릇을 해냈기 때문이었다.

그는 말수가 적었고 고지식했다.

성실하고 열심히 일했으나 그가 살았던 시대는 그것만으로 성공할 수는 없었다. 입사 동기들이 부장이 됐을 때 그는 과장이었고, 이사가 됐을 때 그는 부장이었다. 그래도 크게 불만스럽지는 않았다. 불만스럽기는커녕 어려운 시대에 일터를 주고 꼬박꼬박 월급을 주는 회사가 고맙다고 그는 생각했다. 그 혹독한 아이엠에프 위기 때도 쫓겨나지 않고 '월급'을 지켰으니 얼마나 은혜로운가.

　권고사직을 당한 건 삼 년 전이었다.

　명예퇴직이라니, 듣기에도 좋았다. 동기생 이사 밑에서 부장을 하고 있을 때였다. 사람들은 친구이자 입사 동기생이 어떻게 내몰 수 있느냐고 쑤군댔지만 그는 원망스럽지 않았다. 동기생은 어느 모로 봐도 그보다 훨씬 유능했고 회사에 공적도 많았으니까. 마흔여섯 살로서, 늦게 둔 외동딸 애린이 초등학교 5학년 때의 일이었다.

　그러나 막상 나오고 보니 길이 없었다.

　퇴직금을 노리고 달려드는 사기꾼이 많다는 말에 겁이 나기도 했다. 평생 한 직장에서 해온 일이 돈을 다루는 회계 업무였다. 그는 퇴직금을 조금씩 주식에 투자했고, 조금씩 실패했다. 작은 실패들이 모여 돌이킬 수 없다고 깨달은 건 큰 실패가 이미 확인된 후의 일이었다. 그러니 티베트나 프시케를 그가 어찌 생각이

나 할 틈이 있었겠는가.

경험이란 놀랍다.

'엔도르핀 프로그램'에 의한 죽음의 경험은 그를 강력하게 변화시킨다. "아빠……"라고 소리치며 어린 애린이 그를 끌어안고 흔들 때, 그는 분명히 자신이 죽어 있었다고 생각한다. 그가 경험한 것은 죽음 이후의 풍경이다. 그 점만은 애린도 부정하지 않는다.

"아빠 그때 숨을 안 쉬었어."

단호하게 주장하는 애린의 말이다.

매주 토요일 오후, 그에게 들러 밥도 해 먹고, 시장도 배회하고, 때로는 함께 영화도 보고, 그리고 일요일 오후 제 엄마에게 돌아가는 일은 애린이 하루이틀 해온 일이 아니다. 그가 이혼한 이후에 계속 반복해온 일이다. 그래서 애린은 두 주일이나 그에게 들르지 않은 것이 내내 마음으로 불편했던 모양이다. 단식을 시작한 게 애린이 오지 않은 토요일 저녁부터였다고 기억한다. 밥맛도 없었을 뿐 아니라, 준비해 먹는 것도 귀찮아 가만히 앉아 있다보니 결국은 단식으로 이어졌던 것이다.

단식 며칠 동안은 계속 머리가 아팠다.

긴 장마가 끝나고 갑자기 화창해진 듯 머릿속이 맑아진 것은 단식이 시작되고 일주일쯤 후였다. 설사와 변비를 반복해온 장기들도 편안해졌다. 그렇게, 아흐레 또는 열흘쯤 지났을까. 시발점은, 알 수 없는 향기였다. 단식을 시작하고 사나흘 후부턴 자신에게서 악취가 풍긴다고 생각했는데, 일주일, 그리고 열흘이 넘어가자, 악취는커녕 난데없이, 라일락 향기 같고 고향집 대숲의 향기 같기도 한 기분좋은 냄새가 맡아졌기 때문이었다. 어디서 나는지 모를 냄새였다. 그 향기를 붙들고 싶었다. 그게 이를테면 '엔도르핀 프로그램'이라 할 수 있었다. 애린이 그를 찾아온 것은 단식 열흘째, 그가 숨을 스스로 멈추고 막 이 분을 넘기고 있을 때였다. 문을 두드리고 소리쳐 불러도 안에서 대답이 없자, 애린은 제가 갖고 있던 열쇠로 문을 열고 들어왔던가보았다.

"아빠, 벽에 기대어 앉아 있었지."

애린은 말했다.

"주무시나 했는데, 금방 그게 아닌 것 같더라고. 문소리에도 그냥 눈을 감고 계시고. 이상해. 아빠가 숨을 안 쉬고 있다는 걸 나는 단번에 알아차렸거든. 숨소리가 들리나 하고 아빠 코랑 입에 내 귀도 대보았어. 분명히 숨을 안 쉬고 있었어. 죽은 것처럼 얼굴도 차고. 지금 생각해보면 맥박도 안 뛰었던 것 같아."

죽었다는 증거는 그것 이외에 또 있다.

노란 티셔츠와 아이스크림이다. 죽음에서 깨어났을 때 문 앞의 방바닥에 내동댕이쳐진 아이스크림이 반쯤 녹고 있는 것을 그는 보았다. 시장통 상공을 부유할 때 애린이 아이스크림 가게로 들어가는 걸 보았다는 사실이 그래서 생각났다.

"이 아이스크림은 어디서 샀어?"

"저기, 시장 앞 사거리 배스킨라빈스."

죽은 다음 그가 처음 본 것은 가부좌를 틀고 앉은 그 자신이었고, 멀어지는 자신의 옥탑방이었고, 그리고 시장통 광경이었다. 노란 티셔츠를 입고 아이스크림 가게로 들어가는 애린의 뒷모습을 본 게 확실했다. 방의 창으로는 보이지 않는 아이스크림 가게였다. 엄마가 노란 티셔츠를 사준 것은 사흘 전이었다고 했다. 이것을 어떻게 설명할 수 있겠는가.

더욱 놀라운 건 할아버지의 일이다.

그가 태어나기 오래전에 죽은 할아버지가 광부였다는 사실은 전혀 들은 적이 없다. 그런데도 그는 광부 차림의 할아버지를 허공으로 흐르면서 직접 보았다. 이해할 수 없는 일이었다. 구십 세의 연세에도 총기가 송곳 같은 고모할머니가 아직 살아 있었다. 할아버지가 혹시 광부 노릇을 한 적 있느냐고 전화로 묻자 "니가 그걸 어찌 아나. 맞다. 니 할아버지, 일제 때 징용으로 끌려가 훗카이도에서 삼 년여 광부로 있었어"라고 고모할머니는 말해주었다. 합리적으로는 설명할 길이 없는 일이 아닐 수 없었다.

그는 그날 이후 인터넷을 뒤지고 책도 본다.

그동안은 애린과 만나는 토요일을 기다리는 것이 유일한 즐거움이었지만 이젠 다르다. 실증적으로 육체와 분리될 수 있는 영혼이 존재한다는 걸 확인했기 때문이다. 그리고 여러 경로를 통해 자료들을 찾아본 결과, 영혼이 육체로부터 분리되는 죽음의 경험을 공유한 사람이 의외로 많다는 데 그는 놀란다. 이른바, 체외 이탈의 경험에 대한 보고가 아주 많다는 것이다. 죽음이란 끝이 아니라 또다른 시작인 모양이다. 그렇다면 살아 있다는 것은 영혼을 육체의 감옥에 가두고 있다는 뜻이 된다.

죽음이란 그럼 혼의 해방인가.

그렇다고 모든 게 확실한 것은 아니다. 할아버지가 광부였다는 사실을 기억 못하고 있었을 뿐, 아버지가 옛날에 말해주었는지도 모른다. 잠재의식 속에 축적된 것이 혼절한 상태에서 이미지로 출현했을 수도 있다. 애린의 노란 티셔츠와 아이스크림 또한 우연한 상상에 불과한 게 아닐까? 어떤 상상이나 예감은 때로 놀랍게 들어맞는다. 그렇다고 그런 것들이 영혼과 육체의 분리라는 이원론적 논리의 증거가 될 수는 없다. 죽음이란 이제껏 믿어온 대로 몸이 썩어 땅으로 돌아가는 단순한 순환의 고리에 불과하다고 보는 게 옳을 것이다. 그러나 의문은 끝나지 않는다.

삶이 더이상 심심하거나 무위하지 않은 건 그 때문이다.

경험이란 이렇게 사람을 바꿔놓는다.

인도의 요가 수행자들 가운데 오직 자신의 의지로 숨을 오래 멈출 수 있는 사람들이 있다는 이야기를 그는 읽는다. 그는 많은 걸 찾아 읽고 기억하고 분석하려고 애쓴다. 어떤 책엔 그 자신처럼 단식을 통해 스스로 호흡을 멈춘 상태에서 체외 이탈을 경험한 일본인의 이야기가 실려 있다.

단식을 하면 인체의 기초 대사량이 극도로 떨어진다.

신진대사에 필요한 산소량도 마찬가지다. 보통 사람들이 눈치 채지 못할 만큼의 약한 호흡, 바꿔 말해 거의 자연 환기에 의해 폐가 생존을 유지할 수도 있다. 숨을 멈춘다는 것은 인위적으로 돌아가는 환풍기를 멈춘다는 뜻이 된다. 인위적으로 돌아가는 환풍기는 멈추었지만 콧구멍, 목구멍, 기관지 구멍을 통한 자연스러운 통풍에 의해 생명이 유지된다는 말인데, 그게 과연 가능한 일인가.

가령 칠십 세 고모리 히로시小森浩의 경우.

그는 꼼꼼히 그 보고를 기록해둔다.

일본 야마구치 현 우베 시에 사는 노인, 고모리 히로시는 일주일 정도 단식으로 자신의 호흡을 정지시킬 수 있었다고 고백하고 있다. 호흡을 정지하면 모든 장기들도 일시적으로 움직임을 멈춘다. 영혼이 몸으로부터 이탈하는 체외 이탈 현상을 만나는 것은 그다음이다. 체외 이탈이 일어난다고 생각되는 순간, 그는 일반적으로 '태양보다 몇 배의 밝은 흰빛'을 본다.

"그런 다음, 하늘로 올라갑니다."

그의 고백이다.

"천장도 지붕도 아무런 저항 없이 빠져 올라갑니다. 춘하추동이 일시에 나타나는 하계下界가 보입니다. 몸속, 그러니까 근육인지 뼈인지, 아니면 골수인지는 모르겠지만, 더 깊숙한 곳에서 넘쳐흘러나오는 뭐라고 표현하기 힘든 좋은 기분, 가만히 있지 못할 정도로 대단히 좋은 기분을 느낍니다."

고모리는 그 단계를 '체열體熱'이라 부른다.

'체열'의 단계는 말 그대로 고도의 육체적 쾌감, 이를테면 지속적 오르가슴 이상의 황홀감을 느끼는 단계로서 체외 이탈 후 첫번째 만나는 감정이다. 이 단계에선 사람의 목소리를 듣기도 하고 문자를 보기도 한다. 산만큼 덩치가 큰 신과 같은 인물을 볼 수도 있다.

그다음은 징澄의 단계다.

고모리 씨 스스로 붙인 이름이 '징'이다. 징의 단계는 '모든 것이 투명하고 깨끗한 세계'에 들어가는 단계다. '명징이라고밖에 할 수 없는, 오직 무無이고 오직 맑고 투명한 곳'에 들어간다고 고모리 씨는 쓰고 있다. 불법의 용어를 빌려 말하자면, 완전하게 청정한 물질로만 이루어진 색계色界에 해당된다고 할 수 있다.

마지막엔 결국 '부처'에 이른다.

자신의 몸에서 '빛이 넘쳐흘러 화살처럼 사방으로 날아가고 모든 소망이 성취된 듯한 느낌'을 갖게 되는 마지막 단계에서 고모리 씨는 '신도 부처도 친구 같은 느낌'이 되는 것을 경험한다. 스스로 모든 걸 깨달아 부처가 되는, 무색계無色界의 경지에 도달한다는 것이다.

고모리 씨의 체험기는 큰 위로를 준다.

자신이 숨을 멈추고 나서 경험한 것과 유사하다. 마치 책장을 넘기듯이 어떤 한 화면을 넘겼더니 전혀 새로운 인생이 나타난 것 같은 느낌을 그는 맛본다. 설사도 변비도 더이상 없다. 생명의 영역이란 책장이 겹쳐 있듯 여러 가지 영역이 겹친 중층 구조로 되어 있을 것 같다. 그 영역을 다 경험할 수 있다니, 상상만으로도 즐겁고 짜릿하다.

"너무나 단세포적 삶이었어."

자신의 생애를 돌아보고 그는 중얼거린다.

뒤돌아보면 아무런 지향도 없이 철학과에 입학했을 때, 자신은 인생의 다양한 페이지를 넘겨볼 수 있는 찬스를 부여받았던 것인데, 철학과를 박차고 나와 그 '찬스'를 잃었던 것이라는 결론에 그는 도달한다. 돌아보건대, 그가 산 세상은 회계 장부로 상징되는 숫자만으로 도안된 단순한 퍼즐 게임판 한 장에 지나지 않았다. 그는 시계추처럼 회사와 집을 왕복하고 습관으로 삼세끼를 먹었으며, 대차대조표와 재무제표와 지출명세서와 비품 목록을 세계의 전부인 듯 들여다보고 살았다. 때로는 아내와 외식도 하고 때론 어린 애린을 데리고 캠핑 휴가를 떠난 적도 있지만, 그것 역시 그 자신이 원했다기보다 단순한 퍼즐 게임판 한 장에 편입된 뻔한 스케줄에 불과했다. 결혼기념일보다 사장의 생일을 먼저 알았고, 애린의 생일보다 회사 창립기념일을 먼저 체크하는 식의 삶이었다. 사훈의 한 가지가 '창의'였으므로 창의적 사고를 하고, 창의적 업무 방법을 지향하고, 창의적 관계를 하려고 평생 애썼으나 그 모든 '창의'조차 다시 보니, 퍼즐 게임판에서의 부속품에 불과했다는 걸 인정하지 않을 수 없었다. 말하자면 그의 삶은 단 한 문장으로 요약될 수 있었다. 타인에 의해 설계된 너무도 단순하고 너무도 명백한 인생이었다.

"그렇지만 뭐, 괜찮아."

그는 옥상 바닥에 누워 중얼거린다.

기차가 지나가느라 옥상 바닥이 부르르 하고 한차례 몸서리친다. 그는 그것을 온몸으로 느끼면서 별 없는 밤하늘을 오래 바라본다. 이제 겨우, 마흔아홉이라고 그는 생각한다. 육체의 감옥으로부터 해방되는 길을 처음 만난 게 마흔아홉이라면 늦은 것은 아닐 터이다.

"더이상."

그는 뿌듯해서 소리내어 말해본다.

"……나는 고치 속의 누에가 아니야!"

꿈

"집에 안 갈 거야. 아빠랑 있을래."

갑자기 애린이 발작적으로 주저앉는다.

가을이 깊어지는 어느 일요일 오후의 일이다. 여느 때처럼 지난밤 왔다가 한낮엔 친구 만난다면서 몇 시간 외출했다 돌아와 가방을 챙기던 그애가 무슨 일인지 돌연 주저앉더니 무릎 사이로 아예 얼굴을 묻어버리고 만 것이다. 그는 그애의 어깨를 잡으려다가 멈칫한다. 어깨가 가파르게 떨리고 있다. 팔을 엉거주춤 뻗은 채 속수무책으로 그애의 울음 밑이 잦아들기를 기다린다. 여름에만 해도 여기가 싫어……라고, 말하던 그애가 아닌가.

"아빠 아무것도 몰라."

한참 만에 그애가 먼저 말문을 연다.

도박……이라는 말이 나온다. 놀랍다. 이제는 이혼해서 전 부인이 된 아내가 도박에 미쳤다는 말은 받아들일 수가 없다. 그가 직장에서 쫓겨나기 전까지 아내는 누구보다도 조신하고 평범한 전업주부였다. 넉넉하지 않은 살림이었지만 꼬박꼬박 가계부를 썼고, 계절 따라 커튼을 바꿔 달았으며, 상하기 쉬운 옷은 따로 손세탁을 했다. 애린의 도시락 한번 걸러본 적이 없는 여자였다. 그런 여자가 도박이라니.

"밤에 아예 안 들어올 때도 많아."

"음식점 끝나면 노래방에 나간다고 하지 않았니. 아빠가 실패해서, 그러니까 엄마로선 다 널 위해서……"

"첨엔 그랬어. 돈을 좀더 벌어야 한다고. 돈 아니었음 아빠와 헤어지지도 않았을 거라고. 근데 요즘엔 노래방 안 가. 식당도 옮겼어. 고스톱인지 뭔지, 식당에서 해. 문 닫고 나서. 지난주엔 어떤 남자들이 빚 받아야 한다고 왔었어. 아파트를 팔지도 몰라, 아빠. 부동산 아저씨도 다녀갔는걸."

"아파트를……"

가슴이 두근거리기 시작한다.

상황이 예상보다 심각하다는 생각이 비로소 뒷덜미를 친다.

아파트는 삼십팔 평형으로 비록 낡았지만 그가 평생을 바쳐서 산 유일한 재산이다. 따져보면 증권 투자에 실패해서 파산에 직면하게 되었을 때, 이혼을 하기로 한 것도 그 아파트 한 채를 지키기 위해서였다고 할 수 있다. 회계 업무를 오래 경험해서 그렇게나마 대비책을 세울 수 있었던 것이다.

그는 자리를 박차고 일어난다.

아파트는 아내의 것이 아니라 애린의 것이라고 해야 옳다. 아내는 그것을 팔아치울 권리가 없다. 화가 난다. 화가 치밀어오르는 것도 오랜만의 일이다.

"음식점은 열한시쯤 닫아."

애린이 그를 억지로 주저앉힌다.

그는 밤이 깊어지기를 기다린다. 마지못해 음식점 약도를 그려주고 애린은 몸을 오그린 채 잠이 든다. 간헐적으로 기차가 지나가고, 기차가 지날 때마다 옥탑방이 몸을 떤다. 잔뜩 오그린 애린은 커다란 태아 같다. 기차 때문에 그애가 잠을 깰까봐 조바심이 난다. 괜찮아. 그는 잠든 애린에게 속삭인다. 이마가 좀 튀어나와 눈자위가 그만큼 깊어 보인다. 속눈썹은 길고 콧날은 오뚝하고 얼굴빛은 형광등 불빛같이 파리하다. 꿈을 꾸는지 잔뜩 찡그린 볼에 주근깨가 송송 솟아나 있다. 너무도 앙증맞고 순해 보인다.

애린이 일러준 음식점은 아파트에서 그다지 멀지 않은 곳이다. 행여 그애가 깰세라 발뒤꿈치를 들고 옥탑방을 나온다. 온통 시멘트뿐인 옥상인데도 방을 나서자 풀벌레 소리가 들린다. 그는 교회 첨탑의 십자가를 바라보면서 심호흡을 한다.

애린이 태어난 건 이른 봄날이다.

봉천동 옛집으로 올라가는 시멘트 포장길과 산 쪽으로 쌓아올린 축대와 축대 위의 산벚꽃들이 떠오른다. 버스 정류장에서 내려 십오 분 이상 걸어야 하는 길이다. 낡은 산부인과 건물이 그래도 그 언덕배기에선 제일 크다. '튼튼산부인과'라는 간판이 아직도 또렷하다. 평소보다 한 시간쯤 일찍 퇴근해 비탈길을 걸어올라갈 때, 무더기무더기 떨어지던 산벚꽃들의 산화散花도 잊을 수 없다. 애처로우면서 사랑스러운 애린이라는 이름을 처음 떠올린 것도 생각하면 바로 그 꽃길이다.

그는 비교적 한적한 일방통행로를 걷는다.

아내가 일한다는 밥집은 일방통행로에서 다시 차가 들어갈 수 없는 골목으로 이십여 미터 안쪽 후미진 곳에 있다. 낡은 이층집 유리문에 수육, 도가니탕이라고 쓰여 있는 걸 그는 본다. 문을 두드리면 도가니를 끓이다 말고 아내가 앞치마를 두른 채 뛰어나올 것만 같다. 무릎뼈는 무릎에 좋고, 정강이뼈는 정강이에 좋고, 등뼈는 등뼈에 좋대요. 봉천봉 언덕배기, 산벚꽃이 내려다보이는 다세대주택 비좁은 옛집 주방에서 불과 스물 몇 살의 젊은 아내가 환한 목소리로 말하는 소리가 들린다.

그는 '도가니탕'에 가만히 귀를 대본다.

안에선 아무 소리도 나지 않는다. 멀리서 찻소리가 들리긴 하지만 비교적 고요하고 한적한 골목이다. 고향에 돌아온 듯한 느낌도 난다. 뭐가 잘못된 거야. 그는 속으로 중얼거린다. 아내는 지금쯤 아파트 문 앞을 서성거리며 애린을 기다리고 있을지 몰라. 그는 그러면서 유리문을 두들긴다. 처음엔 대답이 없다. 그러나 기척은 분명히 느껴진다. 그는 이번엔 좀더 크게 문 두들기는 소리를 낸다. 처음 문을 두들겼을 때 아무런 기척조차 느끼지 못했으면 차라리 좋았을 것이다. 보지 않는 것이 때로는 약이 될 수도 있을 테니까.

아내는 취했는지 눈에 핏발이 서 있다.

벌컥 열린 문 너머로 앉은뱅이 식탁들이 놓인 홀과, 홀로 연결된 방이 보인다. 누구냐고 묻는 여자를 밀치고 들어서다가 화투장을 하나 빼들고 있는 아내와 눈이 마주친다. 여보, 나야. 내가 왔어. 그는 말하려고 하지만 말이 목젖에 걸려 터져나오질 않는다. 한 사내가 담배를 비벼 끄면서 "아이, 씨팔" 한 것과 아내가 자리를 박차고 일어선 것은 거의 동시에 벌어진 일이다. 아내의 서슬에 쓰러진 맥주병들이 서로 부딪치며 소란스러운 소리를 낸다.

"뭐야, 당신!"

다짜고짜 내던지는 아내의 한마디.

그리고, 암전이다.

그는 암전이라고 말하고 그 대목에서 마침표를 찍고 싶다. 어떻게 그 모멸적 과정을 그가 진술할 수 있겠는가. 불과 몇 달 사이 그처럼 무너져버린 여자를 본다는 것은 누구에게든 감당하기 힘든 모멸일 터이다. 언성이 높아지기 전에 물러나오지 않은 것이 그의 불찰이다. 그는 충분히 물러나올 기회가 있었지만 핏발 선 눈, 검붉은 얼굴, 가슴께까지 드러난 옷차림, 방자한 손가락질 같은 것들 때문에, 그 모든 것이 너무 낯설어서 그만 기회를 놓치고 만다. 이제까지 보던 아내와는 너무도 다른 모습이다. 그는 아내의 달라진 모습에 충격을 받아 아무 말도 하지 못하고, 아내는 스스로 비등점에 오른다.

"왜, 남편 노릇 좀 하시겠다고?"

손가락질과 함께 그녀는 소리친다.

그의 감정이 비등점으로 가파르게 올라가기 시작한 순간이 바로 그 대목이다. 터무니없이, 그리고 갑작스럽게 콧날이 시큰해지는가 싶더니 그의 눈에서 그 순간 눈물이 주르륵 쏟아진다. 예상 밖의 일이다. 슬프다는 생각을 한 것도 아니다. 무너진 아내의 모습이 슬프게 보였는지도 모른다. 오래전 처음 만났을 때의 다소곳했던 아내 모습이 그를 향해 삿대질을 하며 소리치는 그녀의 현재 모습에 오버랩된 건 사실이다. 눈물샘의 안테나는 때로 인식의 과정보다 훨씬 예민하고 빠르게 작동되는 모양이다.

그의 눈물은 당연히 기폭제가 된다.

그녀가 달려와 그의 멱살을 잡은 건 삽시간의 일이다. 그녀는 취해 있다. "니가 뭔데 여기를 와!" 포악한 말들이 귀청을 찢는다. 아무도 말리지 않는다. 그는 멱살을 잡힌 채 그녀의 핏발 선, 미친 눈을 보지 않으려고 한사코 고개를 돌린다. 일찍이 상상조차 해보지 않았던 풍경이다. 막장 드라마를 보는 느낌이다. 어디에서 출발해 어디어디를 돌아 우리, 여기까지 왔는가.

"난…… 이렇게 살아…… 원래부터 이런 년이라고……"

그가 마지막으로 들은 건 그 말이다. 이런 년이라고, 다음은 모두 이명이다. 멱살을 잡고 흔들며 평생 참았던 말들을 한꺼번에 쏟아놓는 것처럼 그녀는 계속 소리치고 있었지만, 그에겐 그녀의 모든 말들이 조청처럼 엉겨붙어 이명으로 울린다.

"씨팔……"

그는 부르짖었던가.

만약 그가 씨팔, 했다면 그것은 분명히 그 자신의 눈물 때문이다. 그는 그렇게 생각한다. 눈물을 흘릴 대목도 아니다. 울 일이 아니라 차라리 아내처럼 화를 내면서 아내를 팽개쳤어야 옳은 일이다. 그런데 마치 눈물샘이라도 터진 것처럼 주르륵주르륵 눈물이 쏟아지니 환장할 일이 아닐 수 없다. 평생 벙어리였다가 입이 터진 것처럼 그녀는 막힌 말들을 미친듯이 쏟아붓는다. 병신 새끼, 라는 말도 듣고, 모두 당신 때문이야, 라는 말도 듣는다. 그럴수록 화가 나는 게 아니라 눈물이 흐른다.

어디선가 산벚꽃이 환영처럼 지고 있다.

그는 샘솟는 눈물 너머로 어른거리면서 흩날리는 봉천동 옛집으로 올라가는 언덕길의 산벚꽃들을 본다. 처음 만나는 날, 아내가 입고 나왔던 꽃무늬 블라우스 속의 꽃잎들도 흩날리고 있다. 취미가 뭐예요, 라고 그가 묻고 음악 감상요, 앳된 처녀 적 아내가 대답한다. 모차르트를 듣고 있으면 손가락 끝이 말랑말랑해져요. 그런 표현을 들은 건 처음이다. 그가 서른 살, 그녀는 스물셋을 막 맞이한 5월의 일이다. 기억들은 늙어도 흙이 되지 않는다. 그는 눈물범벅 속에서 꽃무늬 블라우스에 쏙 싸인 듯한 스물셋의 그녀를 보고 그녀의 목소리를 듣는다. 정말이에요. 모차르트를 들으면 손가락 끝이 진짜로 말랑말랑해진다니까요. 그는 환영을 따라 산벚꽃 잎 속으로 걸어들어간다. 다세대주택 이층 베란다에 나와 선 젊은 아내가 손을 흔들고 있는 게 보이는 듯하다. 꽃잎들은 떨어지기만 하는 게 아니다. 어떤 꽃잎들은 비상하고 또 어떤 꽃잎들은 활강한다. 슬프지 않다. 정말이다. 아니, 슬프기는커녕 눈물 너머로 새로운 생이 폭풍처럼 휘몰아쳐오는 느낌까지 든다. 이상하다. 아내가 멱살을 잡고 마구 흔들면서 거침없이 모든 것들을 쏟아내자, 화가 나기는커녕 오히려 이상한 희열이 솟는다. 그의 눈물은 그러므로 슬픔의 눈물이 아니다. 더 모멸적인 말로 나를 함부로 흔들어봐, 라고 말하고 싶다.

눈물을 따라 엔도르핀이라도 솟아나는 느낌이다.

그날 밤, 옥탑방으로 돌아와 잠든 후 그는 꿈을 꾼다. 그러나 정말 꿈이었을까? 꿈이었던 것도 같고 생시에 겪은 일인 것도 같다. 알 수 없는 일이다. 시간을 수평선으로 표시할 수 있다고 믿는 것은 오래된 문명의 관습에서 비롯된 것인지도 모른다. 삶을 어떻게 수평선 안에 다 정리해 가두겠는가. 삶은 주름처럼, 또는 책장처럼 여러 겹 포개져 있을 수도 있다.

가령.

그는 상상한다.

잠잘 때 사람들은 어디에 있을까.

어떤 사람은 죽은 것처럼 잔다. 그는 그럴 때 그의 육체 속에 정말 깃들어 있을까. 어쩌면 그는 그의 육체가 잠이 든 순간 육체의 감옥으로부터 슬며시 빠져나와 전혀 다른 시간 다른 공간에서, 전혀 다른 삶을 살는지도 모른다. 이를테면, 봉천동 36번지에 사는 김 아무개씨는 잠이 들면 곧바로 봉천동 집에 누운 자신의 육체를 빠져나와 삽시간에 태평양을 건너 뉴욕으로 갈 수도 있다. 브로드웨이 62번가, 호화로운 아파트 침실에서 스티븐 아무개씨로 둔갑한 그가 눈을 뜨면서 기지개를 켠다. "달링" 하고 옆에서 잠들어 있는 아름다운 백인 아내에게 그는 아침 키스를 한다. 그 순간에도 봉천동 36번지의 김 아무개씨는 배가 남산만하게 나온 고릴라처럼 생긴 마누라 다리에 제 다리를 얹고 죽은 것처럼 자고 있다. 봉천동 36번지의 김 아무개씨와 뉴욕 브로드웨이 62번가 스티븐 아무개씨는 같은 사람일 수도 있고 다른 사람일 수도 있다. 아무도 그걸 증명할 방법은 없다.

사차원의 세계에선 모든 게 가능하다.

시간에는 앞뒤가 있다는 것도 겨우 삼차원 세계에서의 논리일 뿐이다. 차원이 달라진 세상에서의 시간은 직선이 아닐 것이다. 가령 잠든 봉천동 김 아무개씨는 잠들면 백 년 전의 티베트로 날아갈 수도 있다. 김 아무개씨는 그곳에서 제13대 달라이라마였던 툽텐 지아초의 시종으로서, 영국의 침공을 피해 티베트에서 험난한 길을 쫓아 몽골까지 가는 망명길에 오르고 있는 중이다.

봉천동 김 아무개씨가 일곱 시간이나 여덟 시간 자는 동안, 툽텐 지아초의 시종은 칠 년이나 팔 년의 시간을 사는지도 모른다. 아니, 하나의 영혼이 어째서 두 개의 다른 육체라는 인격을 꼭 넘나들어야 하겠는가. 잠들고 난 마흔아홉 살 그의 영혼이 서른 살을 살고 있는 자신의 육체로 되짚어 들어간다는 상상도 꼭 불가능한 것만은 아니다.

열 살, 스무 살로 갈 수도 있겠지.

시간의 연대기적 특성을 금과옥조로 믿는 사람은 이해 못하겠지만, 그 연대기를 깨뜨리고 보면 그가 동시에 서른 살, 스무 살, 열 살을 현재진행형으로 살고 있다는 상상도 가능하다. 잠은 하나의 트릭에 불과할는지도 모른다. 예컨대 마흔아홉 살의 그가 잠자는 동안 서른 살, 혹은 스무 살의 그에게로 돌아가 사는 것이다. 마흔아홉 살의 그에겐 일곱 시간의 수면이, 서른 살로 돌아간 그에겐 십 년이 될 수도 있다. 그 반대로의 시간 여행도 가능하다.

그는 정말 꿈을 꾼다.

생시에 겪는 것처럼 여실한 꿈이다. 꿈속에서 그는 화살 같은 속도로 시간의 흐름을 추월해간다. 현재의 마흔아홉 살이 금방 쉰아홉이 되는 자신을 그는 꿈에서 본다. 시간의 레일은 멈추지 않는다. 금방 예순다섯이 되고, 금방 일흔이 된다. 내닫는 길의 좌우 풍경이 그 나이에 그가 겪어온 삶의 풍경일 것이지만, 시간보다 워낙 빨리 내닫고 있기 때문에 풍경은 이지러져 이미지로밖에 보이지 않는다. 여든인가. 아니면 아흔 살인가. 마침내 늙고 병든 그의 모습이 이지러진 삽화로 다가온다. 유체 이탈의 경우처럼 늙어 죽어가는 자기 자신이 선연히 보인다. 꿈속이지만 그는 자신이 임종을 맞고 있다는 걸 재빨리 간파한다.

죽는구나, 하는 순간 그는 죽는다.

죽었다고 그는 생각한다. 그러자 갑자기 어두운 터널을 흐르는 것 같은 휴지休止가 온다. 흐르는 것 같지만 머물러 있고 머물러 있는 것 같지만 흐르는 듯한, 시간일 수도 공간일 수도 없는, 어두운 휴지의 과정이다. 아주 부드러운 그 무엇인가에 담쑥 안겨 흐르는 것 같기도 하다. 그리고 잠시 후, 빛 속에 누가 앉아 있는 게 불현듯 보인다. 그는 눈을 깜박거리면서 불현듯 눈앞에 나타난 그 누구를 바라본다. 머리부터 발끝까지 눈보다 더 하얀 사람이다. 사람이 아닌지도 모른다. 옷을 입었나 하고 보면 옷을 입지 않았고, 옷을 입지 않았나 하고 보면 옷을 입은, 옷과 피부의 구분이 안 되는 그 누구이다.

재판관이야.

그는 여전히 꿈속에서 생각한다.

가운데 앉아 있는 하얀 그이가 아마도 염라대왕쯤 되는 모양이다. 살아서 본 재판정과 크게 다르지 않은 광경이다. 양옆으로 앉아 있는 이는 검사와 변호사일 것 같다. 커다란 삼지창과 날카로운 정이 촘촘히 거꾸로 솟은 쇠공이와 긴 칼들로 무장한 나한들이 재판정의 좌우에 도열하고 있다. 그는 자연스럽게 피고석에 앉는다. 왼쪽으로 사람의 몸이 겨우 통과해 지나갈 만한 좁은 구멍 두 개가 땅 밑으로 뚫려 있고 오른쪽 구멍 두 개는 하늘로 뚫려 있다. 땅 밑으로 뚫린 왼쪽 구멍에선 비명 소리와 함께 간헐적으로 불길이 솟아나고, 오른쪽의 구멍 두 개에선 은은한 빛과 함께 향기가 흘러나온다.

"좌우의 구멍을 보아라."

가운데 재판관이 부드러운 어조로 묻는다.

"땅 밑으로 뚫린 두 개의 구멍은 지옥으로 드나드는 문이고, 하늘로 뚫린 두 개의 구멍은 천상으로 드나드는 문이다. 살아생전 네 죄가 네 선행보다 많았으면 지옥문으로 들 테고, 선행이 많았으면 천상의 문으로 들게 된다. 어디 한번 보자꾸나."

재판관, 염라대왕이 손짓을 한다.

누구나 볼 수 있는 위치에 백 인치는 돼 보이는 아주 큰 화면이 설치돼 있다. 화면이나 소리를 조절하는 버튼은 하나도 보이지 않지만, 거대한 텔레비전 화면과 아주 흡사하다. 그는 움찔한다. 화면 속에 갑자기 그 자신이 나타났기 때문이다. 녹화 테이프를 틀어놓고 빠르게 감기 버튼을 눌렀을 때처럼 싹싹싹싹, 화면이 가속도를 띠고 돌아간다. 옥탑방에 앉아 있는 모습, 애린을 위해 떡볶이를 하는 모습, 아내에게 멱살이 잡힌 모습도 보인다. 퇴직을 하고 송별회하는 장면도 나오고, 끝없이 출근하고 끝없이 퇴근하는 장면도 나오고, 생애를 통해 거쳐간 수많은 장부들과 결재 서류도 나온다. 밥 먹고 출근하고 장부를 들여다보고, 또 밥 먹고 출근하고 장부를 들여다보는 대동소이한 장면들이 압도적이다.

"편집을 좀 하지 그랬느냐."

염라대왕이 지루해서 미치겠다는 얼굴로 타박을 늘어놓는다. 마치 일이 분 방영하면 될 것을 대하드라마로 만들었다는 식의 질책인데, 그의 눈엔 그래도 많이 삭제된 편집용 필름으로 보인다. "쯧쯧쯧, 깜도 안 되는 걸 가지고⋯⋯" 하고 염라대왕이 중얼거릴 때, 갑자기 화면이 정상 빠르기로 환원된다.

그는 한숨을 쉬고 고개를 떨어뜨린다.

얼굴이 순간 화끈하고 달아오른다. 정상 빠르기로 환원된 장면은 그가 섹스를 하는 장면이다. 아니 섹스가 아니라 그냥 흡입의 장면이다. 청량리인지 영등포역 앞 유곽인지, 화면만으로 구

별되지 않는다. 화면은 필요할 때마다 클로즈업, 풀숏으로 자동
조절되며 천천히 흐른다. 다리를 벌리고 누운 채 바나나를 열심
히 먹고 있는 여자는 어떻게 봐도 스무 살 안쪽이다. 무릎을 꿇
고 납작 엎드린 그가 그녀의 샅을 맹렬히 빨고 있다. 그의 이마
에서 땀이 비 오듯이 흐른다. "허어, 그것참!" 염라대왕이 연신
감탄한다. 화면이 좀더 빠르게 돌아가고, 비슷한 장면들이 한동
안 계속된다. 정작 제대로 삽입 섹스를 하는 장면은 없다. 어떤
때의 그는 겨우 아랫도리는 벗고 있고, 또 어떤 때의 그는 바지
까지 다 입고 있다. 스무 살 젊은 여자도 나오고 늙수그레한 중
년 여자도 나온다. 수많은 여자들이 바뀌어 지나가도 그가 하는
짓이라곤 엎드려 빠는 것뿐이다. 흡입이 지나쳐서 꽈리처럼 부
풀어오른 샅의 일부분이 클로즈업되는 순간도 있다. 그는 가혹
한 노동의 절정에 다다른 것처럼 땀을 뻘뻘 흘린다. 비장한 표정
도 있고, 고통에 찬 표정도 있고, 먹이를 앞둔 굶주린 야수와 같
은 표정도 있으나, 감미롭거나 황홀한 표정은 없다. 염라대왕이
손짓을 하자 어떤 장면에서 화면이 정지된다. 가랑이를 내준 여
자는 늙수그레하다. 쉰 살은 됐음직해 보이는 여자의 사타구니
를 그가 바짝 엎드린 자세로 빨고 있다. 클로즈업된 화면이라 그
가 얼마나 그것의 흡입에 집착하고 있는지 더욱더 확실히 느껴
지는 대목이다. 기묘한 것은 그의 눈에서 계속 눈물이 흐르고 있

다는 사실이다. 죽어라 그것을 빨고 있는 모습과 흐르는 눈물은 너무도 부조화해서 오히려 그로테스크해 보인다.

"왜 우는가?"

염라대왕이 묻는다.

그는 가로젓는다. 왜 울었는지는 알 수 없으나 화면 속의 그곳이 어딘지는 기억난다. 파고다 공원 뒤편의 여인숙이다. 자신의 이름이 누락되는 대신 입사 오 년 후배가 부장으로 진급했다는 인사 발표가 있던 날이었을 것이다. 종로3가 뒷골목 선술집에서 만난 여자는 파고다 공원을 들락거리며 도시락이나 박카스를 파는 여자였다. 죽은 닭 볏처럼 길게 늘어져 있던 여자의 음순도 떠오른다. 열렬히 그것을 흡입한 것은 생각나는데 울었다는 기억은 없다. 도대체 왜 울었단 말인가. 저 화면은 혹시 조작된 화면이 아닐까.

다행히 염라대왕은 더 다그치진 않는다.

다시 리와인드되는 화면이 빠르게 돌아간다. 화면 속에 나타난 스물세 살의 아내는 놀랍게 싱그럽고 예쁘다. 앞치마를 입고 요리하는 아내, 다세대주택 이층 베란다에서 손을 흔드는 아내, 면사포를 쓴 젊고 앳된 아내의 모습도 나온다. 그는 대부분 약간 그늘지거나 약간 옆으로 비켜선 위치에서 아내를 보고 있다. 마치 화면 속의 젊은 그녀는 총천연색 같고 그의 얼굴은 낡은 흑백 사진 같다. 그는 그 대조적 명암을 마치 남의 일인 것처럼 멍하니 보고 있다. 마침내 연애 시절의 그와 아내가 화면에 등장한다.

"혹시, 처녀막을 바라시나요?"

아내는 턱을 조금 치켜든 당돌한 표정으로 묻는다. 그는 하마터면 고개를 끄덕거릴 뻔한다. 재판관인 염라대왕과 좌우 심판관은 여전히 권태로운 표정이다. 그의 손끝이 부르르 떨린다. 한강이 내려다보이는 한남동 어느 카페가 떠오른다. 정식으로 프러포즈하기 위해 만났을 때, 이편에서 한 말을 오해했던지 그녀가 물어왔던 순간이다.

"제겐 처녀막 같은 거 없어요."

그녀가 맑고 푸른 목소리로 말하고 있다. 이번엔 화면 속의 그가 아니라, 화면을 우두커니 바라보고 있는 그의 눈에 슬쩍 습기가 드리워진다. 화면 속의 그는 기가 잔뜩 죽어 어깨를 웅크린 채 주먹을 쥔다. 처녀를 바라지 않아요. 오해 말아요. 화면 속의 그는 그 말을 그녀에게 해야 한다고 생각하지만 끝끝내 말이 터지지 않는다. 당신의 과거 따윈 영원히 묻지 않을 거예요, 라고도 소리치고 싶다. 그러나 주먹을 쥘 뿐이다. 당당하고 눈부신 화면 속의 그녀에 비해 그는 너무 초라해 마치 그늘로 지은 헛것의 형상 같다. 그 명암이 슬퍼 보인다. 그날도 그녀와 헤어져 그는 어김없이 청량리 뒷골목으로 간다. 말할 것을 말하지 못한 죄로 맹렬히 그것을 흡입하기 위해.

"죄가 많네, 이 친구."

염라대왕이 말하면서 하품한다.

본능을 숨긴 죄라는 것인지, 참지 않아야 할 것을 참은 죄라는 것인지, 섬약하고 소심해서 죄라는 것인지, 무엇인가에 억압받을 때마다 다른 여자의 그것을 흡입한 행동이 죄라는 것인지 알 수 없어 답답하다. 염라대왕을 따라 좌우 심판관 역시 입이 찢어져라 하품하는 것을 그는 슬픈 눈으로 본다. 그 순간, 그는 염라대왕과 심판관을 지금 너무도 권태롭고 지루하게 한 것이 죄라는 걸 퍼뜩 깨닫는다.

그것은, 큰 죄다.

그리고 그것은 현실적인 죄가 아닐 수 없다. 화면 속의 모든 그림은 과거지사이지만 염라대왕과 심판관이 심심한 것은 지금의 일이기 때문이다. 너무나 지루하고 재미없는 화면을 오래 보게 했으니 죽어 마땅한 일인지 모른다. 사회생활에서 모시던 상사나 동료들도 자신과 함께 있으면 자주 하품을 하거나 신문을 찾거나 다들 먼 데 있는 사람에게 전화를 하거나 했던 일들이 주마등처럼 떠오른다.

"죽을죄를 지었습니다. 대왕님."

그는 발작하듯 무릎 꿇고 앉는다. 죽을죄를 지었습니다……

는 그렇지만 그의 마음속에 떠오른 말이었을 뿐이다. 그렇게 소리쳐 말해야 한다고 머릿속이 지시하고 있는데, 말은 뱉어지지 않는다. 부장이 물을 때, 이사나 전무가 물을 때, 사장이 물을 때도 늘 그랬다고 그는 기억한다. 왜 마음속의 말들이 목울대를 넘어 나오는 게 그리 어려웠을까. 머릿속에는 유려한 문장들이 시도 때도 없이 떠오르는데 막상 말은 목젖에 걸려 꼼짝하지 않는 날, 하고 싶은 말을 제때 하지 못한 많은 날, 그가 한 짓이 겨우 그것이다. 유곽으로 달려가 샅을 빼는 것. 샅을 빼고 있으면 처녀막 같은 건 필요 없어요, 아내에게 당당히 말하게 되고, 부장님, 그러시면 곤란해요, 부장에게도 당당히 말할 수 있게 되기 때문이다.

그는 어김없이 지하 구멍 속으로 빨려들어간다.

플라톤……이라고 그는 중얼거린다. 꿈속에서 본 재판관의 모습과 지옥, 천상을 향해 뚫린 네 개의 구멍은 최근에 읽은 책에서 본 그림과 똑같다. 그 책을 보고 나서 꾼 꿈이다. 임사 체험을 다룬 책에 인용된바, 어떤 전사의 이야기가 꿈속까지 따라왔던 모양이다. 아르메니오스의 아들 엘에 관한 이야기다.

전사였던 엘은 전장에서 죽는다. 시신을 수습하는데, 다른 시신과 달리 엘의 시체만은 썩지 않은 모습 그대로 있었던 모양이다. 시체는 엘의 집으로 운반된다. 십이 일째가 돼도 그대로여서 할 수 없이 시체를 태우려고 장작더미 위에 올려놓았을 때, 돌연 엘이 깨어난다. 그리고 그가 다녀온 저승에 대해 고백한다. 엘이 죽어서, 다른 죽은 사람들과 함께 걸어가 이윽고 당도한 저승 세계의 재판정은, 천상과 지하 세계 가운데에 재판관이 앉는 명쾌한 구조로서 그림으로 그려보면 다음과 같았다고 한다.

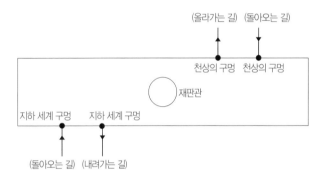

플라톤의 『국가』에 등장하는 설화의 주인공 엘의 고백에 따르면, 사람은 죽어서 모두 저승 세계의 재판을 받는다. 선업이 더 많은 자는 구멍을 통해 하늘로 가고, 죄업이 많은 자는 지하 세계로 간다. 상과 벌은 천 년 동안 계속된다. 천 년이 지나면 재판을 받은 곳으로 나와 새로 탄생해서 살 운명을 선택, 배정받는다. 인간으로 살다가 동물로 재탄생하기도 하고, 동물로 살다가 인간으로 승격되는 경우도 있다. 전생과 윤회의 개념이 동양의 세계관과 다르지 않은 것이 놀랍다.

새로 탄생하는 자는 들과 강을 건넌다.

앞으로의 새 인생에 대한 프로그램이 입력된 상태에서 망각의 들과 망각의 강을 건너 이승으로 돌아오는데, 망각의 강을 건널 때는 일정량의 물을 마신다. 그 물을 마시는 순간 그 이전의 모든 기억들은 완전히 지워지고 만다.

동양과 서양 사이엔 천 년과 사십구 일이라는 시간차뿐이다.

불교적 세계관에선 죽은 후의 영혼이 천지에 떠도는 시간이 사십구 일이다. 엘의 '천 년 동안'과는 차이가 있다. 그러나 동양에서나 서양에서나 죽은 다음에도 과도기적 전환기를 겪긴 하지만 생명 에너지의 원천이 영원히 소멸되지 않는다고 생각한 것은 같다. 하기야 과학적으로도 입증된 '에너지 불소멸의 법칙'이라는 것도 있지 않은가.

살고 죽는 경험은 육체에서 일어난다.

동양에선 육체를 구성하고 있는 원소들이 균형을 잃고 깨어지기 시작, 마침내 완전한 해체에 이른 상태를 죽음이라고 말하고 있다. 이를테면 '땅'에 해당하는 육신과, '물'에 해당하는 체액들과, '불'에 해당하는 체열과, '바람'에 해당하는 호흡기관들, 육체의 공간에 해당하는 허공이 서로 붙잡고 있는 악력을 잃고 흐트러지면 그것이 곧 죽음이다. 땅과 물과 불과 바람과 허공은 우주를 이루는 기본적 원소이기도 하다.

죽은 뒤의 영혼은 한동안 허공에 머문다.

천상도 지하 세계도 아닌 곳이다. 불교에선 이 기간을 중음中陰이라 부른다. '다르마타'라고도 불리는 이 기간은, 영혼이 다음 생의 인연을 결정하지 못해 떠도는 시기로서, 칠 주, 곧 사십구 일이다. 플라톤의 『국가』에 기술된 천 년과 대비된다. 정해진 시간이 지나면 모든 생명은 전생의 카르마에 따라 다시 태어난다는 점에선 동양과 서양이 다르지 않다. 플라톤의 전사 엘이 지난 강을 불교에선 삼도천三途川이라 부른다.

유포리아

머릿속이 가을 하늘처럼 탁 트여 있다.

나흘을 굶었는데, 어쩌된 영문인지 두통이나 기타 불편한 곳이 전혀 없다. 몸에서 냄새도 나지 않는다. 머릿속이 너무 투명해서 그런지 잠이 오지 않는 것만 조금 불편할 뿐이다. 벌써 사십팔 시간째, 잠을 자지 못하고 있다.

그는 옥상 마당으로 나온다.

새벽이 가까워지고 있는 시간이어서 한기가 섬뜩하다. 가을이 속절없이 깊어지고 있는 중이다. 이제 곧 온 산천이 불붙어 활활 타고 말 것이다. 그는 옥상 마당 한가운데 앉는다. 가부좌를 틀고 앉으니까 허리가 수직으로 일어선다. 전엔 이렇게 반가부좌 자세로 허리를 꼿꼿이 펴려면 몹시 불편했는데, 단식을 통해 휘었던 뼈대들이 비로소 제자리를 찾아 앉은 것인지, 이제 수직으로 펴고 앉는 게 훨씬 편하고 자연스럽다.

한동안 숨을 깊게 내쉬고 들이쉰다.

십 초씩, 십오 초씩 내쉬고 들이쉬던 걸 이십 초, 삼십 초로 늘려본다. 하나도 불편한 게 없다. 숨을 쉬고 있는지 안 쉬고 있는지도 모를 정도로 몸이 호흡의 사이클을 받아들인다. 차라리 요가를 해봐, 아빠. 애린의 말소리가 들리는 듯하다. 그는 눈을 감는다. 겨우 나흘간의 단식으로 전에 경험했던 것을 또 경험할 수 있을는지 모르지만, 어쩐지 눈앞에 황홀한 길이 놓여 있는 것 같은 기분이 느껴진다. 그는 전에 했던 대로 흡, 숨을 멈춘다.

우선 만나고 싶은 건 그 향기이다.

꽃의 향기 같지만 꽃의 향기만이 아니고 풀의 향기 같지만 풀의 향기도 아닌, 신묘한 향기다. 경험에 의하면, 그 향기는 열락의 세계를 끌고 오는 하나의 신호와 다름없다. 미지의 그 향기야말로 뇌 속에서 다량의 엔도르핀을 분비하게 하는 주문 같은 것인지도 모른다. 서두르지 마. 호흡을 잊어야 해. 금방 삼십 초가 지나고 또 일 분이 지난다. 죽음으로 가는 길이라고 그는 생각한다. 숨을 쉬는지 안 쉬는지, 그것 자체를 완전히 잊어야 투명한 죽음에 이를 수 있다. 아내의 얼굴이 어른거린다. 그를 사직시키고 곧 부사장에 오른 입사 동기생도 떠오른다. 이래선 곤란하다. 그가 그리운 것은 죽음이 아니라 사실은 죽음의 허울을 쓴 명징한 어떤 열락이다.

나는 누에야.

그는 자신에게 속삭인다. 이제 곧 나비가 되어 날아갈 수 있겠지. 껍질만 벗으면 되거든. 나비가 보인다. 흰나비가 고요히 날면서 반투명체의 어떤 그늘 속으로 그를 끌고 가는 느낌이다. 그는 몸을 물같이 편안히 풀어놓는다. 부드러운 섬유질처럼 그가 흐르는 대로 휘어지고 가라앉는 그늘을 그는 본다. 콧구멍이 슬그머니 위로 들린다. 꽃향기는 아니지만, 냄새가 있다. 그리고 냄새를 따라 슬며시 눈앞에 떠오른 건 우물이다.

우물이네.

그는 중얼거린다. 샘물의 냄새였던 모양이다. 그의 몸이 이윽고 우물 밑으로 차츰 내려간다. 온몸이 그 무엇인가에 떠받힌 채 조금씩 밑으로 가라앉는 느낌이다. 우물은 아주 깊고 아주 고요하다. 향기로운 습기가 몸에 달라붙는다. 우물 밑으로 내려갈수록 어두워져야 될 텐데, 몸을 싸고도는 그늘의 농도는 그대로다. 희끗희끗한 반투명의 안개떼 같은 것이 어떤 데는 찢어지고 어떤 데는 교합되면서 그를 싸고돈다.

우물 밑에 누가 있다.

잔잔하지만 우물은 어떤 파동을 갖고 있다. 그는 그렇게 느낀다. 그 파동이 그의 몸을 띄워주고 있는지 모른다. 구름을 탄 것처럼, 혹은 특수한 부력을 가진 방석에 앉은 것처럼, 그의 몸이 잔잔한 우물 위에 둥 떠 있는 것을 그는 기분좋게 느낀다.

누구신가요?

우물 밑을 내려다보며 그는 가만히 물어본다. 투명한 물이다. 수심을 잴 수 없을 만큼 깊어 보이는 우물인데, 그가 그렇듯이, 누가 우물 밑에 부드러운 반가부좌 자세로 앉아 있는 게 보인다. 낯설지 않은 얼굴이고, 남자다. 봄바람같이 자애롭고, 허공처럼 자유로워 보이는 얼굴이다.

형님, 재균이를 몰라보시네요.

우물 밑의 남자가 말을 한다. 남자는, 수면 가까이 부유해 있지만 가라앉지 않고, 그렇다고 수면 위로 떠오르지도 않는다. 수면 속에서 말을 하니까 물고기가 아가미 짓을 하는 것 같다. 더구나 입체파의 그림처럼 위에서 내려다뵈는 남자의 모습과 전면에 마주앉아 보는 남자의 얼굴이 동시에 보이니, 그것 역시 신기하기 이를 데 없다.

저요, 형님. 재균이라니까요.

재균이…… 아하!

그는 놀라서 부르짖는다. 가부좌의 균형이 깨지면서 잠시 우물 밑으로 가라앉을 뻔한다. 감정의 평형이 깨지면 그의 몸을 부유시키고 있는 그 어떤 파동의 균형도 깨지는 모양이다. 재균이? 다섯 살이었던 내 동생 재균이? 그가 묻고, 저도 이제 마흔다섯 살이 됐습니다. 형님하고 따로 산 세월이 벌써 사십 년이나 됐네요. 우물 밑의 남자가 대답한다. 재균이가 맞다면, 그때…… 너는…… 다섯 살에 죽었었는데. 그는 신음하듯이 내뱉는다.

봄이 무르익을 무렵이다.

우물가 앵두나무 잎들이 초록으로 빛나고 있다. 두레박질을 하고 놀던 네 살 아래 남동생 재균이가 두레박질을 하다가 우물 속으로 추락하는 삽화가 생생히 떠오른다. 눈 깜짝할 새 벌어진 일이다. 혀엉…… 하는, 동생이 부르짖는 비명 소리가 원통형의 재래식 우물 속에서 흘러나온다. 어머니와 아버지는 그 순간 집 뒤란의 남새밭에서 고춧대를 묶어 세우고 있다. 엄마! 그가 소리친다. 재균이가 우물 속에 빠졌어요! 아버지는 워낙 날렵한 분이니까 그가 소리쳐 말했다면 당장 달려와 어린 동생 재균이를 냉큼 건져올렸을 것이다. 그러나 어떻게 된 노릇인지 소리가 나오지 않는다. 엄마, 재균이가 우물에 빠졌어요! 아무리 악을 써도 말은 목젖에 꽉 걸려 있다. 충격과 공포가 바윗덩어리를 박아놓은 듯이 목구멍을 꽉 막아버렸기 때문이다. 그는 비틀거리며 뒤란으로 달려간다. 비지땀이 흐른다. 무슨 재미있는 이야기를 하고 있었던 모양인지 호호, 껄껄, 마주보며 웃던 엄마와 아버지가 발작이 난 듯한 그를 돌아본다. 재균이가 우물 속에 빠졌다고요! 아무리 힘을 주어도 여전히 말은 목울대를 넘어오지 않는다. 충격에 따른 일시적인 실어증이다.

애가 갑자기 왜 이러누? 뭐라는 거야, 응?

아버지가 등을 펴고 비로소 미간을 모은다. 저기요, 재균이가 우물에 빠졌다니까요! 역시 마음속에 말이 붙어 있을 뿐이다. 미칠 것 같다. 그는 몸부림을 치면서 아버지를 무조건 우물 쪽으로 잡아당긴다. 대체 왜 그러냐. 말을 해봐, 이 녀석아! 아버지가 뒤꼭지를 쥐어박는다. 영문을 모르니 아버지로선 행동이 굼뜰 수밖에 없다. 그사이 동생 재균이는 우물 속에서 끝내 숨을 거둔다. 그가 소리만 쳤어도 살렸을 동생이다.

우물 속에서, 이렇게 사십 년을 보냈어요, 형님!

남자가 빙그레 웃으면서 계속 말하고 있다.

정말 네가 재균이란 말이냐?

그렇다니까요, 형님. 우물 귀신으로 사십 년을 살았어요!

다섯 살에 죽은 동생 재균이가 중년 남자가 되어 우물 밑에 앉아 있다니, 놀랍다. 갑자기 눈물이 솟구친다. 사십 년 동안 맷돌을 얹은 듯 억눌려 있던 눈물일 터이다. 실어증에 걸렸던 아홉 살의 그는 공포에 질려 울지도 못했지만, 지금 반가부좌 자세로 우물 위에 떠 있는 마흔아홉 살의 그는 울고 있다. 그해 봄날, 말 한마디만 제때 터져나왔으면 살릴 수 있었던 동생 재균이가 우물 밑에서 울고 있는 그를 가만히 올려다본다. 그는 차마 우물 귀신이 된 동생을 마주보지 못한다.

알아요, 형님.

한참 만에 동생 재균이가 말한다.

그날 이후, 형님은 사십 년이나 나를 죽였다는 죄의식에 시달렸어요. 당신 가슴에 늘 '죄인'이라는 명찰을 남몰래 달고 사셨지요. 자책할 건 없어요. 형님이 나를 우물 밑으로 떠민 게 아니니 형님 잘못은 아니라고요. 하기야 여기도 뭐 생각만큼 나쁘진 않아요. 형님이 구태여 여기로 오시겠다면 말리지 않을게요. 물 밑으로 오고 싶으신가요?

그의 몸이 균형을 깨뜨리고 기우뚱한다.

동생은 우물 귀신이다. 그는 이제 그것을 알고 있다. 동생이 자신의 발목을 우물 밑으로 쓱 잡아내린다면 그 자신도 이내 동생처럼 우물 귀신이 될 터이다. 동생은 충분히 자신의 죽음을 요구할 권리가 있다고 그는 생각한다. 그러나 선뜻 우물 밑으로 내려가겠다는 마음은 들지 않는다. 우물 밑으로 내려가야 한다는 생각과 우물 밑으로 내려가면 안 된다는 생각 사이에 그가 있다.

형님을 시험해보려는 게 아니에요.

재균이가 미소를 지으며 고개를 가로젓는다.

내 말을 믿으실지 모르지만, 이 우물은 맑고 향기로운 길에 불과해요. 이 길로 조금만 내려가면 새로운 나라가 있답니다. 형님은 죽음이 끝이라고 여기고 나를 살리지 못한 자신을 줄곧 자책하며 살아왔지만, 그건 오해예요. 죽음은 끝이 아니랍니다. 우물에 빠져 죽은 다음 내가 얼마나 행복하게 지내왔는지 형님한테 보여드리면 좋을 텐데요. 우물 속에 떨어질 때도 그랬어요. 아프거나 무섭지도 않았다고요. 형님은 죄를 지은 게 아니라 내가 우물의 길을 따라서 갈 수 있는 열락의 세계로 나를 보내준 거예요. 죄를 졌다는 오해의 감옥에서 자유로워지세요. 이 길 끝의 제 집은 시간도 없고 생사도 없어요. 저기…… 제 집이 보이지 않나요?

동생이 우물 밑을 가리킨다.

부드럽게 흔들리는 물밑으로 온갖 꽃에 둘러싸인 환한 성채가 신기루처럼 보인다. 그것은 성채이면서 우주이고 우주이면서 빛의 중심이다. 그렇게 완전무결한 곳은 상상 속에서조차 만나본 적이 없다. 꽃들이 슬로비디오로 피고, 꽃들이 새같이 날아다니고, 꽃들이 우주적인 음악을 연주한다. 그는 이윽고 열락을 느낀다. 유한한 욕망으로 느끼는 열락이 아니라 수만 개의 세포들이 무한대로 열리면서 얻어내는 지순한 열락이다. 그는 비로소 우물 밑으로 내려갈 준비를 한다. 우물 밖의 세상은 보이지 않는다. 알고 보면 오래전부터 동생 재균이에게 가고 싶었다고 그는 생각한다. 향기로 가득찬 길이 그를 손짓하고 있다. 진즉에 갔어야 할 길이다. 이리도 가까이 있는 향기로운 길을 두고 너무도 먼 길을 소모적으로 돌아왔다는 회한이 한순간 가슴을 친다.

아뇨, 형님……

동생이 손바닥으로 그를 떠받친다.

그 무엇이든, 회한이 남아 있다면 여기 올 준비가 안 된 거예요.

난 준비됐어. 널 따라가겠어! 그는 부르짖는다. 동생이 슬픈 눈빛을 하고 고개를 가로젓는다. 갈 거야. 네게로 가고 싶어! 그는 덧붙이며 투신의 자세를 취한다. 그러나 어떻게 된 일인지 몸부림을 쳐도 몸이 물밑으로 들어가질 않는다. 투명하지만 강력한 어떤 파동이 그의 몸을 가로막고 있다. 아니, 가로막기만 하는 것이 아니라 몸부림칠수록 강력한 부력이 그를 위로, 위로 들어올리고 있다.

그리고 곧 모든 게 스르륵 지워지기 시작한다.

흰 성채와 꽃들이 시야에서 지워지고, 동생의 온화한 얼굴이 지워지고, 맑고 부드러운 우물물까지 삽시간에 지워진다. 어떻게 힘을 써봐도 위로 떠다미는 부력을 눌러 이길 수가 없다.

마침내 다시 우물 밖이다.

우물 밖이라고 느낀 순간, 그는 큰 굉음에 둘러싸인다. 기차 소리다. 옥탑방과 옥상 마당이 기차의 동력으로 파르르르 떨리고 있다. 퍼뜩 눈을 뜬 그가 죽을 것처럼 가파르게 숨을 빨아들인다. 본능적으로 시계를 확인한다. 숨을 멈추고 이 분 오십 초가 지났다고 인식한 건 그다음이다. 꿈이었는가. 꿈을 꾼 것인지 헛것을 본 것인지 알 수 없다. 기차 소리가 멀어지고 머릿속이 헝클어진 듯 두통이 찾아온다. 그는 헉헉거리면서 몸을 펴서 오체투지의 자세로 엎드린다. 우물 속에서 만난 마흔다섯 살 된 동생 재균이의 얼굴이 생시의 그것보다 더 선연하다.

재균이가 우물에 빠진 것은 사십 년 전의 일이다.

다 잊었다고 느꼈었지만, 새삼 따져보니 사십 년 전이 맞다. "엄마……"라는 말이 제때 터져나오기만 했어도 동생을 살릴 수 있었을 것이라고 오래 생각해온 것은 사실이다. 하지만 죽은 동생이 어떻게 우물 속에서 나이가 들어 마흔다섯이 됐다는 것인지 도무지 이해가 되지 않는다. 아버지가 동생의 시체를 건져내어 선산 발치에 묻던 일까지 새삼 생생히 생각난다.

네 동생, 깨진 데 하나 없더라. 깨끗한 얼굴이었어.

까맣게 잊었던 아버지의 말도 툭툭 살아나고 있다. 한나절 내내 나비를 잡으려고 쫓아다니다가 막 집으로 돌아온 직후에 일어난 사고다. 유난히 병약했으나 천성이 착해서 늘 웃고 다니던 다섯 살 재균이의 얼굴이 우물 밑으로 본 마흔다섯 살 재균이의 얼굴에 오버랩되어 보인다. 그 두 개의 얼굴 사이에 물맛이 좋기로 근동에 소문난 고향집 그 우물이 놓여 있다. 물에서 향기가 난다고 말하는 사람도 있었던 우물이다. "혀엉……" 하고 울려나오는 동생의 비명이 아직도 귓가에 선연하다.

그는 방으로 들어가 옷을 갈아입는다.

나흘이나 굶었지만 힘은 아직 충분히 남아 있다. 고향을 가본 일이 까마득하다. 어머니가 돌아가신 것이 서른일곱 살 때였으니까, 벌써 십이 년 전이다. 서울 근교의 공원묘지에 어머니를 모신 그 이듬해, 아버지와 조부모의 산소까지 같은 곳으로 이장한 것은 고향에 특별한 정이 없었기 때문이다. 원래 그곳은 아버지의 고향이 아니다. 대처로 떠돌던 막일꾼 아버지가 근처의 저

수지 물막이 공사 인부로 내려갔다가 대처에서의 사람살이가 너무 신산하다고 생각해 그곳에 그만 눌러앉아버린 것이다. 물막이 공사에서 받은 몇 달치 노임으로 하천 부지 세 마지기의 소작을 처음으로 부쳐 먹은 건 아버지 나이 서른 살 때 일이다. 세 마지기에서 소출한 게 겨우 나락 다섯 가마였어. 아버지의 말이 잊히지 않는다. 아버지는 자연히 온 동네를 오가면서 상머슴을 살다시피 한다. 가난보다 더 견디기 어려운 건 동네 사람들의 괄시였을 것이다. 도둑을 맞아도 아버지가 제일 먼저 의심받고, 동제洞祭를 지내도 아버지는 뒷줄에 서 있는 것조차 눈총을 받았다. 그런데도 아버지가 죽을 때까지 그곳을 떠나지 않았던 것은 붙박이가 되고 싶은 강력한 염원이 있었기 때문이다. 할아버지 때부터 떠돌이로 살아온 여한이 깊었던지라, 어디든 터를 잡아 붙박이 돼야 괄시받는 신세를 면할 수 있다고 아버지는 생각했다.

너는 예서 났어. 사람은 고향이 있어야 해.

아버지의 말이다. 당신은 모멸받고 괄시받으며 살망정 참고 견디면 자식 대에선 그래도 주인 행세를 하며 살 수 있지 않겠느냐 하는 것이 아버지의 꿈이었고 할 수 있다.

그는 곧 서울역으로 가 기차를 탄다.

고향집에 가려면 강경역에서 내려야 한다. 옛날엔 강경에서 배를 타고 금강을 건너야 했지만 이제 다리가 놓여 있어 버스로 가면 지척이다. 그는 세도면으로 들어가는 버스를 탄다. 금강이 나온다. 강안 벌판은 온통 비닐하우스다. 그는 사뭇 감회에 젖는다. 아버지와 조부모님의 산소를 이장할 때 와본 것이 마지막이었으니까 꼭 십일 년 만의 귀향길이다. 이장한 것이 잘못이었을까. 불현듯 그는 생각한다. 생애를 통해 그가 유일하게 목표를 세워 실행한 일이 있다면 조부모와 부모의 산소를 나란히 서울 근교에 모신 일이다. 묘비도 번듯하게 세운 것은 물론이다. 평생 괄시받고 산 고향이니, 그로서는 비록 뼛골일망정 아버지와 어머니를 고향땅에 남기고 싶지 않았기 때문이다.

　버스는 잘 포장된 도로를 빠르게 직진한다.

　차가 지나가면 먼지가 뽀얗게 일어났던 그 길이다. 대학 입학 시험을 보려고 고향을 떠나던 날, 정류장에 나와 선 채 먼지 속에서도 두 눈 부릅뜨고 멀어지는 버스를 바라보던 아버지 어머니의 모습이 눈앞에 선하다. 너는 예서 났어. 사람은 고향이 있어야 해. 아버지의 말소리도 들린다. 가슴이 먹먹해진다. 솜방망이로 가슴이라도 치고 싶다. 아버지, 어머니와 조부모의 산소를 이장한 것에 대한 돌연한 회한 때문이다. 바보같이……라고 그는 이윽고 중얼거린다. 붙박이로 주인 행세를 하며 살고 싶었던 아버지의 소망을 생각하면 낯선 곳으로의 이장은 아버지를 다시 유랑의 길로 내쫓은 셈이 아닌가.

고향 마을은 크게 달라진 것이 없다.

더러 새로 지은 번듯한 양옥이 끼여 있고 골목까지 시멘트 포장을 해놓았지만 집집마다 앉음새는 예전 그대로다. 마을은 텅 빈 듯 조용하다. 그는 행여 아는 얼굴이라도 만날까봐 야구 모자를 깊이 눌러쓰고 마을 서쪽 끝의 고향집을 향해 잰걸음을 놓는다. 외딴집이다. 그 집을 아버지가 사들인 것은 그가 아홉 살이 막 됐을 무렵이다. 괄시와 모멸을 참고 견디면서 마을의 상머슴처럼 밤낮없이 품을 판 보람 있어, 그 무렵의 아버지는 논 여덟 마지기와 밭 두 마지기를 당신 이름으로 해놓은 어엿한 지주의 한 사람이 된다. 남의 행랑채에 붙어살던 살림을 정리해 그 집으로 이사하던 날, 풍물패를 앞세운 마을 사람들이 한나절이나 지신을 밟았던 기억은 지금도 생생하다. 막걸리를 두 통이나 들여오고 돼지 한 마리를 통째로 잡은 일은 그때가 처음이자 마지막이다. 뒤란은 대숲에 둘러싸여 있고, 우물은 바로 마당 끝에 있다. 일터에서 돌아와 웃통을 벗고 넙죽 엎드린 아버지의 등에 새댁처럼 웃으며 우물물을 부어주던 어머니의 모습이 떠오른다. 방 두 칸짜리 작은 집이었지만 그 집으로 이사해 동생 재균이가 죽을 때까지, 아버지, 어머니로선 그 몇 달이 가장 행복한 시기였을 것이다.

그는 이윽고 발걸음을 멈춘다.

가슴이 철렁 내려앉는다. 어라, 집이 없다. 아니 옛집이 없어진 대신 지붕이 날렵한 낯선 목조 패널 주택이 옛 집터를 점령하고 있다. 울타리도, 집도, 안이 잘 들여다보이는 대문도 흰색이다. 농촌 살림살이가 별로 보이지 않는 걸로 보아 붙박이로 사는 사람의 집이 아니라 도시에서 사는 사람이 별장으로 사용하는 집인 듯하다. 예전의 모습을 한 것이라곤 아무것도 없다. 그리고 무엇보다 우물이 보이지 않는다. 동생 재균이가 죽은 이후 특별히 강경 읍내에서 주문해온 돌 뚜껑으로 덮어놓았던 우물 자리는 잘생긴 홍송紅松 한 그루가 차지하고 있다. 철렁 내려앉았던 가슴이 어느새 유리창 갈라지듯 갈라진다. 그럼 마흔다섯 살이 된 동생 재균이를 만났던 향기 나는 우물 밑의 길은 어디로 뚫려 있단 말인가.

그는 서둘러 마을을 빠져나온다.

기어코 눈물이 흐른다. 눈물이 정말 많아진 요즘이다. 가슴이 아파서 버스를 마냥 기다리고 있을 수가 없다. 잘 포장된 도로를 따라 허청허청 걷는다. 허방을 밟고 가는 것 같다. 가고 싶은 우물 속의 길을 찾아왔는데, 길이 닫힌 것만 눈으로 확인한 셈이다. 죽어서 떠돌이로 다시 내몰린 아버지도 이제 돌아올 길을 영원히 찾지 못할 것이다. 햇빛이 따갑다. 강의 허리가 비닐하우스 너머에서 반짝이고 있다. 옛집이 없어지고 우물 속의 향기로운 길도 사라졌지만, 강안의 숨겨진 옛길들은 예전 그대로다. 그는 비닐하우스 사잇길을 더듬어 강에 닿는다. 강을 따라 갈대들이 바람에 흔들리고 있다.

그는 갈대밭 가운데 무릎 꿇고 앉는다.

예전과 비교하면 갈대밭이라고 부르는 것조차 낯간지럽다. 뻘을 따라 몇 줄 정도 겨우 남은 갈대들이 갈대밭의 명맥을 유지하고 있을 뿐이다. 물에 빠진 어떤 갈대는 부러져 있고 또 어떤 갈대는 밑동이 썩어가고 있다. 새들도 보이지 않는다. 온갖 새떼들이 둥지를 틀던 곳, 눈만 밝게 뜨면 팔뚝보다 굵은 잉어들을 손으로 잡아낼 수 있었던 곳, 오가는 고깃배에서 시절 따라 뱃노래가 끊이지 않던 곳, 저희들끼리 몸 섞는 갈대 소리가 환호작약하던 곳은 어디에도 없다. 그곳에서 책도 읽고, 그곳에서 노래도 하고, 또 그곳에서 몽상에 빠져든 열다섯, 열여섯, 열일곱 살의 그 자신도 그렇다.

왜 여기에 찾아왔는가.

회한이 가슴을 친다. 밑동이 썩어가는 갈대들은 악취를 뿜어내고, 그 사이사이로 강을 따라 흘러내려온 비닐봉지들과 농약 포대와 갖가지 생활용품들이 함께 부패하고 있다. 심지어 무릎 꿇고 앉은 그의 눈앞엔 뻘 속으로 반쯤 박힌 구형 텔레비전까지 보인다. 오지 않았어야 할 일이다. 그는 갑자기 구역질을 한다. 구역질은 멈춰지지 않는다. 나흘이나 굶었으므로 넘어올 만한 것이 없어 구역질이 더 괴롭다. 더러워. 그는 부르짖는다. 더러워 미치겠어. 갈대밭도 더럽지만 자신이 더 더럽다. 염라대왕이 지루해서 미치겠다는 표정으로 하품을 쩍, 하던 모습이 떠오른다. 출근하고, 숫자가 적힌 장부를 보고, 퇴근하고, 자고, 또 출근하고, 숫자가 적힌 장부를 보고, 퇴근하고, 자는 지루한 반복도 보인다.

눈앞이 빙글빙글 돌아가는 느낌이 든다.

나흘이나 못 먹은데다 너무 심한 구역질 때문에 어지럼병이 오는 모양이다. 눈물과 콧물이 함부로 흘러나온다. 구역질을 하다가 죽을 것 같은 기분이다. 숨조차 제대로 쉴 수가 없다. 위장, 큰창자, 작은창자가 딸려나오고 염소 곱똥 같은 똥덩어리들이 딸려나오고 찢어진 똥구멍까지 딸려나오는 느낌이다. 그는 헛구역질을 하다가 이윽고 쓰러져 눕는다. 먹구름이 몰려오고 있다. 구역질을 간신히 멈춘다. 질퍽한 구멍 속을 미끈, 빠져나온 것 같다. 여기는 어디일까.

정신이 가물가물하다. 고향집 마당인가 하면 강변의 갈대밭이고 갈대밭인가 하면 고향집 우물가이다. 시간의 얼레가 자꾸 거꾸로 감긴다. 비몽사몽이다. 난데없이 향기 같은 게 맡아진다. 꽃향기 같고 우물물 향기 같기도 하다. 재균이가 빠진 우물이 가깝게 있는지도 모른다. 세상의 모든 냄새 중 좋은 것들만 따로 뽑아서 고도의 수법으로 정제한 냄새 같다. 냄새에도 파동이 있는 것일까. 그의 몸이 어떤 파동에 의해 다시 붕 하고 떠오르는 느낌이 든다. 숨을 멈추지 않았는데도 그렇다. 나흘이나 굶고서 먼 길을 한달음에 달려왔으니 미상불 자신이 실성을 하는 모양이라고 그는 잠깐 생각한다.

누군가 갈대밭에 쓰러져 있다.

갑자기 나타난 광경이다. 저게 누구지? 늙수그레한 남자의 모습인데 낯이 익다. 남자가 발아래로 비스듬히 내려다보였기 때문에 그는 자신이 붕 떠 있다는 걸 알아차린다. 얼마 전 숨을 멈추었을 때, 죽음의 문턱을 넘어 시장통 위로 날아오른 그때와 흡사하다. 그때처럼 남자가 내려다보이는 걸로 보면 다시 유체 이탈이 일어난 모양이다. 그렇다면 저기 누워 있는 저 남자는, 나 자신의 허울일 것이다. 숨을 멈춘 것도 아닌데 자신의 육체에서 빠져나오다니 놀랍다. 그는 본능적으로 양팔을 움직여본다. 몸이 떠오른다. 오오, 내게 날개가 있다, 라고 그는 그 순간 소리친다. 날개를 펄럭일수록 몸은 자꾸 더 위로 떠오르고 있다. 나비야, 라고 그는 중얼거린다. 내가 나비가 된 거야! 제비나비의 모습이다. 이제 망설일 것이 없다. 그는 계속 날개를 펄럭여서 강 안을 부드럽게 횡단한다. 멀리 고향 마을이 아스라이 보인다. 그는 마을을 향해 날아간다. 강에서 마을까지 이어진 하얀 신작로에 자전거가 한 대 달리고 있는 게 눈에 들어온다.

울퉁불퉁한 길이야. 꼭 잡아.

검은 교복에 교모까지 단정히 쓴 고등학생이 자전거 페달을 열심히 밟으면서 뒷자리의 여학생에게 말하고 있다. 저것은…… 나야! 그는 환호작약 소리친다. 고등학생은 바로 그 자신이다. 나비가 된 그가 자전거 페달을 밟고 있는 오래전의 그 자신의 어깨에 가볍게 내려앉는다. 자전거 뒷자리에 앉은 여학생의 얼굴이 비로소 보인다. 고등학생인 그의 허리를 잡고 있는 것은 이장의 둘째 딸 순희가 틀림없다. 그는 고등학교 2학년이고 순희는 중학교 3학년이다. 강을 넘나드는 통학길이 손금처럼 흐른다. 그가 다니던 강경상고와 순희가 다니던 강경여중은 호남선 철도를 향해 나란히 자리잡고 있다. 요철이 심한 길이라 자전거가 통통통 튀어오른다. 그는 물론이고 순희의 얼굴에도 땀방울이 송골송골 맺혀 있다. 순희가 그의 허리를 더 바싹 껴안으면서 볼을 등에 붙인다. 꿈꾸는 것 같은, 환한 표정이다. 어머머, 오빠 어깨 위에 나비가 앉았네. 순희가 외치면서 그의 날개를 잡으려고 손을 뻗는다. 제비나비가 된 그가 순희의 손을 피해 가볍게 날아오른다. 그는 자전거보다 빨리 마을로 간다. 마을 어귀가 나오고, 안길이 나오고, 대숲이 나오고, 그의 외딴집이 나온다. 우물가 앵두나무 뒤쪽으로 참나리꽃이 벙긋 꽃망울을 열기 시작하고 있다. 그는 꽃 위로 가만히 내려앉는다. 햇빛은 따갑지도 눈부시지도 않다.

유포리아euphoria의 시간이다.

제비나비가 된 그는 가만히 눈감는다. 참나리 꽃대가 기분좋을 만큼 가볍게 흔들린다. 말할 수 없을 만큼 고요하고 황홀한 느낌이다. 고등학교 2학년의 그가 순희를 뒤에 태우고 신작로를 달려오고 있는 모습이 감은 눈 속에 떠오른다. 어서와, 여기…… 늙어가는 네가 너를 기다리고 있어. 그는 중얼거린다. 키르륵, 하고 순희가 웃는 게 보인다. 잇속이 고르고 하얗다.

참나리꽃이 그를 태운 채 고요히 벌어지고 있다.

환희

아내가 마침내 아파트를 처분한 것은 가을이 아주 깊어질 무렵이다. 생활비를 충당할 욕심으로 시작한 도박이 빚에 빚을 보탠 결과라고 한다. 빚을 갚고 아파트값 차액으로 전세를 들면 새 출발을 할 수 있다는 것이다.

"그러니, 애린을 보름만 맡아줘."

화장기 없는 아내의 얼굴은 푸석푸석하다.

"아파트 산 사람은 이달 말에 집에 들어와야 한대. 집값 잔액을 받아 전셋집 구하려면 이삼 주쯤 나앉아야 할 판이야. 나야 음식점 내실에서 잔다지만 애린까지 거기 데리고 있을 수는 없어."

"응. 그럴게."

"우리 헤어질 때, 곧 당신하고 다시 합칠 줄 알았어. 웃기는 착각이었지. 이제 알겠어. 사람은 어차피 혼자라는 거. 빚 청산하고 나면 애린 하나쯤 견실하게 키울 자신 있으니 걱정 마. 전엔 몰랐는데 당신, 참 슬픈 사람이야."

"미안해, 당신한테."

"여긴 햇빛 좋아서 참 아늑하네."

아내가 파리하게 웃고, 옥상 마당을 떠난다. 그는 아내가 옥상 마당을 빠져나가 시장통 길을 걸어가는 뒷모습을 옥상 마당에 선 채 보이지 않게 될 때까지 내려다본다. 쓸쓸해 뵐 줄 알았는데 그렇지 않다. 아내의 뒷모습은 뜻밖에 아주 단단하고 활달해 보인다. 아내가 마침내 세상과 맞설 준비를 한 것 같다. 아내는 원래가 활달하고 영민한 성격이었으니까 마음이 정해졌다면 능히 세상과 맞장뜨고 나갈 수 있을 터이다.

　그는 방으로 돌아와 청소를 한다.
　주말이면 애린이 잠시 동안일망정 이곳으로 살기 위해 온다. 넓은 방은 아니지만 잠시 동안 둘이 살기에 좁은 방도 아니다. 여름 지나고부터 틈나는 대로 직장 상사였던 분의 회계 업무를 개인적으로 봐주고 있기 때문에 지금은 애린과 둘이 살 생활비 정도는 충분히 벌고 있다. 오랜만에 외출을 한다. 애린이 사용할 싱글 침대를 하나 고르고 크고 작은 꽃들이 프린트된 시트를 맞춘다. 새 책상도 필요하겠지. 그동안 써온 책상은 초등학교 3학년 때 사준 것으로, 조립이 가능한 합판으로 만든 것이다. 그는 목재로 된 책상과 의자를 사고, 애린이 갖고 싶어했던 중고 노트북도 하나 산다. 옥상 마당은 가을 햇빛이 끊어지지 않는다. 일감으로 가져온 회계 장부를 들여다보다가 자주자주 시장통 거리를 내려다본다. 가방을 든 애린이 시장통으로 걸어들어오는 게 환영으로 자꾸 보인다.
　마치 새댁을 기다리는 기분이다.
　모르핀이라도 맞은 것 같다. 엔도르핀이야, 라고 그는 중얼거린다. 가장 황홀감을 주는 것은 베타엔도르핀이라고 한다. 단식을 통해 죽음의 문턱을 넘나들 때 맛본 황홀감이 베타엔도르핀 덕분이다. 멀쩡한 정신으로도 이런 행복감을 느낀다는 게 신기하다. 베타엔도르핀은 모르핀보다도 훨씬 강한 효과가 있다는 구절을 어디선가 본 기억이 있다. 쾌감은 쾌감신경을 흥분시킴으로써 발생한다. '욕망과 본능의 중추'라고 불리는 대뇌가 자극을 받으면 A10이라고 명명된 쾌감신경이 활성화하고, 쾌감신경이 활성화하면 도파민이라는 각성 효과가 강한 물질이 분비된다. 쾌감에 대한 과학적 설명이다. 예컨대, 침으로 마취가 가능한 것도 특정한 곳에 침을 박아넣으면 도파민 또는 엔도르핀이 다량 분비돼 고통을 제거해주기 때문이다.

정말 그럴까.

물론 대답은 예스이다.

레슬러가 한참 목이 졸리면 이윽고 더 졸라주길 바라면서 목을 오히려 내밀려고 한다는 고백을 듣는 건 어렵지 않다. 권투 선수가 한창 두들겨맞고 나면 자신도 모르게 상대편 선수의 주먹을 향해 얼굴을 내밀게 되는 경우도 있다는 보고도 그렇다. 마라토너들이 고통의 극한을 넘어 계속 달리게 되면 이윽고 뇌 속의 신경 물질이 엔도르핀을 다량 분비시켜 오히려 황홀감을 느낀다는 보고도 많다. 그것뿐인가. 고산 등반중 추락했다 살아난 자 중에선 추락하면서 "행복감마저 들었다"라고 말하는 사람도 있다.

죽는 자의 대부분은 환한 표정을 짓는다.

그는 비록 고통의 극한점, 이를테면 교통사고나 화상, 혹은 질식사를 한 시신까지 포함, 죽은 자의 칠팔십 퍼센트가 평안한 표정을 하고 있다는 의학적 보고서를 읽고 무릎을 친다. 그러면 그렇지. 육체의 감옥을 빠져나가는 영혼에겐 해방에 따른 놀라운 쾌감이 있을 테니, 죽은 자들의 표정이 행복한 것은 당연한 결과이다. 그러면 극단적 고통과 만날 때 엔도르핀을 분비하도록 명령하는 자는 누구일까? 엔도르핀의 분비는 의학적으로 확인할 수 있지만, 엔도르핀을 분비하게 하는 명령 체계에 대해선 의학적 설명이 여전히 불충분하다. 그것을 주관하는 주체야말로 원천적인 생명 에너지일는지도 모른다. 이를테면 '영혼'이 육체의 감옥에서 빠져나오면서, 그 해방의 대가로 엔도르핀을 대량으로 선물하는 건 아닐까.

그의 목표는 이제 엔도르핀의 자유로운 조절이다.

아니다. 엔도르핀의 조절이라니, 그것은 너무 껍데기만 표현한 것이 된다. 엔도르핀의 조절은 생명 에너지가 가진 하찮은 전략의 한 가지에 불과하다. 죽든 살든, 생명 에너지의 원형은 영원히 소실되지 않는다. 세계가 소멸되지 않듯이. 더구나 자신은 이미 죽은 뒤의 세계를 경험하지 않았던가. 보는 세계 너머에 무수한 또다른 세계가 존재하는 걸 보고 느꼈으니, 그는 이제 죽음도 삶도 무섭지 않다.

　옥탑방 뒤로 기차가 지나간다.

　철길 옆에 솟아오른 커다란 아카시아나무에서 노랗게 된 아카
시아 잎들이 기차 바람에 일제히 비상한다. 그는 황홀하게 그것
을 바라본다. 심지어 옥상 마당에 있으면서 기차를 타고 앉은 그
자신의 모습이 보이기도 한다. 가령, 신혼여행을 떠나고 있는 젊
은 그 옆에 스물셋의 아내가 앉아 있다. 해운대로 가는 길이다.
환영이라는 걸 충분히 인식하면서 그는 환영을 본다. 정말 해운
대로 가는 기차를 보는 것일까. 획획 지나고 있는 기차의 유리창
들이 햇빛을 리드미컬하게 튕겨내고 있다. 은하계의 어떤 별에
게 가는 기차일지도 모른다. 노란 반회장저고리에 남색 치마를
받쳐 입은 아내가 그의 손을 꼭 잡고 햇빛보다 더 환한 빛으로
웃는다. 아니, 다시 보니 아내가 아니라 애린이다.

　미친놈!

　그는 자신을 질책하면서도 껄껄, 소리내어 웃는다.

　애린이 가방을 싸들고 옥탑방으로 들어온 것은 11월도 다 지
나갈 무렵이다. 여름에 너무 더운 게 흠이지만, 보일러 시설이
잘돼 있어서 겨울의 옥탑방은 그런대로 운치가 있다.

"따뜻하지?"

"따뜻하네, 아빠. 바닥에서 자고 싶어."

애린이 천진난만하게 웃는다. 그는 애린과 함께 침대를 놔두고 바닥으로 내려와 눕는다. 방바닥이 군고구마처럼 따끈따끈하다. 어린 애린을 사이에 두고 겨울이면 방바닥에 요를 깔고 세 식구 나란히 누워 자던 지난날들이 그립다. 아내가 곁에 있다면 지금도 가끔 그렇게 잠들곤 했을 터이다.

"엄마 요즘, 도박 진짜 끊었어."

"알아. 앞으로 너 힘들게 하는 일 없을 거야. 엄마가 맘먹으면 무슨 일을 하든 아빠보다 훨씬 낫다는 거, 너 알잖니. 두고봐. 더 좋고 넓은 아파트를 다시 사고 말걸."

"아파트 같은 거, 상관없어."

애린이 누운 채 그의 손을 잡는다.

"예전처럼…… 엄마 아빠 사이에서 늘 자고 싶어……"

그는 아무 대답도 하지 않는다.

하지만 애린의 소망처럼 그런 날은 다시 오지 않을 것이라고 그는 생각한다. 경제적인 여건 때문이 아니다. 회한이 남아 있는 한 우물 밑으로 내려올 수 없다던 동생 재균이의 말이 떠오른다. 모든 회한은 관계로부터 생긴다. 관계는 삶의 크고 작은 틀을 만들어내고, 그 틀은 관계의 순수성을 해치고 만다. 악순환이다.

다시는 어떤 틀, 어떤 허울도 만들고 싶지 않다. 그 끝을 경험했기 때문이다. 함께 살고자 하는 욕망으로 사랑을 잃고, 집을 갖고 싶은 욕망으로 휴식을 잃어버리는 어리석은 짓을 왜 또 시도하겠는가. 아내가 전세 아파트를 얻고 나면 애린을 데려갈 것이다. 그때까지만 애린을 곁에 재우면 된다.

애린이 곧 쌔근쌔근 잠든다.

그는 잠든 애린을 오래 내려다본다. 긴 속눈썹 그늘과 견과류처럼 단단히 솟은 어깨뼈와 숨을 쉴 때마다 오르락내리락하는 듯한 쇄골이 어딘지 모르게 애처롭다. 이제 활달하고 영민한 아내가 삶의 전사로 나섰으니, 이애의 일상도 곧 가지런해질 터이다. 기차가 지나간다. 애린이 미간을 찡그리고 이불을 차며 돌아눕는다. 그는 얼른 이불을 다시 덮어준다. 그 순간, 오빠 눈에서 햇빛이 나와, 라는 말이 난데없이 들린다. 해맑은 목소리다. 그는 쫑긋하고 귀를 세운다. 기억의 어스레한 골짜기를 넘어가면 갈대들이 흔들리고 온갖 들꽃들이 피어 있는 강안의 미루나무 샛길이 보인다.

고등학생인 그가 그곳에 있다.

어떤 날의 그는 걷고 어떤 날의 그는 자전거 페달을 돌리고 또 어떤 날의 그는 나룻배 이물에 앉는다. 오빠, 오빠, 하고 해맑은 목소리가 계속 그를 쫓아다닌다. 정말이라고. 오빠 눈에서 햇빛

같은 게 쏟아져나온다니까. 지금의 애린과 동갑인, 이장 딸 순희의 목소리다. 알고 보면 아침 햇빛 같은 순정한 광채는 순희의 눈에서 쏟아져나온다.

그는 뒤숭숭해져서 옥탑방을 나온다.

오랫동안 기억의 어둠 속에 묻혀 있던 얼굴이다. 만약 고향에 가지 않았다면 지금껏 아무도 돌아보지 않는 망각의 무덤 속에 묻혀 있었을 것이다. 그런데, 한번 기억의 불씨를 헤집어놓고 나자 나아갈수록 순희의 모든 것들이 생생히 살아난다. 고등학생인 그보다 학교가 일찍 파한 순희가 거의 매일 기다리던 강경상고 교문 앞의 풍경도 낱낱이 복원된다. 추억의 모든 것은 통학길에 있다. 꼭 잡아야 돼, 라고 그가 말하고, 냉큼 자전거 뒷자리에 올라앉으면서 피, 그런 말 할 때의 오빠는 꼭 노인네 같아, 라고 그녀가 대답한다. 중앙동을 지나고 구시장을 비켜 염천동 쪽으로 빠지면 곧 둑길에 당도한다. 강안의 갈대밭과 드넓은 강심의 물살이 한눈에 내려다보이는 둑길이다. 자전거는 미끄러지듯 강을 따라 흐른다. 그가 우, 하면 그녀가 아, 하고 화답한다. 고향 마을 최대의 지주였던 이장과 마을의 상머슴처럼 살아온 아버지의 간격은 그 둑길에서 존재하지 않는다. 그렇지만 이장은 어디를 가든 유난히 그를 쫓아다니던 어린 딸을 무심히 보아 넘기지 못했을 법하다. 곱지 않던 이장의 눈빛이 기억의 길을 따라 되살아난다.

오빠, 나 대전으로 전학 가야 된대.

순희가 말하고 있다. 그것이 긴 이별의 시작이다. 가을이 깊어
바람이 불 때마다 마른 갈대들이 몸을 섞는 소리 유난히 크게 울
리는 어느 저녁 무렵의 일이다. 순희가 전학 가던 날은 하루종일
바람이 불었고, 그는 갈대밭에 웅크리고 앉아 순희를 태운 배가
강을 넘어가는 걸 오래오래 본다. 아득하고 슬프다. 창으로 들여
다보이는 애린의 얼굴도 그렇다. 같은 나이이다. 애린의 얼굴에
순희의 얼굴이 있다.

마지막 만난 것이 대학 4학년이었던가.

캠퍼스로 그를 찾아온 그녀는 긴 머리를 깡똥하게 묶은 미니
스커트 차림새다. 하얀 얼굴과 날씬한 다리가 얼마나 눈부셨던
지 그는 내내 시선을 한군데 내려놓지 못한다. 졸업하면 뭐할 거
야, 오빠? 그녀는 묻고, 나 안 보고 싶었어? 그녀는 또 묻는다.
그의 등이 땀으로 젖는다. 그녀가 빛이고, 자신은 어둠이라고,
그는 그때 자학적으로 생각한다. 왜 보고 싶지 않았을까마는, 입
만 벌리면 더듬더듬 말더듬이가 되는 판이니, 대답이 제대로 나
올 리 없다. 오빠, 애인 있나보네? 그녀는 묻고, 으응…… 긍정
도 부정도 아닌 신음 소리가 그의 입에서 나오고 만다. 그가 재
학중인 상경대 앞은 비탈길이다. 그때 애인이 없다고 분명히 대

답만 했어도 순희를 붙잡게 됐을는지 모르지만, 모두 먼 날의 수채화 같은 기억일 뿐이다. 스무 살의 그녀가 뒤돌아서 비탈길을 내려가는 게 보인다. 비탈길에 먼저 그녀의 무릎이 가리고, 허리가 가리고, 어깨가 가린다. 순희야……라고, 마음속에서 누가 격정적으로 그녀를 부를 때, 그녀의 깡똥하게 묶은 머리가 비탈길 아래로 자맥질해 내려간다. 그것이 그녀의 마지막 모습이다.

그는 다시 방안으로 들어온다.

애린의 머리맡에서 휴대폰이 자꾸 부르르 몸을 떨고 있다. 애린에게 문자가 들어온 모양이다. 그는 휴대폰을 들어볼까 하다가 고개를 젓는다. 머릿속에선 순희가 비탈길 아래로 자맥질해 내려가는 모습이 계속 리와인드되고 있다. 어떤 회한이 더 내게 남아 있단 말인가. 그런 질문이 떠오른다.

창 너머에서 또 기차가 지나간다.

악몽

안 좋은 일들이 꼬리를 물고 일어나는 날이 있다. 머피의 법칙이다. 그에겐 12월 첫째 주 금요일이 바로 그런 날 중의 하나이다.

아침엔 층계에서 넘어진다.

애린의 도시락으로 김밥을 싸려고 하다 단무지가 없어 시장을 다녀오려고 나섰다가 층계에서 넘어진 것이다. 무릎이 깨지고 발목이 시큰시큰할 만큼 타격을 받는다. 그는 결국 애린의 도시락을 싸지 못한다. 오후에도 몇 번이나 부딪치고 넘어진다. 심지어 현관문을 열지 않고 나가려다가 이마를 문에 부딪치기까지 한다. 다른 생각에 골몰해 있었던 것도 아니다. 그런데 어떻게 문을 열 생각도 안 하고 문으로 가 부딪친단 말인가. 세탁기가 고장이 나고 두 번이나 누전 차단기가 떨어져내린 것도 언짢다. 밀린 월세는 반 이상 갚았는데, 누전의 위험성을 알리자 집주인은 인상부터 쓴다. 혼자 산다고 했지 딸애와 함께 쓴다는 말은 없었지 않느냐고, 누전과 아무 상관없는 타박으로 이편의 말을 막아버린다.

결정판은 김사장과의 문제이다.

회계 업무의 알바 일거리를 주는 사람이 김사장이다. 한때는 직장 상사였으나 지금은 독립해 따로 회사를 하고 있다. 저녁이나 함께 먹자면서 자가용까지 보내준 김사장은 어느 으슥한 일식집 뒷방에 앉자마자 매출을 반으로 줄여 허위 장부를 만들어달라는 말부터 꺼내놓는다. 세금 때문에 못살겠으니 어떻게 하든지 '절세'를 해야 한다는 말이다.

"그것은 절세가 아니라 탈세잖아요."

말을 참았으면 좋았겠지만, 융통성 없는 그는 끝내 참지 못한다. 김사장이 회사를 그만두자마자 그만한 사업체를 곧장 꾸린 것도, 회사 재임중 딴 주머니를 불려왔기 때문이라는 건 주위에서 다 아는 사실이다. 이익이 많이 남는 사업이니 세무 자료를 조작하지 않더라도 이미 돈방석 위에 앉아 있지 않은가. 그런데 회사의 공식 회계 업무 라인을 비켜서서 그를 통해 반 이상 매출을 줄이려 하다니, 상식적으로도 이해할 수가 없다. 정밀한 세무 조사가 시작되면 그부터 쇠고랑을 차게 되는지 모르고, 최종적으로는 김사장 자신도 큰 고초를 겪을는지 모른다. 눈앞의 욕심 때문에 사리 분별조차 제대로 못하는 것 같아 그는 속으로 혀를 차고 싶다.

"나보다, 사장님 위해 말씀드리는 거예요."

낯색이 변한 김사장을 보고 수습하려고 덧붙여보지만 수습은 되지 않는다. "자네는 그게 문제야. 세금 다 내고 어떻게 사업하나. 이미 세무서 담당 부서와도 말을 맞춰놓고 하는 말인데, 그리 눈치 없게 나오다니 원." 그가 참고 있는데 김사장 쪽에서 먼저 혀를 찬다. 좋은 벌이가 날아가는 순간이다.

바로 그날 밤, 애린을 만난다.

아니, 만난 것이 아니라 우연히 시장 안쪽의 일방통행로 한쪽에 멈춰 선 승용차에서 애린이 내리는 것을 목격한 것이다. 밤 아홉시쯤 됐을까. 김사장이 인사조차 받지 않고 휑 떠나버린 뒤, 괜히 쓸쓸해져서 다리가 불편한데도 불구하고 삼십여 분이나 걸어 막 시장 안쪽으로 들어섰을 때, 그는 그것을 본다. 검은색 승용차 한 대가 그를 스치고 지나 이미 셔터 문이 내려진 침침한 건어물 가게 앞에 서는 것과 애린이가 그 차에서 내리는 것을.

승용차는 렌터카 번호판을 달고 있다.

그는 온몸을 훑고 지나가는 전류 때문에 스톱모션이 된다. 애린이 뛰다시피 시장 골목 안쪽으로 빨려들어가고 있다. 애린은 땋았던 머리를 풀고 사복을 입은 낯선 모습이다. 아니야. 착각이야. 그는 곧 머리를 저으며 중얼거린다. 좀 전에 본 광경이 슬로비디오처럼 머릿속에서 반복 재생되고 있다. 눈앞을 스쳐지나던 순간 핸들을 붙잡고 있던 남자는 자신과 비슷한 나이쯤 되어 보인다. 얼굴은 지워지고 없지만, 이미지는 비교적 또렷하다. 온화하고 깔끔하고 지적인 이미지다. 그리고 곧 승용차가 닫힌 건어물 가게 앞에 서고, 남자의 상반신이 오른편으로 슬쩍 기운다. 구체적으로 뭘 본 건 아니나 그 장면 또한 이미지는 남는다. 옆자리 앉은 애린의 머리를 쓰다듬었던 것도 같고 볼이나 어디쯤에 입술을 슬쩍 가져다댔던 것도 같다. 연인들처럼.

이것이 무엇일까.

손끝이 떨리고 가슴이 두근거린다. 머릿속에 남은 남자의 모습 위에 나이든 친척들과 학교 앞에서 한 번 본 담임 선생님을 오버랩해본다. 들어맞는 사람이 없다. 그렇다면 애린을 태우고 온 승용차의 주인은 대체 누구란 말인가. 얼이 빠져서 애린이 아닌 걸 애린이라고 착각했을는지도 모른다. 또 설령 좀 전에 본 그애가 애린이라고 하더라도 그렇다. 우연히 학원 선생님이 데려다주었을 수도 있다. 잘 가라, 하고 차를 내리는 애린의 머리를 쓰다듬어줄 만한 사람이 왜 더 없겠는가.

낮에 비해 기온이 뚝 떨어져 있다.

그는 천천히 시장 가운뎃길을 관통한다. 소머리국밥집 앞에선 술 취한 중년 남자의 멱살을 잡은 여자가 뭐라고 악다구니를 쓰는 중이고, 오피스텔 옆 골목 그늘에선 젊은 남녀가 끌어안은 채 더듬고 있는 중이고, 이층에서 삼층으로 올라가는 층계참엔 노랑머리 어떤 여자가 취했는지 오물들을 막 토해내고 있는 중이다. 그는 오물들을 밟지 않으려고 조심하면서 옥탑방으로 오른다. 있지, 옛날 다니던 학원 선생님을 우연히 만났는데, 시장 앞까지 나를 데려다주셨어. 애린은 말할는지도 모른다. 그보다 앞서 들어온 머리를 묶어 올리고 있던 애린이 들어서는 그를 돌아본다.

"어디 갔다가 이제 오는 거야, 아빠?"

여느 때처럼 청명한 소프라노 톤이다.

"너도 방금 들어온 모양인데?"

"나, 오늘 친구들 때문에 늦을 거라고 했잖아. 생일 파티 있다고. 피자집에서 만났는데. 근사한 파티였어. 다음 내 생일에도 아빠, 피자 사줘."

"추운데…… 뭐 타고 왔누?"

"버스 탔지 뭐. 히터 나오던걸."

가슴이 다시 철렁 내려앉는다. 그는 어지럼증을 느끼고 얼른 침대 모서리를 잡는다. 그사이 욕실로 들어간 애린이 세수를 하고 있다. 그는 그애가 자신의 침대 위에 올려놓은 학생용 배낭을 돌아다본다. 평소보다 가방의 배가 부르다. 교복이 그 안에 있기 때문일 것이다. 바람이 부는지 창문이 다르르르 떤다. 올겨울엔 유난히 기습적인 추위가 많이 올 것이라던 일기예보가 불현듯 생각난다. 길고 혹독한 겨울이 시작되고 있다.

죽음에 이르러, 모든 사람들이 향기를 맡거나 꽃을 보거나 평화로운 빛을 경험하는 것은 아니다. 악몽처럼 끔찍한 경험의 보고도 많다.

링자 최기는 16세기 티베트 사람이다.

링자 최기는 일시적으로 숨이 끊어졌을 때, 자신의 옷을 입고 자신의 침대에 누워 있는 돼지를 보았다고 자서전에서 고백하고 있다. 그가 읽은 임사 체험에 대한 인상 깊은 보고 중 한 가지다. 링자 최기는 가족들에게 말을 하려고 몸부림을 쳤지만 가족들은 그 자신의 주검을 수습하는 데 오직 정성을 쏟는다. 특히 자신의 아이가 울부짖을 때 링자 최기는 '피고름이 우박처럼 떨어지는 것'을 느꼈다고 한다.

티베트에선 환생이 흔한 일이다.

의학적으로 죽었다고 선고받았다가 다시 살아 돌아오는 것을 티베트 말로 '델록Délok'이라고 하는데, 델록은 '죽음으로부터 되돌아왔음'을 뜻하는 말이다. 링자 최기는 지옥으로 가는 다리도 보았고, 염라대왕이 선악을 헤아리는 것도 보고 왔다고 고백한다. 링자 최기는 죽도록 예정된 사람이 아니었기 때문에 그만큼 회한도 많았을 것이고, 그래서 죽음을 맞이하는 일이 더 고통스러웠을 것이다.

아는 이의 끔찍한 죽음을 목격한 사례도 있다.

어떤 일본인은 친구가 우물에 빠져 몸부림치며 죽어가는 것과, 말 탄 사무라이가 삽시간에 사촌형의 목을 댕겅 자르는 것과, 친형제가 거친 바다 한가운데에서 난파된 배에 타고 있다가 비참하게 익사하는 것도 본다. 모두 죽은 다음에 본 광경이다.

그날 밤 그는 끔찍한 꿈을 꾼다.

꿈이 아니라 헛것을 본 것인지도 모른다. 애린이 잠들어 있다고 확인하고 옥상 마당으로 나오다가 그는 질겁을 해서 뒷걸음을 치고 만다. 벌거벗은 남자와 여자들이 옥상 마당에 겹겹이 쌓여 있는데, 온통 피칠갑을 하고 있다. 팔다리가 잘린 사람도 보이고 머리가 잘린 사람도 보이고 사지 육신이 너덜거리는 사람도 보인다. 어떤 남자는 여자의 피고름이 흐르는 성기를 끄집어내어 빨리를 불고, 어떤 여자는 남자의 등골을 파먹는다. 그렇지만 잘린 손발과 목과 성기와 등골 등이 모두 살아서 꿈틀댄다. 기운을 완전히 거세시키지 않는 한 잘린 손가락 하나도 죽을 수없다고, 꿈속에서 누가 속삭여준다.

피비린내와 악취가 진동한다.

피고름은 옥상 마당을 흘러넘치고 오피스텔 벽을 적시면서 거리로 빠르게 확산된다. 시장통을 채우고, 시장 건너편의 언덕 주택가를 채우고, 마침내 언덕 꼭대기 교회 첨탑까지 채운다. 십자가도 피고름으로 칠갑이 되어 있다. 몸뚱어리를 잃은 얼굴과 제몸에서 떨어져나온 손가락, 발가락, 팔, 다리, 늑골, 정강이뼈, 허파, 위장, 큰창자, 작은창자들이 모두 죽지 못해서 꿈틀대며 십자가 꼭대기로 기어오른다. 사지가 다 결딴나고도 사지가 다 살아서 꿈틀대는 것을, 그는 보고 느낀다. 비명조차 지를 수 없다. 저세상엔 무덤이 없더라고, 무덤을 써도 아무 소용이 없다면서,

땅 위로 솟아 골을 쏟아내며 데구루루 굴러가는 어떤 머리통도 보인다. 욕망이 남아 있는 한 땅에 묻어도 손은 손대로, 발은 발대로, 몸뚱어리는 몸뚱어리대로, 위장은 위장대로, 똥구멍은 똥구멍대로 제 욕망을 쫓아 무덤을 뚫고 나오는 모양이다.

염라대왕님, 제발 꿈을 깨게 해주세요.

그는 꿈속에서 부르짖는다. 꿈속에서, 꿈인 걸 느끼고 안다. 그러나 도망칠 길은 없다. 꿈은 그 자신이 만든 프로그램이 아니다. 꿈을 깨고자 몸부림칠수록 공포감은 배가된다. 그는 행여 비겁하다는 소리를 들을까봐 차라리 더 눈을 부릅뜬다. 봐야지. 봐둬야지. 온 천지에 온갖, 누구누구의 기관들, 장기들이 춤추고 뒹굴고 떨고 노래하고 소리지르고…… 그리고 '색 쓰고' 있다.

어떤 꿈틀거리는 손은 어디서 본 듯하다.

대퇴부 뼈는 속이 비어 있고, 위장은 종기가 다닥다닥 붙어 있고, 눈은 충혈되어 붉다. 꿈틀거리는 손과, 속이 피리처럼 빈 대퇴부 흰 뼈와, 붉은 눈을 하나로 맞추려고 애쓰고 있으니까, 이 구석 저 구석에서 다른 장기들이 다투어 달려와, 애당초 내 시야에 들어와 있던 손과 뼈와 위장과 눈과 짝을 맞추기 시작한다. 식도가 저요, 저요, 달려와 위장과 짝을 맞추고, 피칠갑된 살점들이 저요, 저요, 달려와 대퇴부와 짝을 맞추고, 눈썹들과 이마, 뼈와 콧구멍이 저요, 저요, 저요, 하면서 달려와 눈과 짝을 맞춘

92

다. 레고를 맞추는 것도 같고 조각 그림을 맞추는 것도 같다. 한 번 맞춰지기 시작하자 수많은 장기들 속에서 저요, 저요, 저요, 저들 스스로 손들고 나와 거의 오토매틱으로 한 사람이 완성된다. 아주 낯익다.

아니.

그는 소스라친다.

온전하게 맞춰진 자는 다시 보니, 그 자신이다. 피칠갑을 한 자신을 보는 건 고통스럽다. 그는 미간을 찌푸리고 눈을 가린다. 맞춰졌던 장기들이 그 순간, 다시 와르르르 무너지고 만다. 제발, 제발 꿈을 깨게 해주세요. 바로 그때, 조각난 수천의 기관들과 수천의 장기들 사이로, 피와 고름 사이로, 무엇인가, 일제히 기어나온다. 벌레인가. 마침표만하다. 마침표는 금방 자라서 해바라기 씨만해지고, 해바라기 씨는 또 금방 자라서 손톱만해진다. 그는 놀라서 입을 벌린다. 작지만 그것들은 모든 기관과 장기를 갖추고 있다. 손톱만한…… 아이들이다. 손톱만하지만 눈도 코도 입도 귀도, 심지어 속눈썹까지 선명하다. 어떤 작은 아이는 여자의 음부를 찢고 나오고, 어떤 작은 아이는 곪아터지는 페니스의 대롱을 열고 나오고, 또 어떤 작은 아이는, 피 흐르는 눈꺼풀을 뚫고, 꽈리처럼 부풀어오른 종기들을 터뜨리고, 맹장, 십이지장, 간, 콩팥을 가르고, 폐와 심장을 찢고, 말미잘같이 오

므렸다 퍼졌다 하는 똥구멍 괄약근을 열고 나온다. 기어나오는 놈, 걸어나오는 놈, 데굴데굴 굴러나오는 놈, 피고름 미끄럼틀을 미끄러져나오는 놈, 달려나오는 놈, 참새처럼 날렵하게 날아서 나오는 놈도 있다. 끔찍하면서도 장엄하다.

그는 눈을 감고 싶지만, 감기지 않는다.

꿈의 설계자는 그가 알지 못하는 사이 아주 단단한 심을 쟁여넣은 호치키스로 그의 열린 두 눈을 찍어놓은 게 틀림없다. 제발, 이 기괴하고 역동적인 빅뱅을 멈추게 해주세요. 그는 꿈을 깨려고 온몸을 벽에 깨어져라 계속 부딪친다. 작은 아이들이 어느새 땅콩만하게 굵어져 있다. 이 속도로 자라면 머지않아 아이들 배가 터지면서 또다른 마침표만한, 해바라기 씨만한 아이들이 터져나올 것 같다.

더럽고, 무섭고, 그러면서 아주 힘찬…… 빅뱅이다.

거세

준비는 다 된 셈이다. 그는 배낭을 메고 일어선다. 신문지로 도르르 만 생선회 칼은 따로 싱크대 뒤에 올려놓여 있다. 새로 산 생선회 칼은 길이가 부엌칼보다 길고 끝이 뾰족하다. 애린으로 가장해 '금요일 일곱시'에 만나자고 미지의 남자에게 메일을 보낸 건 엊그제의 일이다.

날씨가 아주 춥다.

그는 옥탑방 문을 열고 밖으로 나서면서 목덜미를 부르르 떤다. 구름이 잔뜩 끼어 있는 걸로 보아 눈이 내릴는지도 모른다. 일기예보에 따르면, 오늘밤엔 영하 칠팔 도까지 내려갈 전망이다. 그는 파카에 붙은 모자를 푹 눌러쓰고 오피스텔 건물을 나와 시장 안 거리로 들어선다. 저녁 일곱시, 건어물 상회는 이미 문이 닫혀 있다. 아니, 그 건어물 상회는 사실 여러 날째 문을 열지 않는 가게이다. 시장 중앙부를 벗어난 그쪽은 장사가 잘 안 되는지 가게들이 대부분 닫혀 있어 어둡고 휑뎅그렁하다. 지난주 애린이 렌터카 번호판을 단 차에서 내렸던 지점이다.

오 분도 지나지 않아 승용차가 와 선다.

그는 주위를 둘러보고 나서 멈춰 선 승용차로 간다. 운전석의 남자가 지난번 애린이를 데려다주었던 남자와 동일인이라는 걸 그는 금방 확신한다. 렌터카 번호판이다. 그날그날 빌려주는 렌터카니 지난번 타고 온 차와는 다른 게 당연하다. 그는 전광석화, 빨려들듯이 운전석 옆자리에 올라앉는다. 핸들을 잡은 남자가 놀라서 입을 벌린 것과 생선회 칼이 남자의 옆구리에 찌를 듯이 가닿은 것은 거의 동시에 벌어진 일이다.

"출발하시오. 안 그러면 쏴버릴 거요."

얼굴이 핼쑥해진 남자가 곧 차를 출발시킨다.

강도라고 생각했는지 남자가 순순히 잔뜩 배가 부른 지갑을 안주머니에서 빼놓는다. 그는 남자의 지갑을 집으면서 말은 아낀다. 일단 목표 지점까지 무난히 가는 것이 첫번째 관문이다. 차는 한참 만에 강변북로를 벗어나 경기도와의 경계를 넘는다. 그는 남자의 주민등록증을 본다. 그와 동갑이다. 선하게 생긴 처진 눈매와 여자처럼 긴 목과 희끗희끗한 새치들이 보인다. 주민등록증과 함께 지갑을 빠져나온 사진 한 장엔 일가족이 단란하게 포즈를 취하고 있다. 여고생, 여중생인 듯한 소녀 둘과 역시 유순해 보이는 여자가 남자를 중심으로 좌우에 나누어 앉은 사진이다. 딸과 아내인 모양이다.

차가 지방도로에서 벗어난다.

산 쪽으로 이어지는 1차선 도로이다. 언덕을 넘으면 규모가 크지 않은 공원묘지가 나올 것이다. 아홉시가 가까워지고 있다. 이미 답사를 해둔 대로 공원묘지의 아홉시는 사람의 자취가 전혀 없다.

"나를…… 죽일 생각입니까?"

남자가 묻지만 그는 대답하지 않는다.

칼끝이 가리키는 대로 승용차가 컴컴한 공원묘지 관리사무소 앞을 지나 묘원의 위쪽으로 올라간다. 줄 맞춰 조성된 모든 묘지들이 한눈에 내려다보이는 지점이다. 키 큰 소나무들이 묘원과 산의 경계를 따라 일렬횡대로 도열해 있다.

마침내 차가 멈추고 시동이 꺼진다.

갑작스러운 고요에 남자는 새삼 기가 질린 표정이다. 바람도 불지 않는다. 차문을 열고 내리니까 섬뜩한 한기가 목덜미를 물어뜯는다. 그는 준비해온 로프를 남자의 발 쪽으로 던지고 두 발을 묶으라고 손짓을 한다.

"혹시…… 그애와 관계가 있는 분인가요?"

남자가 마침내 그렇게 묻는다.

그는 역시 침묵한다. 말은 감정을 흔들 수 있다고 그는 생각한다. 남자가 갑자기 언 땅바닥에 무릎을 꿇더니, 울음을 터뜨린다. 참으려고 해도 참을 수가 없는 모양이다. 남자가 어린애처럼 흐느끼는 소리를 내며 주먹으로 눈가를 훔친다.

"죽이진 않을 거요. 먼저, 당신 발을 묶어요."

남자가 울면서 스스로 다리를 모아 묶는다.

그다음은 계획했던 대로 모든 일이 일사천리 진행된다. 발이 묶인 남자를 데려다가 소나무에 단단히 결박한다. 관리사무소와 정면으로 마주보는 소나무니까 첫 출근하는 직원이 맨 처음 남자를 발견할 것이다. 저 사람, 왜 저기 저러고 있지? 멀어서 묶여 있는 걸 단번에 알아차리지 못한 직원은 그렇게 중얼거릴는지 모른다. 또다른 직원이 출근하면 호들갑을 떨 테지. 아까부터 꼼짝 안 하고 서 있어. 혹시 묶여 있나. 우르르 몰려오는 직원들의 실루엣이 눈앞을 스친다.

"그, 그애 말대로…… 정말…… 고아인 줄 알았어요."

남자가 필사적으로 말하고 있다.

그는 남자의 두 팔을 소나무 뒤로 당겨서 묶고, 허리를 묶고, 발목 역시 한번 더 묶는다. 헤드랜턴을 쓴 채 그는 오로지 침묵 속에서 그 작업을 한다. 두 무릎을 언 땅에 꿇고 남자의 발목을 묶을 땐 어떤 신성한 의식을 준비하는 것 같은 느낌까지 든다.

"뭐라고…… 말 좀 해봐요……"

"……"

"채팅에서 고아라고…… 동생하고 둘이 산다고 해서…… 소녀가장인 줄 알고…… 나도 이런 거…… 처음이었어요. 믿어주세요. 부, 부자도 아니에요. 부자…… 아니지만…… 보상할 수 있어요. 제발…… 말을 하세요. 차라리 발길로 차고…… 그게 나아요. 평생…… 평생 동안 대서소 하고요, 도, 도장을 팠어요. 구청 앞에서요. 그것……뿐이었어요. 원, 원조 교제…… 말만 들었는데요, 내가…… 내가 미쳤지. 나도 씨발…… 계속 불안하고 무서워서 오늘은…… 돈만 주고 가려고 했는데…… 일요일이라서…… 교회에서 봉사할 일이 있거든요……"

공포감 때문일까, 이제 아예 횡설수설이다.

애린에게 새로 사준 중고 노트북은 모든 기록을 남긴다. 애린이 노트북을 켤 때 딴 데를 보는 척하면서 그애의 이메일 주소를 기억해두는 건 식은 죽 먹기보다 쉽다. 평생 장부의 숫자들만 보면서 살아왔기 때문이다. 금요일에 만나자는 남자의 이메일에 그가 애린의 이름으로 보낸 답장을 보낸 건 엊그제다. '일요일, 일곱시, 시장 안쪽 건어물 상회 앞으로 오세요.' 애린의 이메일 비밀번호를 확보하고 이틀 후의 일이다. 애린은 겨울방학을 맞아 캠프에 갔으니 일주일 후에나 온다. 돌아오면 곧 아내가 얻어놓은 전세 아파트에 들어가게 되어 있다. 노트북에서 남자와 메일을 주고받은 흔적들은 완전히 삭제해두었으니 애린은 아무것도 모를 것이다.

"날 어떻게 할 건지…… 말해주세요……"

콧물과 눈물이 뚝뚝 턱끝에서 떨어진다.

어찌된 영문인지, 남자는 끝없이 횡설수설하지만 말소리가 또렷이 귀에 들어오지 않는다. 그 대신 얼룩이 많이 낀 유리창 안쪽에서 도수 높은 낡은 안경을 끼고 나무 도장을 파고 있는 남자의 그림자가 떠오른다. 아니, 남자는 남이 부탁한 내용 증명을 쓰고 있는 것 같기도 하다. 혹시, 이것도 꿈일까. 그는 스스로 자문해본다. 남자가 지껄이는 말들이 이 나라가 아닌 다른 세계의 방언처럼 들린다. 남자는 혹시 몽골이나 방글라데시나 필리핀이나 캄보디아에서 왔는지도 모른다. 몽골, 방글라데시, 필리핀, 캄보디아 어디어디쯤, 거대한 관청 앞의 상가 건물이 보이는 것 같다. 두 평이 채 될까 말까 한 좁은 감옥에 갇혀 평생 남의 내용증명을 써주거나, 이혼 서류를 대신 작성해주거나, 유언장을 만들어주고, 그 사이사이 싸구려 막도장을 죽어라 파주고 있는, 목이 가늘고 긴 남자의 인생이 휙휙휙 눈앞을 스쳐지나가고 있다. 마치 그 자신의 인생을 뒤돌아보는 느낌이다. 남자가 죽으면, 남자의 일생이 녹화된 필름을 고속으로 돌려 보던 염라대왕께서, 그에게 그러했듯이, 편집을 좀 하지 그랬느냐…… 지루해서 미치겠다는 표정으로 하품을 쩍쩍 해대면서 타박을 늘어놓을 게 틀림없다. 단순한 일상을 끝없이 반복하고 살아왔으니, 염라대왕이 볼 때 남자는 분명한 유죄이다. 남자가 평생 판 도장은 몇 개나 될까. 만 개? 삼만 개?

"다, 당신…… 도장이라도 파봤어?"

남자가 갑자기 부르짖듯 묻는다.

남자가 공포감 때문에 미쳐가고 있다고 그는 생각한다. 도장을 파보진 않았지만, 수많은 도장을 찍어봤다고, 수많은 도장을 관리해봤고, 수많은 도장을 결재 서류에 받아봤다고 대답할까 하다가 그만든다. 평생 회계 업무를 관장해왔으니 따져보면 그의 인생도 도장과 함께해온 인생이다. 오래전 언제쯤, 어느 구청 앞에서 남자에게 다급하게, 상사인 부장이나 이사의 막도장을 파달라고 그가 주문했었을 수도 있다. 예예, 일 분만 기다리세요, 라고 남자는 말했겠지. 그는 헤드랜턴으로 잠시 남자를 비춰본다. 여전히 눈물 콧물이 뒤범벅된 얼굴이다. 연민의 그림자가 전혀 없는 것은 아니지만, 마음이 흔들릴 정도는 아니다. 흔들리기는커녕 남자의 눈물범벅을 보고 있자 마음은 더 깊이 가라앉는다. 마음의 심지가 쏙 빠져나간 듯하다. 분노도 미움도 없다.

"도장이라면…… 나도 지긋지긋해요."

남자의 눈에서 눈물이 또 울컥한다.

말하고 나서, 그는 횡설수설하는 남자의 입을 미리 준비해온 테이프로 봉하고 만다. 남자의 눈에서 눈물이 또 울컥한다. 섬뜩할 만큼 기온이 급강하하고 있다. 바람까지 정면에서 몰아치고 있다. 비로소 사위가 물속처럼 고요해진다.

이제 마지막 작업만 하면 된다.

그는 남자의 바지 지퍼를 열고 성기를 밖으로 꺼내놓는다. 공포감과 추위 때문에 한껏 오그라든 그것은 누에고치처럼 조그맣다. 욕망의 뿌리라고 생각했는데, 욕망의 뿌리로서는 너무나 하찮고 안쓰럽다. 잡아당겼더니 쭉 늘어난다. 남자가 공포심 때문에 몸부림을 친다.

"자르진 않을 거예요."

그는 메마른 목소리로 속삭인다.

그것을 잡아 늘인 다음 준비해온 가는 철사로 한가운데를 바짝 조여 묶는다. 피가 통하지 않으면 그만큼 동상이 빨리 걸린다. 금방 치명적인 상태가 될 것이다. 누에의 허리춤을 질끈 동여놓은 것 같다. 노출된 그것에 준비해온 얼음 자루를 씌워 묶는 것이 마지막 과정이다. 이 정도 추위라면 얼음 자루를 뒤집어씌울 필요도 없겠지만 준비해왔으니 준비된 대로 실행한다. 영하 십 도가 넘겠다던 일기예보 생각이 난다. 얼음 알갱이들 속으로 그것이 파묻혀 들어갈 때, 남자가 온몸을 한차례 부르르 하고 떤다.

"직원들 아홉시 출근해요. 그때까지만 참아요."

그는 이윽고 손을 털고 일어난다.

사타구니에 투구처럼 생긴 얼음주머니를 찬 것만 빼면 이상할 것도 없다. 이 정도 추위라면 남자가 혹시 추위를 견디지 못하고 죽지 않을까. 승용차 뒷자리에 남자의 코트가 놓여 있던 게 생각난다. 그는 코트를 가져다가 걸쳐주고 그의 파카에 붙은 모자를 떼내어 남자의 머리에 씌워준다. 철사로 묶은 페니스 중앙 부위와 피가 통하지 않는 끝부분은 치명적인 동상에 걸리겠지만, 이

정도 보온을 하고 있으면 밤새 얼어죽진 않을 것이다. 아니 얼어
죽는다 하더라도 그건 남자의 몫이다. 그의 계획은 남자가 지닌
욕망의 뿌리만 깔끔히 거세하는 일이지만.

"차는 63빌딩 앞 고수부지에 둘게요."

그는 차의 시동을 걸고, 곧 묘원을 빠져나온다.

엔도르핀 프로그램

눈이 내리고 있다. 버스에서 내렸을 땐 세설이었는데, 골목 안
감자탕집 앞에 당도하고 나자 어느새 눈은 어린 나비만하다. 수
많은 흰나비떼가 불 밝은 골목 안쪽을 꽉 채우고 있다. 세모가
가까워서인지 감자탕집 안은 손님들로 만원사례다. 체인점도 아
니고, 홀이 너른 것도 아니다. 주방 쪽에서 나오는 수증기와 담
배 연기가 자욱한 가운데 자리를 메운 사람들이 혹은 술잔을 기
울이고, 혹은 돼지 뼈를 바르고, 혹은 탁자를 치며 웃는다.

그는 망설이다가 감자탕집으로 들어선다.

나도 한번 가봤는데 그 집, 그 골목에서 제일 유명한 집이야.
순희가 네 안부도 묻더라. 고향 친구의 말이 떠오른다. 수소문한
끝에 이장 딸 순희가 신림동에서 감자탕집을 하고 있다는 사실

을 전해 들은 건 불과 이틀 전이다.

그는 감자탕집 문을 연다.

문에 걸린 방울이 짤랑짤랑 소리를 내자 "어서 오세요오!" 하는 소리가 이 구석 저 구석에서 달려나온다. 대학교에 갓 들어갔을까 말까 한 남자애와 여자애, 그리고 사람 좋아 뵈는 대머리 중년 남자가 시선에 잡혀든다. 카운터를 지키다가 손이 달려 추가 주문한 돼지 뼈를 냄비에 부어넣고 부리나케 그를 향해 다가오는 중년 남자는 작년에 직장에서 퇴직했다는 순희의 남편일 것이다. 주방 앞에서 막 나온 음식들을 쟁반에 담고 있는 남자애는 순희의 큰아들이 틀림없다. 온 가족이 함께 일하고 있어. 고등학생인 딸까지. 뭐, 감자탕집이지만 가족들이 다 친절하고 밝고 부지런한 게, 보기 좋더라. 이혼해 혼자 사는 고향 친구는 감자탕맛보다 순희네 가족의 단란한 분위기가 제일 인상 깊었던 모양이다.

"자리가 없어서 어쩌지요. 조금만 기다리세요."

대머리 남자가 미안해서 쩔쩔맨다. 그는 괜찮다고 말하고 싶지만, 역시 말이 제때 터져나오지 않는다. 음식을 주문할 생각도 물론 없다. 모자를 쓰고 마스크까지 했으니 순희는 그를 알아보지 못할 것이다. 더구나 순희 담당은 주방이라고 하지 않던가. 그는 그저 주방 창을 통해서일망정 순희를 한번 보고 싶었을 뿐이다.

"여기 감자탕 중짜 나가요!"

주방 쪽에서 어떤 여자가 소리치고 있다.

순희다. 그는 단번에 홀과 주방 사이의 거치대에 감자탕 냄비를 올려놓는 여자가 순희라는 걸 알아차린다. 아주 오랜만인데다가 그사이 살이 쪄서 드럼통 같아진 순희를 순식간에 알아볼 수 있다는 게 놀랍다. 전혀 딴사람처럼 변한 모습이다. 그런데도 그는 단번에 순희를 알아본다. 알아볼 뿐만 아니라 인정 많고 견실한 생활인으로 늙어온 순희가 늘 보아왔던 것처럼, 익숙하고 편안한 것도 신기하다. 막 돌아서려는 순희와 잠깐 눈이 마주친다.

"됐습니다. 다음에 올게요."

그는 대머리에게 말하고 홀을 나온다. 온수에 가만히 몸을 담글 때같이 기분이 따뜻하고 부드럽다. 일없이 웃음이 나오려고 한다. 어차피 오늘로 단식을 시작한 지 닷새째다. 홀 안에 차 있는 감자탕 냄새와 갖가지 양념 냄새로 속이 뒤집힐 뻔한데, 속도 편안하다.

눈은 더욱더 폭설로 쏟아진다.

그는 둥, 떠서 흐르는 것처럼 골목을 걸어나온다. 마스크를 벗으니 기다렸다는 듯이 웃음이 터져나온다. 꼭 잡아야 돼, 라고 그가 말하고, 피, 그런 말 할 때의 오빠는 꼭 노인네 같아……

자전거 뒤에 올라타며 여중생 순희가 말한다. 햇빛같이 밝은 순희의 눈빛도 선하다. 이미 '노인네'가 됐으므로 지금의 뚱뚱보 순희를 태우고선 자전거 페달을 돌릴 수도 없을 것 같다. 그는 피식피식 웃으면서 골목 끝까지 걸어나와 한 번 뒤돌아본다.

뚱뚱보 순희가 감자탕집 앞에 나와 있다.

옥상 마당은 어느새 눈이 하얗게 쌓여 있다.

아무래도 새벽까지 눈이 그치지 않을 모양이다. 눈 때문인지, 세상이 어머니 자궁 속처럼 조용하다. 그는 가부좌를 틀고 앉는다. 목욕하고 옷을 갈아입었으므로 새로 태어난 것처럼 몸과 마음이 가볍다. 기차가 지나간다. 옥탑방이 부르르 떨리는 게 리드미컬해서 기분이 좋다. 이 리듬을 타고 가면 우주의 저편까지 삽시간에 날아갈 것 같다.

눈을 감고, 가만히 호흡을 닫는다.

좀 전에 보고 온 순희가 아직도 폭설 속의 감자탕집 앞에 그대로 서 있는 듯하다. 그만 들어가, 라고 그는 속삭인다. 겨울방학 캠프장에서 애린이 스키를 타고 허공을 나는 모습과, 새댁 시절의 아내 얼굴이 순희의 얼굴 위로 오버랩되어 흐른다. 금방 일분, 일 분 삼십 초가 지난다. 숨을 계속 닫고 있지만 전혀 고통스럽지 않다.

마침내 향기가 코끝을 건드린다.

캄캄한 터널이 아니라 희끗희끗한 안개떼 속을 가로질러 흐르고 났더니, 곧 꽃밭이다. 전에도 본 적이 있는 그 꽃밭이다. 꽃밭을 지나면 강이 나올 것이라고 그는 생각한다. 온갖 보석들이 강바닥을 채운 물 맑은 강이다. 참나리꽃이 지평선 끝까지 피어 있다. 온몸의 세포들이 꽃을 향해 환히 열려 있는 느낌이 든다. 엔도르핀 프로그램……이 다시 본격적으로 시작되고 있다.

세계는 더없이 고요하고 환하다.

어머니? 그는 말하려다 쿡쿡 하고 웃는다. 어머니가 아니라 흰 도포를 입은 동생 재균이다. 형을 마중나왔어, 라고 재균이가 말하고, 그 옷차림이 뭐냐, 촌스럽게…… 그가 웃으며 대답한다. 참나리 꽃밭을 지나고 나자 야트막한 언덕이 나타난다. 키 작은 온갖 들꽃들이 피어 있는데 하나같이 맑고 고요하다. 그는 재균의 뒤를 따라 발끝으로 툭툭 꽃을 건드리며 두 팔을 내뻗고 활강 비행을 한다. 언덕을 넘어가자 꽃밭 너머로 투명한 물길이 흐르고 있다. 강은 흐르는 듯 흐르지 않는 듯 흐른다. 고향집 우물이 넘쳐서 강이 된 모양이다. 저 강을 건너면 형, 샹그릴라야. 재균의 말소리는 강처럼 맑고 부드럽다. 아름답고 거대한 성채의 실루엣이 강 건너 아득하게 보인다. 어머니, 아버지, 할아버지가 강 너머에서 그 자신을 기다리고 있다고 생각하니, 웃음이 저절로 나온다. 샹그릴라가 뭔데? 그가 묻는다. 그냥 언덕 저쪽……이라고, 동생 재균이 속삭인다.

그는 활강을 멈추고 강안에 가볍게 내려앉는다.

강 건너편의 빛의 세상이다. 강 건너편에서 그를 손짓해 부르고 있는 어머니와 아버지가 드디어 보인다. 그 뒤에 서 있는 할아버지는 아직껏 광부의 복색을 입고 있다. 할아버지, 이제 그 옷 좀 벗으세요. 일제가 끝난 게 언제라고 아직도 그 옷을 입고 계세요? 할아버지가 빙그레 웃는 듯하다. 환하지만 눈부시지 않고, 뚜렷한 게 아무것도 없지만 그늘이 없는 표정이다. 저기에선 영원히 늙지 않아. 사람 사이 높낮이도 없어. 재균이가 속삭이고 있다.

짧은 찰나, 그는 뒤돌아다보고 싶은 충동을 느낀다.

떠나온 옥탑방과, 밤 기차와, 시장통 거리가 보일까. 캠프에 간 애린이와 새 삶에 대한 희망으로 고단한 노동을 단단히 견디고 있는 아내가 하마 보일까. 아직도 뚱뚱보 아줌마가 된 순희가 신림동 감자탕집 앞에 우두커니 서서 나를 보고 있을까. 그러나, 그것은 쉼표 하나를 찍는 것보다 더 짧은 찰나의 충동이었을 뿐이다. 그는 이내 새처럼 솟구쳐올라, 강의 중심부를 활강 비행으로 가볍게 넘는다. 회한이 없으므로 비행이 가볍고 자연스럽다.

옥탑방과 밤 기차와 시장통 거리가, 봉천동 옛집의 산벚꽃 그늘과, 그가 관리해온 수많은 도장들, 장부들이, 애린과, 아내와, 순희가 한순간 쓰윽 지워진다.

애린은 오피스텔 층계를 다 올라온다.

옥상 마당은 하얗게 눈이 덮여 있다. 캠프에서 일주일 만에 돌아온 길이다. 아빠도 참, 눈이라도 치우지 않고 뭐야. 그렇게 생각하지만 애린은 사실 하얗게 눈 덮인 옥상 마당의 풍경이 좋다. 애린은 눈 위에 잠깐 서서 흠흠, 하고 숨을 들이마신다. 옥탑방 안쪽에서 분명히 기분좋은 향기가 달려나오고 있다. 아빠가 자신을 맞이하기 위해 향초라도 여러 개 켜놨는지도 모른다. 불 밝은 옥탑방 현관문을 애린은 연다. 방 가운데 단정히 앉아 있는 아빠의 뒷모습이 보인다. 환한 서기로 뒤덮인 모습이다. 향내가 더 강렬해진다. 아빠를 중심으로 전에 한 번도 맡아본 적 없는 신비한 향기가 가득 감돌고 있다.

"아빠, 그 향수 뭐야?"

애린이 그의 등을 잡고, 그가 그 바람에 가만히 쓰러진다.

그의 주검은…… 환하다.

−

아버지 골룸

1

아버지의 몸은 하루가 다르게 불어났다. 이제 아버지는 다섯 걸음 정도밖에 걷지 못했다. 지난달만 해도 열 걸음 이상 걸었는데 불과 한 달 만에 기력이 반으로 줄어든 것이다. "물 좀 갖다 주련." 침대 머리맡의 작은 물병을 들었다 놓으며 아버지가 말했다. 숨을 헐떡이는데다가 잔뜩 갈라진 쉰 소리였다. 가만히 누워 있을 때조차 아버지의 목구멍에선 쌔액쌔액 하는 기분 나쁜 바람 소리 같은 게 났다. 어떤 날은 아버지의 목피리가 불어대는 쉰 바람 소리 때문에 잠을 깰 때도 있었다.

나는 말없이 물병을 받아들었다.

아버지의 침대에서 안방 문까지만 해도 내 걸음으로 무려 열여섯 걸음이나 되니 밤새 목이 말랐어도 아버지로선 어쩔 방도가 없었을 터였다. 거실은 안방보다 세 배쯤 넓었다. 나는 씨근벌떡 거실을 가로질러 주방에 놓인 생수통의 물을 물병에 받았다. "생수통을 아예 아버지 머리맡으로 옮겨와야겠어요." 내 목소리가 아버지의 그것과 달리 너무 쾌청해서일까, 아버지가 갑자기 비대한 몸을 부르르 떨었다. "여기에 옮겨놓으면 내가 없을 때나 잠잘 때에도 아버지가 얼마든 물을 마실 수 있잖아요." "너 혼자 힘으론 안 될 게다." "키는 다른 애들보담 작지만요, 나도 중학생이라구요, 아버지. 푸시업을 서른 번이나 해요." "손자귀 아저씨가 조금 있으면 올 거야. 아저씨한테 옮겨달라고 하자." "아저씨는 점심때나 온댔어요. 지금 일하는 데 들어갈 보랑 도리로 쓸 목재를 골라야 된다나봐요." 손자귀 아저씨는 아버지가 큰 집을 지을 때 여러 해 데리고 다녔던 자귀목수였다. 손으로 나무를 깎을 때 쓰는 연장을 자귀나 손자귀라고 하는데, 먹줄 그은 대로 정확히 나무를 깎으려면 자귀목수의 일솜씨가 깔끔하고 매워야 한다고 애당초 누누이 설명해준 사람이 바로 아버지였다. 요즘이야 새끼목수들이 너나없이 자귀질을 하지만 큰 대궐집이나 대웅전 같은 걸 지을 땐 늘 자귀목수를 따로 두었다고 했다. 손자귀 아저씨는 자귀목수 출신이라서 지금도 어쩌다 우리집에 들를 때 늘 자귀를 들고 왔다. "네가 아직껏 보를 기억하고 있구나. 도리까지." 아버지가 빙긋 웃으며 나를 환히 바라보았다. 새삼스럽게 얘가 언제 이렇게 컸지, 하는 표정이었다. "중도리, 처마도리도 다 알아요. 손자귀 아저씨가 도목수가 됐다면, 나도 뭐 새끼목수, 아니 지차목수 일쯤은 거뜬히 할 수 있다구요." "사개맞춤이 무슨 말인지 알겠냐." "재목에다가 촉과 구멍을 내는 걸 바, 바심이라고 하고요." 얼핏 생각이 나지 않아서 그만 딴청을 부렸는데, "암, 그렇지" 아버지는 짐짓 내가 딴청 부리는 걸 모르는 체, 여전히 환한 표정으로 덧붙여 말했다. "바심을 잘해서 못 하나 쓰지 않고 기둥, 도리, 보를 찰떡궁합으로 짜맞추는 일이 사개맞춤이다. 우리네 집들이야 뼈대 맞추는 것부터 다 그렇게 지었거든. 서양 집하곤 방식과 재료가 다 딴판이지. 못박아 짓는 집은 오래 못 간다. 사개맞춤만 잘해놓으면 나머지 일이야 뭐 공것 같지." 아버지가 실눈을 뜨고, 그렇지만 여전히 수만 갈래 잔주름을 합죽한 얼굴 가득 피워올리면서 멀고먼 데를 보았다. 먹줄통과 그무개와 수평대와 정과 끌과 손톱과 대패가 든 바랑 하나 달랑 메고 세상 끝까지 떠돌았던 지난날들을 추억하고 있는 눈치였다.

나는 먼저 웃통을 벗어부쳤다.

생수대 위에서 물이 반쯤 남겨진 생수통을 바닥으로 내려놓는데 이미 땀이 나기 시작했다. 생수통의 무게 때문이라기보다 내가 워낙 키가 작기 때문이었다. 어깨는 날로 벌어지고 팔뚝의 이두박근도 쑥쑥 솟아나는데 어찌된 노릇인지 키는 영 자라지를 않아 중학교 들어와서 받은 출석 번호가 일 번이었다. 아이들은 나를 '땅꼬마'라고 불렀다. "손자귀 아저씨 오면 옮겨달라고 하라니까 그러는구나." 열린 문 사이로 여전히 헐떡이는 아버지의 말소리가 들렸다. "문제없다니까요. 아버지 화장실도 침대 옆으로 옮겼는걸요." 나는 하하 하고 웃었으나 아버지는 웃지 않았다. 아버지의 침대 밑에 요강으로 쓸 백자 항아리를 가져다놓아준 걸 두고 하는 농담이니 미상불 아버지는 민망한가보았다. 처음엔 소변용으로 쓰다가 지금은 아예 대변용으로까지 쓰고 있으니까 아버지로선 유쾌하게 내 농담을 받아들일 순 없을 것이었다. 나는 창고 방에 처박아둔 군용 담요를 가지고 나와 이번엔 생수대를 이리 불끈 저리 불끈 담요 위로 올려놓았다. 온몸에 땀이 비 오듯 했다. 벌써 거의 한 달째 불볕더위가 계속되고 있는 참이었다. "우리 아들, 청년 장사가 다 됐구나. 대들보도 들어올리겠다." 내가 담요에 태워 생수대를 끌고 오는 걸 보면서 아버지가 역시 합죽, 볼우물을 만들고 웃었다. 몸은 날이 갈수록 풍선처럼 부풀어올라서 이제 퀸 사이즈의 침대를 거의 꽉 채울 정도인데 얼굴은 그와 달리 하루가 다르게 근육이 빠지고 주름살이 늘어나는 게 아버지의 병증이었다. 웃을 때의 아버지는 주름살이 하도 많아 족히 아흔 살은 되어 보였다. 어찌 주름살뿐이겠는가. 눈매는 벼이삭이 익어 구부러지는 속도로 내려앉고 주름살은 물살이 번지는 것보다 더 빨리 번졌으며 잇몸이 내려앉고 마침내 이가 힘없이 빠져나오기도 했다. 지난달엔 불과 열흘 사이로 삭은 이가 두 개나 빠져나온 일도 있었다. 이제 아버지에겐 어금니가 한 개뿐이었다. "글쎄요. 병이라고 해야 할지…… 이런 증상은 학계에 보고된 바가 전혀 없어서……" 의사가 아버지의 병증을 두고 한 말이 이러했다. 간단히 말해, 아버지는 급속도로 늙어가는 병을 앓고 있었다. 노쇠 과정이 정상이 아니라고 생각해서 병원에 쫓아갔을 때는 이미 병이 상당히 진전된 후였다. 그 무렵의 아버지는 한 달을 일 년처럼 살고 있었다. "시간이…… 지나가는 게, 내 몸으로 느껴진다." 아버지는 그때에도 지금처럼 웃으면서 말했다. 몸이 부풀어오르는 것과 반대로 주름살이 빠른 속도로 느는데도 아버지는 언제나 그렇듯이 태평스러운 얼굴을 했다. 아버지의 몸을 통해 시간이 지나가는 속도는 날이 갈수록 빨라졌다. 작년만 해도 한 달이 일 년처럼 지나간다고 아버지는 말했는데, 내가 보기에 요즘은 열흘이 일 년처럼 지나갔다. 아버지의 몸은 지금 한 달마다 삼 년의 시간을 통과시키고 있는 셈이었고, 머지않아 하루가 일 년의 시간을 통과시키게 될 것이었다. "어떤 땐 가만히 누워 있는데도 급행열차가 막 내 몸속에서 지나가는 것 같은…… 시간을 느낀다. 조금 있으면 그 거, 케이티엑스 기차가 될 게야. 이쪽 갈빗대를 뚫고 들어온 기 차가 기적도 없이 쏴쏵 하고 이쪽 갈빗대 사이로 빠져 달아나는 느낌이랄까. 흐흐. 에버랜드 놀이기차 탄 것처럼, 어떤 땐 고소 하고 어떤 땐 어지러워." 아버지가 그렇게 말하며 웃을 때, 합죽 한 볼에 수많은 주름살이 물결치는 걸 보면, 슬픈 느낌이 전혀 없는 건 아니지만 아버지 얼굴의 주름살들이 너무도 환해서 내 마음까지 덩달아 환해지곤 했다. "머지않아, 비행기가 지나는 것 처럼 될 거다, 아마." 아버지는 계속 웃으며 말했다. "별똥별은 어때요, 아버지." 물새떼 솟아오르는 것같이 내 또랑한 목소리가 솟아나자 아버지의 처진 눈매에 단번에 흰빛이 떠올랐다. "옳거 니." 아버지는 딱 하고 손가락 부러뜨리는 소리를 내고 나서 말 했다. "별똥별, 그거 좋구나. 암, 별똥별이 지는 거지. 이쪽 갈빗 대 사이를 뚫고 들어와 내 몸안을 환히 밝히며 이쪽 갈빗대로 빠 져 달아난다, 별똥별이. 정말 멋지구나 멋져." 아버지는 별똥별 이라는 말을 새각시처럼 반기는 기색이 역력했다. 아버지의 나 이는 쉰네 살이었다. 병에 걸리지 않았다면 아버지는 여전히 구 릿빛 피부와 떡 벌어진 어깨와 옹이가 박힌 듯한 팔뚝 근육들, 그리고 오로지 집을 지어올리려고 세상 끝까지 안 가본 데 없는 남자가 지녔음직한 형형한 눈빛 때문에 그 누구보다도 호탕한 장부 같았을 터였다. 나와 달리 눈, 코, 입이 모두 또렷한 명암을 거느렸고 키 또한 훤칠하게 컸으므로, 불과 몇 년 전만 해도 아버지가 대들보를 타고 앉아 끌질하고 있는 걸 올려다보면, 뭐랄까, 몸의 깊은 심지로부터 불항아리 열꽃들이 사방으로 뿜어져 나오는 것 같았다. "참, 많이…… 흘러다녔구나." 아버지가 이윽고 가래 끓는 소리로 낮게 중얼거렸다. 별똥별이란 말로부터 비롯된 흰빛은 더이상 아버지의 눈에 남아 있지 않았다. 창 너머 드넓은 뜰엔 정오를 향해 타오르는 햇빛이 막힘없이 내리꽂히고 있었다. 내가 아버지의 혼잣말에 대꾸하지 않았으므로 마치 아버지와 나 사이로 별똥별이 지는 것 같은 고요가 찾아왔다.

아버지도 먼 데를 보고 나도 먼 데를 보았다.

배낭을 머리 꼭대기까지 오지게 지고서 산맥의 가파른 한허리를 올라가고 있는 아버지의 뒷모습이 사이사이 떠올랐다. 아니 산맥의 한허리인가 했더니 어느새 외진 바닷가 개펄이 되었고, 바닷가인가 했더니 또 어느새 지평선이 보이는 들이 되었다. 아버지는 한결같은 걸음새로 걷고 있는데 밑그림은 빠르게 바뀌면서 흘러갔다. 꽃이 피어 있기도 하고 비바람 몰아치기도 하고 눈이 날리기도 했다. 아버지가 지금 보고 있는 것도 아마 그럴 터였다. 땅 끝에서 땅 끝까지, 도시에서 도시까지 아버지가 흘러가

보지 않은 곳은 세상천지 아무데도 없었다. 막일꾼으로 시작해 새끼목수, 지차목수를 거쳐 마침내 먹줄을 퉁기는 도목수가 된 것은 아버지 나이 마흔 살 때였다고 했다. 아버지는 목재가 들어가는 것으로는 모든 집을 다 지어올릴 줄 알았다. 귀포집, 다포집은 물론이고 천장이 까마득히 높은 대웅전 같은 것도 아버지에겐 식은 죽 먹기였다. 어느 도시에서 한번은 일곱 채의 기와집을 도맡아 지은 적도 있었고, 길도 제대로 뚫리지 않은 차령산맥 너머 어느 궁벽진 산중 절을 지을 땐 삼 년이나 걸린 적도 있었다. 집을 지으라면 어디든 달려갔으며, 집을 다 짓고 나면 하루도 더 머물지 않고 배낭을 메고 일어서는 게 아버지의 성미였다. 드높은 배낭에 파묻혀 성큼성큼 걷는 아버지의 뒤를 쫓아 어린 나는 매양 다리가 찢어져라 종종걸음을 쳐야만 했다. 집 짓는 공사판이 언제나 내 놀이터였고 흐르는 길이 내 요람이었다. 도목수가 되고도 달라진 게 전혀 없었다. 보나 도리로 쓸 거대한 통나무에 앉아 젊은 새끼목수들에게서 나는 한글 쓰기를 처음 익혔고, 절집 보살들이 두루 내 어머니가 되어주었다. 어쩌다 어머니에 대해 물으면 앞서 걷는 아버지의 발걸음이 따라갈 수 없게 빨라졌으므로 나중엔 아예 어머니란 말을 입에 올릴 엄두도 내지 못했다. "생각해보면." 내가 속으로 무엇을 생각하고 있는지 다 안다는 듯 때맞추어 아버지가 말했다. "너는 길이 키웠다, 길이 키웠어." 잠시 물밑으로 가라앉았던 주름살이 아버지의 얼굴 전체로 다시 환히 번졌다. 뜻밖에도 아버지는 아주 행복해 보였다. "그럼요. 길이 아버지였어요." 나도 아버지 환한 표정을 쫓아 노래하는 것처럼 내질렀다. "멋지다. 너는 정말로 시인이 되겠다. 내가 길이라니." 감흥이 고조되는지 아버지의 목구멍에서 풀무질하는 소리가 났다. 쉰 살이 가까워졌을 때 아버지에겐 사실 일감이 별로 없었다. 여염집은 물론이고 절간조차 시멘트 콘크리트 위에 더께로 단청을 들이고 겨우 기와나 올리는 세상이니 먹줄통, 수평자, 손대패를 둘러메고 다니는 아버지를 굳이 찾는 사람이 없었던 것이었다. 그렇다고 일 없는 아버지가 불행해 보이거나 한 것은 아니었다. 일이 없을 땐 자신이 소싯적에 지은 집을 둘러보러 다니는 게 아버지의 일이었다. "이 요사채는 내가 서른세 살 때 지었지. 자귀목수였는데 비가 오나 눈이 오나 손자귀질이 그리도 재미나더라." 아버지는 말하곤 했다. 아버지가 지은 집들을 다 둘러보려면 아버지가 살아온 만큼의 세월이 더 필요할 것 같았다. "집을 안 지었으면, 만약 목수가 안 됐으면 아버지, 뭘 했을 것 같아요?" 내가 물은 일이 있었다. "많이 배웠으면," 아버지가 한참 동안 뜸을 들이고 나서 부끄러워 얼굴까지 붉히면서 한 대답이 그것이었다. "아마…… 시인이 되고 싶었을 거다." "시 쓰는, 시인 말인가요?" "그래. 시 짓는 시인……"

그 무렵의 아버지와 나는 이미 이 집터에 들여놓은 컨테이너에서 살고 있었다. 전라도 어디 사는 사람이 오래전 멋진 풋집 한 채를 지었는데, 집을 짓고 나서 삽시간에 망하는 바람에 밀린 품삯으로 받은 땅이라고 했다. 받을 때야 아무것도 할 것 없는 버려진 비탈밭이었으나 도시가 외곽으로 늘어나면서 턱밑까지 아파트가 밀고 들어와 있는 땅이었다. 지금 뜰의 동남간에 있는, 늙은 매실나무 밑에 그 컨테이너가 있었다. 일 없는 아버지가 일 많던 당신이 젊은 날 지은 집들을 찾아보느라 그곳에 나를 혼자 처박아두고 한두 달씩 먼길을 다녀오기도 하던 시절이었다.

초인종 소리가 딩동딩동 하고 울렸다.

손자귀 아저씨였다. 주문에 따라 드물게 도리집을 짓는 때도 있겠지만, 대부분 벽돌집이나 콘크리트집들을 짓고 다니는 손자귀 아저씨는 예전 버릇이 남아 자귀 하나를 빙빙 돌리며 들어서더니 아버지를 보자 눈을 동그랗게 떴다. "아이구 형님!" 손자귀 아저씨가 거의 비명을 내질렀다. 못 보던 몇 달 사이 십 년도 더 지난 것처럼 늙어버린 아버지의 모습을 본다면 누구나 그럴 것이었다. "아따, 이 사람이 놀라기는." 너무도 반가운 나머지 아버지의 주름살들은 평소보다 더욱 세포분열로 새끼를 쳐서 한순간 빠르게 길을 내고 산지사방 퍼졌다. 웃음이 골골마다 얼마나 깊은지 아버지의 얼굴은 환하다못해 판타지 영화에서나 나옴

직한 이상한 가면을 쓴 것 같았다. 손자귀 아저씨는 아버지보다 열두 살이나 적었으나 아버지가 병에 붙잡혀 일을 완전히 그만둔 다음부터 자연스럽게 형님이라고 아버지를 불렀다. "나는 이제 몸은 붓고 다리는 힘없어 딱 다섯 걸음밖에 못 걷네." 손자귀 아저씨를 부른 이유에 대해 설명할 차례였다. 숨을 헐떡거리면서 힘들게 설명하는 아버지를 대신해 내가 또랑하게 설명할 수도 있었으나 두 사람이 너무 다정히 붙어앉았으므로 나는 짐짓 물러나 내 침대 머리맡에 걸터앉았다. 매실나무 그늘 속에서 매미가 몇몇 그악스럽게 울어대기 시작했다. "자네가 알다시피 이집이 좀 큰가. 거실만 해도 서른 평이 넘네. 주방이나 화장실은 물론이고 안방 문지방도 못 넘으니 저 녀석 고생이 이만저만이 아냐." "그러게 집 지을 때 내가 뭐랬습니까. 한풀이도 아니고." "나, 한 없네. 풀고 말고, 그런 거 없다구." 아버지가 단호하게 고개를 가로저었다. "그럼 도대체 형님, 두 사람 사는 집이, 이게, 말이 됩니까." "가끔 사람이 거 왜, 돌 때도 있거든. 그땐 내가 돌았던 거지. 자네 말이 귀에 안 들어올밖에." 아버지는 버릇대로 흐흐흐흐 하고 웃었다. 집을 지을 때 손자귀 아저씨가 한사코 집을 크게 짓지 말라고 말린 건 사실이었다. 터가 워낙 넓어서 아파트 업자들이 사흘거리 땅을 팔라 성화를 부릴 때였다. 아버지는 쉰 살이 딱 되던 날 아침, 컨테이너 한편에서 찬물 샤워를 하고 나더니 웃통을 벗어부친 채 뜰로 걸어나가 이렇게 말하는 것이었다. "지금부터 내 집을 짓는다!" 어디를 보는지 모호한 눈빛이어서 혼잣말인지 내게 들으라고 하는 말인지 구분이 잘 되지 않았다. 불과 사 년여 전이지만 지금과 달리 그때의 아버지 목소리는 카랑카랑했다. "아주 크고 튼튼하게 짓는다. 이 도시에서 제일 크게 짓는다. 거실만 해도 농구 코트를 그려도 될 만하게 짓는다!" 나는 처음에 아버지가 장난을 치는 줄 알았는데, 아니었다. 정말로 아버지는 많은 사람들이 한사코 말리는데도 여덟 달에 걸쳐 근동에서 찾아볼 수 없는 거대한 집을 지었다. 평생 남의 집만 짓고 살았으니 한 번쯤 떵떵거릴 만한 큰 집을 내 집으로 짓고 싶었던 것인지는 혹시 모를 일이나, 더욱더 이상한 것은 아버지가 지은 집이 시멘트 콘크리트 구조라는 사실이었다. 한 번도 아버지가 지어본 적도 없고, 지어보고 싶다고 말한 적도 없는 집이 시멘트 콘크리트 구조의 서양식 집이었다. 그런데 아버지는 평생 처음 짓는 당신의 집을 거대한 콘크리트 구조로 선택한 것이었다. 집이 완성됐을 때, 사람들은 거대한 우리집을 가리켜 격납고라고 불렀다.

집은 정말 단단하고 힘차고 그들먹했다.

아버지의 병증을 아버지와 내가 구체적으로 알아차린 것은 집이 완성되고 난 다음이었다. 집을 짓는 동안 아버지가 갑작스럽게 십 년 이상 늙어버렸기 때문이었다. 아버지 말대로라면 그때부터 아버지의 육체 속으로 '급행열차'가 지나가기 시작했던가 보았다. "이미 지난 일." 아버지가 웃다 말고 말을 이었다. "내가 오늘 자네를 부른 것은, 이 방에 주방과 화장실, 목욕탕을 옮겨 지어달라는 부탁을 하기 위해서였어." "아이구. 아이구 형님!" 손자귀 아저씨가 기가 막힌지 자귀로 제 손바닥을 탁 쳤다. "모두 다섯 걸음이면 갈 수 있게 해주셔야 돼요, 아저씨." 참다 말고 내가 끼어들었다. "방이 넓으니 뭐 충분해요. 싱크대, 화장실, 샤워실이 모두 아버지 침대에서 다섯 걸음이면 닿도록 안방 안에 만들어달라는 거예요. 여름방학이 끝나면 내가 아버지를 돌보지 못해요. 다섯 걸음 안에 모두 있다면 아버지 혼자 무엇이든지 할 수 있어요." 나는 공연히 신명이 났다. 화장실과 목욕탕과 주방과 옷방과 다용도실이 줄지어 너른 거실을 지나와 안방으로 모여드는 것 같은 즐거운 환상이 나를 사로잡고 있었다. "그러니까요, 화장실, 목욕탕, 주방을요, 헤쳐 모엿! 그렇게 하자는 거예요." 내가 웃고 아버지가 따라 웃었다. 아버지와 내가 웃을수록 손자귀 아저씨는 더 울상을 했다. "뭐 장난하자는 겁니까." 손자귀 아저씨가 더이상 참을 수 없다는 듯 앉았던 자리에서 벌떡 일어섰다. "이 사람, 손자귀!" 아버지가 황급히 손자귀 아저씨의 소맷부리를 잡았다. "내 말 마저 들어봐." 맞은편 창턱에서 튕겨져나온 햇빛 한 자락이 깊이 내려앉은 아버지의 눈가에 닿고 있었다. 아버지는 주름진 골골마다 괴기 시작한 땀을 갈퀴 같은 손으로 쓱 훔쳐내고 덧붙여 말했다. "쟤하곤 그리 상의를 해두었는데 말야, 자네를 기다리다가 생각이 그만 바뀌었네. 화장실, 목욕탕, 주방을 이 방으로 떠메고 들어오는 거, 미친 짓이지, 그럼. 자다가도 웃을 일이야. 잠시 미쳤었지만, 이제 마지막 얼마라도, 사람답게 살고 싶네. 그 계획은 치우고, 그 대신 이 사람, 자귀 동생!" 아버지가 눈을 깜박깜박하면서 손자귀 아저씨와 시선을 맞추려고 애썼다. 계획이 바뀌었다니. 내 귀가 쫑긋하고 긴장해 일어난 것은 당연한 일이었다. "대신 뭡니까, 형님." 손자귀 아저씨가 반문했다. "자네 예전 솜씨 발휘해서 새집을 지어주게." "집을 새로 지어요?" "그렇다니까. 벽돌집, 콘크리트집 다 치우고 한 칸짜리 도리집을 지어주게나. 못 한 개 쓰지 말고 짓게. 화장실, 목욕탕, 싱크대가 나 누울 곳에서 다섯 걸음 안쪽에 놓이도록 지으면 돼. 그게 낫지. 암, 새로, 아주 작은, 숨쉬는 집 짓는 거라구." "어디에 짓는단 말입니까." "저기." 아버지가 똑바로 창 너머, 여름 햇빛이 고요히 쏟아지는 뜰의 한쪽을 가리켰다. "매실나무 밑에 지어줘. 그쪽으로 이사를 가야겠어." 아버지는 말을 마치자 기운이 다 빠진 듯 가만히 몸을 눕히고 눈을 감았다. 기운은 빠졌지만 새집으로 이사 들어갈 상상을 하는지 합죽한 얼굴을 촘촘히 엮고 있는 아버지의 주름살 골골은 그 어느 때보다 깊고 고요하고 환했다. 유리창의 반사광이 땀투성이 골마다 아주 작고 귀여운 무지개를 만들어놓고 있었다.

2

그날 밤 이상한 소리 때문에 나는 잠을 깼다. 달빛이 창을 통해 막힘없이 흘러들고 있었다. 오줌을 눈 것일까. 누가, 아버지의 요강인 백자 항아리를 끌어안고 아버지의 침대 밑에서 소리 죽여 울고 있는 게 보였다. 몸엔 살이 너무 많아서 살들이 시시각각 방바닥으로 주저앉아 고이고 쌓이는 것 같은 느낌이 들었다. 늙은 하마인가 했지만 분명 하마는 아니었다. 비대한 살덩어리 위에 붙어 있는 얼굴은 육질이 쏙 빠져 주먹만한데다가 모눈종이를 덮어쓴 것처럼 주름이 많았다. 달빛이 수많은 눈금들을 핥고 내려와 출렁출렁 살덩어리 언덕을 넘어 지상으로 빠르게 스며들고 있었다. 하아, 골룸이네. 나는 눈을 깜박이다가 어떤 순간 입을 쩍 벌리고 말았다. 생긴 것만으로 보면 그는 영락없이 영화 〈반지의 제왕〉에서 보았던 '골룸'이었다(아버지가 내 말을 들었으면 '골룸이 아니라 고름이겠지' 하고 어깃장을 놨을 것이다).

살이 찐 골룸은 몸과 얼굴의 균형이 도무지 맞지 않아 보는 것만
으로도 웃음이 나왔다. 나는 가만히 돌아누우면서 아무도 몰래
자꾸 웃었다. 사기 항아리는 코코넛 열매 같기도 했다. 비대할
대로 비대해진, 수백 년을 혼자 살아온 골룸이 도시의 사막에서
코코넛 열매 하나를 끌어안고 주저앉아 우는 모습이 잠의 깊은
우물 속까지 따라 들어왔다.

3

집을 짓는 일은 빠르게 진행됐다. 터를 닦고 주춧돌을 놓고 나
자 주문한 목재들이 들어왔다. 기둥과 보와 도리로 쓸 목재들이
한꺼번에 들어와 뜰에 그득 쌓이자 내 마음은 한없이 부풀어올
랐다. "옛날로 돌아간 것 같다." 아버지도 연방 흐흐흐 웃으면
서 말했다. "좋으냐." "좋아요, 아버지. 손자귀 아저씨는 도목수
고 나는 새끼목수예요." "내가 손을 놓으니 다들 한 계급씩 올라
서는구나." 손자귀 아저씨는 아버지가 쓰던 먹줄통 대신 사인펜
으로 먹을 그었다. 재목의 마름질에서 가장 중요한 것은 치수를
정확히 재는 것과 촉이나 구멍을 정확히 파내는 일이었다. "치수
를 재는 것은," 창에 기대앉아 아버지가 또 말했다. "목재의 중

심선에서 중심선까지를 재야 한다. 한 치만 어긋나도 상량할 때 문제가 생기거든." 손자귀 아저씨는 아버지가 일일이 설명하는 게 마음에 들지 않는 눈치였다. "형님은 지독했어요. 삼 년이 지나도 먹줄통 한번 못 만지게 했지요." "먹줄통 놔버리면 도목수로선 죽은목숨이니까 그럴밖에." 기세가 오르자 아버지의 목소리에선 더 성긴 바람 소리가 났다. 공사판에서 먹줄통을 만지고도 혼나지 않는 사람은 어린 나뿐이었다. 강원도 어디에선가 절집을 지을 땐 내가 먹줄통을 갖고 놀다 물에 빠뜨린 일까지 있었다. 다른 새끼목수였다면 당장 산을 내려가게 했을 터인데, 아버지는 말없이 쩝, 입맛 한번 다시고 나서 먹줄통만 챙겨들고 방으로 들어가 문을 닫는 것이었다. 그날 아버지는 진종일 방에서 나오지 않았다. 막일꾼들은 물론이고 새끼목수, 자귀목수가 모두 내 덕분에 하루를 쉰 셈이 되고 말았다. 아버지가 먹줄을 튕길 때는 아무도 말소리조차 내지 못했다. 말소리를 내지 말라고 해서가 아니라, 먹줄을 튕기는 아버지 표정이 워낙 진지하고 정갈해 저절로 일판 분위기가 그리 잡혔다. 심심한 내가 목재들을 타고 앉아 공깃돌이라도 굴릴 때, 망치 소리, 끌질 소리, 자귀 소리, 대패 소리가 갑자기 멈춰지고 솔바람 소리만 아스라이 들려 고개 획 돌려보면, 허드레꾼부터 새끼목수, 지차목수까지, 아버지가 먹줄통을 잡고 있는데도, 푼수없이 공깃돌이나 굴리는 내게 질책의 눈길을 쏘아보내고 있어, 가슴이 철렁 내려앉은 적이 여러 번이었다. 아버지가 대웅전 보나 화려한 꽃집 기둥에 먹줄을 튕길 때는 더욱 그랬다. 팽팽히 당겨진 먹줄을, 아버지는 두 손 합장한 스님 같은 표정이 되어, 가만히, 그렇지만 힘있게 당겼다가 놓는 것인데, 먹줄이 마름질 잘된 아름드리 기둥 속살을 찰싹하고 때릴 때, 나는 번번이 온몸을 한차례 푸르게 떨곤 했다. 먹줄이 내 몸을 때리고, 찰싹 하는 소리는 물 넘고 산 너머 우주 밖으로까지 쏘아져 날아가는 것 같기 때문이었다.

집은 삼량집으로 짓는다고 했다.

"삼량집이 뭔데요, 아버지?" 내가 묻고 "도리가 세 줄이다, 삼량집은. 도리가 다섯 줄이면 오량집이 되고 일곱 줄이면 칠량집이 되지." 아버지는 대답했다. 평수가 작으니까 삼량집이면 충분하다는 것이었다. "큰 집, 큰 집 하시던 양반이 이제 작은 집, 작은 집 하시네요." 손자귀 아저씨가 입꼬리를 올리면서 웃었다. 손자귀 아저씨는 기둥으로 쓸 목재에 걸터앉아 새참으로 빵을 우적우적 씹어먹고 있었다. 작은 평수의 집 기둥으론 한눈에 보아도 너무 우람한 기둥들이었다. 우유갑을 거꾸로 들어올려 마시다 말고 손자귀 아저씨가 기어코 덧붙였다. "삼량집에 다섯 치 기둥이라니, 돼지우리에 주석 자물쇠 물리기지, 이게 어디 어울립니까." "다섯 치 기둥도 내 마음에 차지 않네." 아버지가 창틀을 톡톡톡 두들기며 설명했다. 나는 자귀를 들었다 났다 하면서 손자귀 아저씨의 눈치를 살피는 중이었다. 대들보나 도리까진 아니라도 하다못해 서까래 하나는 내 손으로 직접 마름질하고 싶은데, 아버지가 그랬듯, 손자귀 아저씨 역시 내가 자귀만 들고 나서면 냉큼 호랑이 눈을 하니 환장할 노릇이었다. 지차목수나 자귀목수까진 아니라고 해도 할말 없으나, 도대체 목재 주변에 얼씬도 하지 말라는 투의 대접은 정말 억울했다. 핏덩어리 때부터 대들보를 타고 놀고 기둥에 올랐던 내가 아닌가. "그나마 다섯 치 기둥으로 정한 건 흙벽돌을 겹으로 쌓아 안쪽에 안 뵈도록 들이기 위해서야." 아버지가 설명했고, 손자귀 아저씨가 다 마신 우유갑을 내 쪽으로 심술 사납게 던지면서 대꾸했다. "겹으로 쌓는단 말인가요, 이 한칸통 집을?" "작은 집이니 더욱 그래야지. 우리네 보통 사람들 살던 옛집은 외풍이 문제였어. 얇은 벽 두께 때문이지. 도리집으로 하더라도 안벽, 바깥벽을 쌓아 지으면 벽 두께가 한 자를 훨씬 넘으니까 외풍이 없을 게야. 집 자체는 안팎으로 숨을 쉬면서도, 여름엔 시원하고 겨울은 따뜻하겠지." "지붕은 뭘로 잡을까요?" "물매 깊이 잡아 더그매를 넓게 하고 반자 위엔 연탄재 알매흙을 깔면 돼. 지붕 마감은 그냥 기와로 하세. 예전에 우리, 경주 어딘가에서 그리 지었잖나. 효율이 높은 방식이었네. 자네도 좋다고 했었는걸. 연탄재는 불에 탔으니까 소독도 잘된 셈이고, 석회를 좀 섞으면 뭐 벌레 생길 염려도 없고." "참, 형님도. 요즘 세상 연탄재를 어디서 구합니까." "이 사람, 다섯 걸음밖에 못 걷는 나보다 세상물정을 더 모르네그려. 저기, 저쪽 산동네 좀 봐. 저 동네 사람들 다 연탄 때고 살아. 비 오는 날이면 연탄가스 냄새가 예까지 흘러올 때도 있는데, 고소해. 회충이 막 뱃속에서 좋아라 날뛰는, 그런 냄새야." 아버지는 자신의 비유에 만족한 듯이 흐흐 웃었으나 손자귀 아저씨는 볼이 부어올랐다. 대충 지을 줄 알았는데 재게 돌아다니지도 못하는 아버지 입에서 날로 주문이 늘어나니까 심술보에 슬쩍 바람이 드는 눈치였다.

매일 날씨가 좋은 게 정말 다행이었다.

바심이 끝난 도리와 보와 기둥들을 못 하나 박지 않고 사개맞춤으로 짜맞추어 상량을 하는 날은 정말이지 불볕더위였다. 손자귀 아저씨 혼자 일로는 도저히 안 되니까 몇몇 인부가 손자귀 아저씨 뒤를 따라왔다. 상량을 끝내고 난 다음엔 그래서 자연 소주잔이 돌아갔다. 인중에 팥알만한 점이 박힌 점박이는 '쓰미(벽돌 쌓기)' 출신이라 했고, 앞니 하나를 금으로 해 박은 금니박이는 부동산 업자라 했고, 터를 닦을 때 이미 본 적이 있는 '백바지'는 터닦이 출신이라고 했다. 연립주택 지으러 돌아다니다가 친구가 되어 패거리를 이루었다고 손자귀 아저씨는 묻지도 않은 말을 보태주었다. 터닭이가 하얀 바지를 차려입은 것이 너무 웃기는지 아버지는 '백바지'만 보면 흐흐흐 하고 버릇처럼 웃었다. "야, 너 나가서 담배 좀 몇 갑 사와라." 백바지가 말했고 손자귀 아저씨가 돈을 주었다. 고추장을 가져와라 물을 가져와라 커피를 타와라, 낮부터 삼가는 빛 하나 없이 잔심부름을 시켜오는 그 패거리 때문에 속이 벌써 여러 번 뒤집혔지만, 일꾼으로 계속 부려먹을 참이라서 나는 암말 없이 담배를 사다주었다. 소주잔이 한 순배 돌아가고 나자 패거리들의 목청이 점점 고조되었고, 나중엔 돼지 멱따는 소리로 노래까지 부르기 시작했다. 드넓은 거실은 엉망진창이었다. 시켜다 먹은 중국음식 그릇이 이곳저곳 늘어져 있는데다가 양말은 물론 바지까지 벗어 팽개쳐두었으니 안방에서 나와 화장실이나 주방으로 가려면 징검다리를 건너듯이 발을 디뎌야 할 참이었다. "살다 살다 이렇게 멍청하게 큰 집 첨 봤네." 술에 취하니까 스스럼없이 그런 말도 나왔다. "식구도 둘인데, 저 양반 온전한 대갈빡인가?" 금니박이가 자기 딴에 목소리를 낮춰서 한답시고 우렁우렁 아버지를 비난하며 말했고, "냅다 밀어내고 앞뒤로 빌라를 두 동만 지어 분양하면 노가 날 자리야. 단번에 열 배 스무 배 뻥튀기할 수 있는데, 눈뜬 봉사도 아니고, 마당귀에 안채 변소간만한 흙벽돌집을 짓다니, 것 참, 알다가 모를 게 사람이라" 백바지가 대거리를 놓았다. 밤이 꽤 이슥해졌는데도 돌아갈 눈치가 없으니 그 또한 뻔뻔했다. "괜찮다, 얘야." 참다못한 내가 불끈해서 몸을 일으키니까 아버지가 손을 들어 보이고 한쪽 눈을 찔끔 감았다 뜨면서 말했다. "일꾼들은 저렇게 한 번씩 와자하게 놀아야 돼. 일 신명도 다 노는 데서 나오거든. 그냥 냅둬라. 집도 넓고 하니, 갈 놈은 가고 안 갈 놈은 엎드러져 자겠지 뭐." 다른 사람이야 낯모르니까 그런다고 치더라도 아버지가 여러 해 데리고 다니면서 먹이고 가르쳐온 터라 누구보다 믿어온 손자귀 아저씨까지 나 몰라라 제집처럼 방자하게 구는 건 정말 뜻밖의 일이 아닐 수 없었다.

상량을 끝내고 나서부터 일은 일사천리였다.

아버지는 흙벽돌을 삼화토로 빚게 하라고 했다. 본래의 아버지 생각은 삼화토 흙벽돌을 쇠틀로 직접 찍어내 쓰자는 것이었으나 손자귀 아저씨가 워낙 강하게 반발하는 바람에 전라도 고흥에 사는 아버지 아는 분에게 특별히 주문을 해 실어올렸다. "삼화토가 뭔데요, 아버지?" 내가 물었고 "진흙과 모래와 석회를 일 대 일 대 일로 섞은 흙이 삼화토다. 그렇게 해서 찍어낸 삼화토 흙벽돌을 쌓아놓으면 총알도 뚫지 못한다" 아버지가 대답했다. 벽돌 쌓는 일은 주로 점박이 차지였다. 점박이는 한시도 입을 닫지 못하고 온갖 유행가를 불러대며 벽돌을 쌓았는데 점박이의 일솜씨가 미덥지 않은지 벽돌을 쌓는 날 아버지는 한 번도 웃지 않았다. "몸뚱어리에 기운만 있다 하면 한칸통 집 짓는 데 나는 딴 일꾼 쓰지 않았을 거네. 혼자도 여반장이지." 참지 못하고 아버지가 손자귀 아저씨에게 지청구를 했다. "요새 세상, 형님 세상 아니우!" 손자귀 아저씨가 불퉁하게 맞받아쳤다. 손자귀 아저씨가 그렇게 살찬 표정으로 아버지의 말을 맞받아치는 것은 드문 일이었다. "내 세상도 아니고, 암튼 다른 세상이우. 나도 뭐 사장 소리 듣고 사는데, 형님 부탁 아녔으면 이깟 것, 흙벽돌집, 내가 뭐 발라먹을 거 있다고 맡아 짓겠수!" 창틀에 앉아 있던 아버지가 속이 더 상하는지 아무 대꾸도 하지 않고 물에 불은 듯한 몸을 굴려 침대로 내려갔다. 가래가 끓는 쉰 숨소리가 가파르게 들렸다. 속이 뒤집히기로는 손자귀 아저씨도 마찬가지였는지, 그날 점박이가 일을 단도리하고 돌아간 다음에도 아저씨는 혼자 남아 꽤 늦게까지 백열등 켜놓고서 천장의 반자를 짰다. "소백산 어느 절에서 산신각을 짓고 있을 때였어." 손자귀 아저씨가 말도 없이 돌아가고 나서야 아버지가 입을 열었다. "하루는 등짐이라도 지겠다고 누가 찾아왔는데, 눈은 쑥 들어가고 허리는 호리낭창한 것이 등짐은커녕 대패질도 못하게 생겼지 뭐냐. 어디서 왔느냐니까 산에서 왔대, 산에서. 뭣에 씌었던 건지 산맥을 따라 그냥 떠돌다가 배가 고파 일판으로 찾아온 게지. 바로 손자귀 아저씨다." "그래서 무슨 일을 시켰어요, 아버지?" "일은 무슨." 아버지는 손사래를 치다가 나와 눈이 마주치자 비로소 빙긋 웃었다. 그사이 더 늘어난 입가의 크고 작은 주름살들이 사방으로 너울을 지어 번져나갔다. "그 몸뚱어리로 무슨 일인들 할 수 있겠나 했지만, 손가락들이 길고 갈쭉해 배우면 소목은 해 먹겠구나, 그래 거두었지. 속셈으로는 너를 염두에 두었고." "나를, 왜요?" "네가 아마 그때 세 살인가 뭐 그랬어. 절집 보살들이 봐주긴 했다만 자귀 그놈 손을 보다가 옳지, 이 친구한테 애를 맡기면 되겠네 싶었다. 애 보기 좋은 손이었거든. 니가 한때는, 손자귀 아저씨 손으로 컸다. 작은아버지로 알고 잘해드려야 한다." 아버지 밑에서 일할 때의 손자귀 아저씨는 늘 말이 없었다. 나무로 인형을 깎아주거나 풀피리 만들어 입에 물려줄 때에도 씩 웃곤 그만이었다. 무등을 태워달라고 졸라도 웃었고 깎아준 인형이 마음에 안 든다고 일부러 이통을 부려도 웃었고 심지어 아버지가 지청구를 해도 웃었다. 술좌석에서 노래 한 자락이라도 시키면 수줍어 얼굴부터 벌겋게 달아오르던 사람이 바로 예전의 손자귀 아저씨였다.

지붕을 올리고 나자 한차례 비가 왔다.

오랜만에 단비를 맞은 뜰의 이 구석 저 구석에서 기가 죽어 있던 여름꽃들과 성미 급한 가을꽃들이 다투어 벙긋벙긋 입을 벌렸다. 작년만 해도 불편하긴 했지만 아버지와 함께 풀도 메고 산

꽃들도 옮겨 심고 했었는데, 이제 다시 그럴 날이 오지 못할 거라고 생각하니까 꽃밭에 앉아 있어도 마음이 쓸쓸했다. "코스모스가 벌써 피는구나." 아버지도 좀 처량한지 입맛을 쩝 다시고 말했다. 작년에 맺은 씨앗들이 땅에 묻혔다가 스스로 싹트고 자라서 피는 꽃들이었다. 누가 심은 적도 없는데 저절로 터를 잡은 취꽃의 흰 꽃잎들이 터져나온 것 또한 비 온 다음날이었다. 취꽃 무리 뒤엔 전에 보지 못했던 노란색 꽃들도 피어 있었다. "그건 상사화야." 내가 노란색 꽃들을 굽어보고 있자 창 안쪽에서 아버지가 합죽 미소 짓곤 말하는 것이었다. 아버지는 너무도 오래 길에서 길로 흘러다녀 모르는 꽃도 없고 모르는 나무도 없었다. "상사화가 어찌 거기에 심지를 박고 컸는지 모르겠구나. 이별초라고도 하지. 봄에 잎이 나와 여름에 다 말라붙으면 그제야 꽃이 핀단다. 나하고…… 세상하고 그랬던 것 같아. 잎과 꽃이 엇박자라 영 만날 수가 없는 거지. 지리산 자락 어디, 절집 지을 때 마당귀에 저 꽃이 가득했다. 살 속 뽀얀 젊은 보살이 하나 있어 밤잠 설치던…… 그게 네가 몇 살이었는지 까마득하다. 인연이란 욕심대로 맺고 풀어지는 게 하나도 없어. 봐라, 코스모스도 그렇고, 취꽃, 저것들도 가을과 연을 맺어 꽃이 나와야 옳은데, 가뭄 끝에 비가 오니까 저것들 몸속의 시계도 나 닮았던 것인지, 급행열차처럼 시간을 앞질러 꽃을 피웠구나." 아버지의 반쯤 감긴 깊은 눈과 수천의 주름들 속에서 먼 바람 소리가 들리는 것 같았다. 살 속 뽀얀 보살……이라는 아버지의 말에 토를 붙여 묻고 싶은 말들이 갑자기 속에서 아우성치며 솟구쳤지만 나는 아버지의 고요한 마음을 깨뜨리고 싶지 않아 참고 말았다. 아버지의 눈 속에 살결 뽀얗고 속눈썹 푸르른 젊은 어머니의 모습이 흘러가는 듯 마는 듯했다.

지붕을 올리고부터는 비가 와도 상관없었다.

내장 공사를 시작하고부터 손자귀 아저씨는 더 자주 점박이 패거리를 집으로 불러들였고, 밤새 술판을 벌이거나 노름판을 벌였다. 심지어 짙은 화장을 한 여자가 패거리에 끼어 올 때도 있었다. 그런 날 아버지는 새벽까지 잠을 이루지 못하는 눈치였다. "손자귀 아저씨!" 내가 말했다. "아버지가 시끄러워 잠을 못 주무세요." "손자귀라고 부르지 마라. 난 손자귀가 아니다." "너무해요, 아저씨." "공사 끝나면 안 온다. 쬐끄만 녀석이 주먹까지 쥐고 째려보면 어쩌겠다는 거냐. 어른한테 그럼 못쓴다." 이미 예전의 손자귀 아저씨가 아니었다. 아버지는 선잠이 든 다음에도 계속해서 쌔액쌔액, 풀무질 소리를 냈다.

아버지와 손자귀 아저씨가 다시 언쟁을 한 것은 문과 창 때문이었다.

아버지는 문과 창을 모두 전통 방식에 따라 하기를 원했고 손자귀 아저씨는 옛날 방식의 문짝들은 제구실을 하지 못한다고 우겼다. "다 형님 편하게 지내시라고 드리는 말씀이에요. 아무리 흙벽돌집을 지었다고 해도 요즘 누가 판장문, 골판문에 닥종이 완자창을 찾습니까. 고릿적 얘기는 하지도 마세요." "나는 유리 많이 쓰는 거 싫어. 집은 제 땅에서 나는 제 재료를 써야 숨을 쉬어." "아이구, 형님은 그래서 시멘트 콘크리트 집을 이리 걸지게 지었습니까." "이 사람아, 그것은." "뭡니까, 그게?" "그만두세나." 아버지는 고개를 돌렸다. 이상하게도 시간이 지날수록 더욱더 손자귀 아저씨는 아버지 말에 대거리를 달거나 어깃장을 놓았다. 장판만 해도 그 경우였다. 아버지가 하라는 것은 기름 먹인 종이 장판을 바르고 들기름 섞은 콩댐을 하라는 것이었다. "콩댐이라니요?" "콩댐 모르던가. 콩을 물에 불려서 빻은 다음에 면자루에 담아 방바닥을 문지르는 거야. 언젠가 나주에서 대갓집 지을 때, 자네가 콩자루를 문질렀던 것 같은데." "모릅니다. 난 그런 것 기억 안 나요. 집을 맡겼으면 제발 좀 내게 맡겨주세요. 아, 옛날식으로 다 하자 하면 보일러도 놓지 말고 부엌도 무쇠솥에 아궁이를 들여야 하는 거지요. 다 막살하고 그럼 그렇게 해드릴까요?" 다음날 손자귀 아저씨는 자기 마음대로 수입 마루를 뚜르르 깔아버리고 말았다. 몸을 움직이기 어려운 아버지로서는 그러거나 말거나 어쩔 방도가 없었다. 수입 마루를 깐

날에도 손자귀 아저씨는 밤새 패거리를 몰고 와 고스톱을 쳤다. 손자귀 아저씨가 집주인이고 아버지와 내가 더부살이를 하는 것 같았다. "사람들이 좀 거칠어서 그렇지, 집 짓는 걸로 먹고사는 사람 중에는 자고로 악종이 없다." 깊은 밤, 거실의 고스톱판이 한창 달아올라 왁자지껄할 때, 죽은듯이 누워 있던 아버지가 힘 겹게 상반신을 일으키더니, 혼잣말하듯 창 너머로 고개를 돌려대 고 말했다. 별똥별 하나가 멀리 흘러가는 게 얼핏 내 눈에까지 들 어왔다. 흐흐흐, 하고 아버지가 짐짓 소리내어 웃었다.

4

집을 짓는 동안 손자귀 아저씨와 나는 물론이고 심지어 아버 지 자신까지 미처 구체적으로 느끼지 못한 것은, 아버지의 노화 가 마침내 초특급열차의 속도로 내달리고 있었다는 사실이다. 그사이 아버지의 머리는 완전한 백발에 그나마 반 이상이 빠져 달아나 대머리 백발이 됐고, 허리가 사십오 도쯤 굽어 다시 펴지 지 않았으며, 저승꽃이 덕지덕지 피어 온몸이 동굴처럼 어두웠 다. 귀도 어두워서 소리치듯 말해야 알아들었고 눈곱이 끼고 눈 물도 자주 났다. 또 가깝게 접근하면 참을 수 없을 만큼 뭔가 썩

140

어가는 냄새가 아버지 몸에서 났다. 샤워를 해도 가시지 않고 온몸에서 뿜어져나오는 진한 냄새였다. 그리고 더욱더 충격적인 것은, 이제 아버지가 혼신의 힘을 다해도 두 발자국 이상 떼어놓을 수가 없다는 사실이었다. 몸뚱이만 부풀어올랐지 얼굴과 목은 물론 종아리 발목은 밭을 대로 밭아 눈뜨고 차마 못 볼 지경이 됐다. 새로 지은 작은 집은 모든 공간과 공간의 거리가 아버지에게 맞춰져 다섯 걸음으로 되어 있었다. 공사를 시작할 때 아버지가 걸을 수 있는 것이 다섯 걸음이었기 때문이다. 아버지가 누울 보료에서 안방 문까지가 다섯 걸음, 안방 문에서 싱크대, 화장실까지가 다섯 걸음, 싱크대에서 현관문까지가 다섯 걸음, 현관문에서 아버지가 앉아 쉴 수 있게 새로 짠 나무의자까지가 모두 다섯 걸음이었다. 동화 속 집처럼 모든 게 다 앙증맞고 오손도손 정다웠다. 문이나 창, 또는 장판 등 내장 공사에서 몇 가지 아버지 뜻대로 하지 못한 것도 있었으나 대체적으로 집은 우리 땅, 우리 산에서 나는 재료로 못 하나 안 박고 지었으며, 그래서 아버지 말대로 '숨쉬는 집'이 되었는데, 정작 아버지는 이미 두 발자국 이상 걸을 수 없어서 누가 돕지 않고선 집안의 어디에도 갈 수 없게 된 것이었다. 아버지는 그 사실에 크게 충격을 받은 듯했다. "그래도 얘, 이 냄새 좀 맡아봐." 아버지는 그러나 애써 밝은 얼굴로 말했다. "이 나무 냄새. 이거 적송 냄새다. 창틀도 니스칠 같은 거 안 하고 콩기름만 먹이니까 얼마나 좋냐. 너도 좋으냐." "정말 좋아요. 아버지. 숲속에 누운 것 같아요." "내가 마침내, 평생 처음으로…… 내 집을 갖게 됐구나." 아버지는 몇 년 전 당신 스스로 거대한 시멘트 콘크리트 집을 지었다는 사실을 까맣게 잊은 듯 씩 웃으면서 말했다. 집 짓는 사이 두 배 이상 늘어난 주름살들이 웃음에 떼밀려 나무 향기 가득한 집안 곳곳으로 퍼져나갔다. "아버지와 달리…… 너는 진짜…… 시 짓는…… 시인이 될 것이다." 손을 뻗어 아버지가 내 머리를 한차례 쓰다듬었다. 그것이 아버지의 마지막 말이었다.

아침에 눈을 떴을 때 아버지가 누워 있던 자리는 비어 있었다.

"아버지." 나는 명랑한 어조로 불렀다. 이제 여름도 다 지나가고, 창 너머로 노랗게 물든 매실나무 잎새가 몇몇 떨어지는 것이 보였다. 나는 아버지가 화장실에 갔을 거라고 생각했다. 비록 두 걸음밖에 걷지 못했으나 벽을 짚거나 하면 지척인 화장실에 다녀오는 건 문제가 아니었으므로 요강으로 쓰던 백자 항아리를 이미 버렸던 것이었다. "아버지, 어디 계세요? 오늘 아침 무밥 하려고요. 무를 사다났거든요. 아버지, 무밥 좋아하시잖아요." 그렇지만 어디에서도 아버지의 목피리가 불어주는 쉰 바람 소리가 더이상 들리지 않았다. 열쇠를 찾아 열쇠구멍에 끼우고 돌렸는데도 화장실 문은 단단히 닫혀 있었다. 변기에 앉았다가 앞으로 쓰러진 채 영원히 눈감고 만 아버지의 거대한 몸이 화장실 문을 가로막고 있었기 때문이었다. 향긋한 적송 냄새가 화장실에 꽉 차 있었다.

5

아침에 트럭이 한 대 대문간에 와 서더니 시멘트와 블록을 잔뜩 부려놓고 갔다. 양복을 잘 차려입은 부동산 업자 금니박이와 손자귀 아저씨가 데크에 앉아 커피를 마시고 있었고 터닦이 백바지와 점박이가 시멘트를 개고 있었다. 가을이었다. 나는 토스트 한 쪽으로 아침을 때우고 학교에 가기 위해 막 현관을 나서다가 그것을 보았다. 그 무렵의 나는 사실 계속하여 아주 불안하고 불편한 생활을 했다. 손자귀 아저씨 패거리가 도무지 시멘트 콘크리트 집을 비울 눈치조차 보이지 않았기 때문이었다. 비우기는커녕 더 많은 사람들이 드나들기 시작했고, 건축자재 같은 걸 뜰 한쪽에 산더미처럼 날라다 쌓아두기도 했다. "이제 아저씬 나가주세요." 내가 말했다. "다 너를 위해서야." 손자귀 아저씨는 다정히 웃으며 내 머리를 쓰다듬었다. "어린 너를 내가 지켜야지 누가 지키겠냐. 니가 천지간에 피붙이 하나 없고 사고무친하니,

형님도 간곡히 너를 내게 부탁하셨고." "거짓말이에요. 아버지가 아저씨한테 그런 부탁 했을 리 없어요. 내 집에서 모두들 나가주세요." 내가 불퉁한 소리로 쏘아붙이자 백바지가 갑자기 도끼눈을 하더니 옆에 있던 톱으로 데크 난간을 확 후려쳤다. 톱날이 반 토막으로 부러졌다. "듣자 듣자 하니까 쥐방울만한 새끼가 못하는 말이 없네. 어린 저를 돌보겠다는 어른한테 고맙다곤 못할망정 눈깔 똑바로 뜨고 내지르는 말본새 좀 봐. 싸가지 없는 새끼!" "허어, 친구." 손자귀 아저씨가 손사래를 쳤다. "애가 철없어 그러는 걸, 그리 화를 낼 건 뭐 있나. 자넨 그게 문제야. 콩밥 먹고 나온 지 얼마나 됐다고, 이 사람아." "나 백바지, 다른 건 몰라도 사람 새끼 싸가지 없는 건 못 봐!" 백바지가 꽥 소리질렀고, 손자귀 아저씨는 혀를 찼다.

나는 아버지가 그리워 핑 하고 눈물이 도는 걸 간신히 참았다.

아버지는 죽었지만 아버지가 '내 집'이라고 불렀던 그 작은, '숨쉬는 집'에서 떠난 것은 아니라고 나는 생각했다. 밤이 깊으면 자주 아버지가 부는 목피리의 쉰 소리도 들을 수 있었고 눈 감으면 산지사방으로 너울너울 번져가는 아버지의 환한 주름도 볼 수 있었다. 고스톱판에서 핏대를 올리거나 술판 벌여놓고 온갖 세설을 떠는 저들 패거리의 소음 때문에 아버지가 깊은 잠들 수 없는 것이 나는 꿈속에서 매양 화가 났다. "니가 우리들 꼴

보기 싫어하니까 담을 쌓기로 했다." 옆으로 지나가는 나를 향해 점박이가 말했다. 담을? 나는 무슨 말인가 몰라 고개를 돌렸지만, 나와 시선이 마주치자 한쪽 눈까지 찡긋해 보이는 점박이가 보기 싫어 반문을 겨우 입속으로 했을 뿐이었다. 날씨는 하루종일 맑았고 하늘은 높고 푸르렀다.

무슨 담을 쌓는다는 말인가.

나는 종일 궁금하고 불안했기 때문에 학교가 파하자마자 황급히 집으로 돌아왔다. 대문 앞엔 대형 이삿짐 트럭이 와서 장롱이며 세간살이며, 한창 이삿짐을 부리고 있는 중이었다. 초등학교 다니는 애들도 두엇 눈에 띄었다. "왔냐." 대문간에 서 있던 손자귀 아저씨가 눈웃음을 치고 말했다. "내가 아예 이사를 들어오기로 했구나. 큰 집을 계속 비워둘 수도 없고." "……" "너 공부하기도 좋게, 따로 담을 쌓았다. 출입문은 내일 동쪽 편으로 새로 내주마." 가슴이 철렁 내려앉고 눈앞이 뿌얗게 흐려져서 뜰로 들어서다 말고 나는 비틀 주저앉았다. 내가 기거하는 작은 집과 시멘트 콘크리트 집 사이에 새로 쌓은 블록 담장이 우뚝 높았다. 아니 두 집 사이에 쌓은 담이라기보다도 새로 지은 작은 집을 블록 담으로 빙 둘러쳐 시멘트 콘크리트 구조의 큰 집으로부터 격리시켜놓은 꼴이었다. 집터가 워낙 넓어서 담을 쌓고도 시멘트 콘크리트 큰 집 뜰은 툭 트인 맛을 그대로 유지하고 있었으나 담장 속에 파묻힌 작은 집은 여백도 많지 않아 아주 이상한 감옥 같아 보였다. "어차피 너는 내가 돌보겠지만, 네 앞으로 사십 평을 분할등기해두었다. 측량한 경계선대로 담을 쌓았으니 그리 알면 된다. 돌아가신 네 아버지 뜻에 따른 거야. 모든 걸 내게 위임하셨지." 손자귀 아저씨가 주저앉은 나의 어깨를 다정히 두들겼다. "그리고 애," 눈높이를 낮추고 내 눈을 그윽이 들여다보다가 손자귀 아저씨는 이윽고 또한 덧붙이는 것이었다. "난 더이상 자귀질 안 한다. 그러니, 앞으론 삼촌이라고 불러라." 매실나무 잎새들이 우수수우수수 지고 있었다.

작은 감옥 안의 방에서 나는 밤새 잠을 이룰 수가 없었다.

아버지의 '숨쉬는 집'이 시멘트로 만든 블록 담장 안에 갇혀버렸으므로 아버지는 물론 '숨쉬는 집'조차 제대로 숨을 쉬지 못하고 풀무질 소리를 가파르게 냈다. "너 혼자 힘으론 안 될 게다" 아버지가 숨을 헐떡이며 말했고 "키는 다른 애들보담 작지만요, 나도 중학생이라구요, 아버지. 푸시업을 서른 번이나 해요" 나는 쾌청하게 대답했다. 아버지가 평생 메고 다녔던 낡은 배낭 속엔 먹줄통을 비롯하여 곱자, 줄자, 그무개, 그림쇠, 끌, 정, 끌망치, 메, 손대패, 타태송곳, 수평대들이 들어 있고, 그리고 반지르르 아직도 윤이 나는 손자귀가 들어 있었다. 나는 아버지의 자귀를 힘있게 쥐었다. 밤이 깊었는데도 새로 쌓은 블록 담 너머의

146

시멘트 콘크리트 큰 집에선 손자귀 아저씨네 집들이를 하는지 왁자지껄한 소리가 계속 났다. "이제 나는 자귀목수가 될 거예요" 내가 먼저 말했고 "너 혼자 힘으론 안 된다니까 그러는구나" 아버지가 대꾸했다. 자귀질은 무엇보다 깔끔하고 매워야 된다고 애당초 누누이 설명해준 것은 아버지였다. "할 수 있어요, 아버지." 나는 짐짓 자귀를 힘껏 들어올렸다. 아버지가 그려놓은 먹줄을 따라 혼신의 힘을 다해 정확하고 맵게 내려치면 될 일이었다. 손자귀 아저씨의 목에 그려진 먹줄이 보이는 것 같았다.

—

겨울 사냥

벌판의 끝에 작은 도시 하나 잠들고 있다.

　아니다. 도시는 몰아치는 눈바람에 조금씩 움츠러들고 있다. 아무것도 보이지 않고 아무 소리도 들리지 않는다. 눈 때문이다. 눈바람은 이 작은 도시의 허공을 완전히 잡아먹고 이제 꼭꼭 여민 창틈까지 할퀴고 있다. 도시는 완전히 문을 닫는다. 꼭꼭 숨어라 머리카락 보일라. 눈바람은 여유만만이다. 사람들이 숨는다. 나무도 숨고 소리도 숨고 탐욕스러운 눈빛까지 숨는다. 그뿐이다. 눈바람에 점령당한 도시의 복판을 가르고 선 한줄기 가로등만 알몸인 채 안쓰럽다. 추워, 추워, 추워 죽겠단 말이야. 죽겠다는 자는 결국 다 죽는다. 시간도 죽는다. 밤은 조금씩 깊어가고 도시는 조금씩 가라앉는다.

도시의 북쪽 끝에 낡은 역사驛舍가 있다.

그곳에서 벌판이 시작되고 철로는 그 벌판의 중심을 가르며 어둠 속에 묻혀 있다. 역사 앞은 휑하니 열린 광장이다. 광장 한복판에 수은등 하나, 멋없이 키만 크다. 광장을 건너면 곧장 대합실이다. 대합실 안엔 몇 개의 오래 묵은 나무 벤치가 있을 뿐이다. 벤치 앞의 낡은 조개탄 난로엔 불기가 전혀 없다. 벤치 뒤는 창이다. 창 너머 역구내는, 눈바람에 오들오들 떨며 그냥 비어 있다.

사무실엔 늙은 역원이 난로 앞에서 졸고 있는 중이다.

난로 위의 쇠 주전자, 그리고 창백한 형광등, 먼지 낀 높은 천장, 달려가는 바람 소리, 그뿐이다. 창밖에서 아우성치는 눈바람 때문에 대합실 안은 그나마 아늑한 맛이 있다. 모든 것들이 썰렁하게 비어 있으나 그 속에 앉아 있으면 저절로 눈 내리던 고향 생각이 나고, 창백하게 속병을 앓다 죽은 말수 적은 친구가 떠오르고, 결국 혼자만 버려진 기분에 사로잡히는, 적요한 분위기, 허망하긴 해도 대합실엔 그게 있다. 그래서 두 거지 아이가 서로 끌어안은 채 벤치 위에 잠들어 있는 모습도 참혹하게만은 보이지 않는다. 다만 애처롭다. 쓸쓸한 것은 참혹한 것까지도 감싸기 때문이다.

  그리고 사내와 여인이 있다.

  대합실 안으로 등을 돌려 댄 채 앉아 있는 사내는 텁수룩한 머리 사이로 외투깃을 올려 세운 채 앉아 있고, 오렌지빛 스카프 아래 긴 머리를 유연하게 내려뜨린 여인은 사내가 앉은 벤치의 한쪽 끝에 조는 듯 앉아 있다. 여인이 맨 스카프의 빛깔이 너무 밝아서 차라리 슬프다.
  그들은 오랫동안 움직이지 않는다.
  여인이 먼저였는지, 사내가 먼저 그 자리에 있었는지, 아니면 둘이 함께였는지 그것을 아는 사람은 아무도 없다. 그들 자신까지도 그들이 나란히 앉아 있다는 걸 잊고 있는 것처럼 보인다. 창밖에선 여전히 바람이 곤두박질하고, 눈송이가 휘날리고, 어둑한 광장 너머로 도시가 자꾸 숨고 있다. 시간도 숨는다. 다만 숨는 도시를 지켜 선 가로등만이 역 광장 그 뒤에서 신기루처럼 멀다.
  "막찰 기다리시는군요?"
  여인이 먼저 묻지만 사내는 대답이 없다.
  "막찰 기다리시냐고요."

짜증이 섞여 있지만 여인의 목소리는 투명하다.

"아니, 떠나려고요……"

사내의 대답은 진하게 울려오는 독백 같다.

"그게 그거죠 뭐. 어디로 가실 건데요?"

"아주 멀리……"

"멀리라고요?"

터무니없이 여인의 목소리가 높다.

잠들어 있던 거지 아이 하나가 미간을 찌푸린다. 역 광장엔 여전히 칼날 같은 바람이 산다. 여인의 어깨가 가늘게 떨리는 것 같다. 떠난단다, 하고 여인은 생각한다. 아주 멀리…… 그러자 문득 오색찬란한 불을 켜고 수평선을 향해 서서히 기어나가는 여객선이 불현듯 떠오른다. 밑도 끝도 없는 상상이다.

"겨울 바다 가본 적 있으세요?"

여인의 목소리에서 풀이 죽는다.

"고향이 바닷가였거든요. 저녁마다 여객선이 낯선 도시를 향해 떠나는 것이었어요. 어두운 눈밭에 웅크리고 앉아 그걸 바라보고 있음 조금씩 나는 미치곤 했던 거 같아요. 그걸 타보고 싶어서요. 떠나고 싶어서요……"

여인이 말을 끊고 고갤 숙인다.

사낸 담배를 꺼내 물고 라이터를 켠다. 찰칵, 라이터의 금속성이 파르르 떤다. 잠깐 동안 사내의 두 볼에 환한 불꽃이 핀다. 속눈썹이 여자처럼 길다. 어쩐지 사내가 오래 못 살 것 같다는 방정맞고 엉뚱한 예감이 여인의 머리를 친다. 여자가 또 짜증을 부린다. 사내를 향해서라기보다 자신을 향한 짜증 같다.

"왜 암말도 안 해요?"

"무슨 말을 하라는 거요?"

"고향 얘기 했잖아요, 난."

"난 쓸 만한 고향이 없소."

"없으면 없는 거지 쓸 만한 고향은 뭐예요? 고아예요?"

사내가 잠시 여인을 돌아다본다. 입술을 깨문 야무진 표정을 하고서 사내는 여인의 시선을 붙든다. 눈싸움을 하려는 것 같다. 여인 쪽에서 먼저 웃는다. 사내는 웃지 않는다.

"억울하단 말예요. 아까부터 나 혼자만 말했잖아요."

투정 부리는 애들 같다. 그래도 사낸 여전히 하나의 나목이다.

"난요······"

여인의 얼굴에 그늘이 진다.

"난요, 오늘 교도소에서 나왔어요. 육 년이나 그 안에서 살았거든요. 춥고 외로웠어요. 그래서 지금 고향에 가는 거예요. 아무도 반겨줄 사람은 없지만요, 교도소를 나섰더니 그놈의 여객선 불빛이 보고 싶잖아요······"

쏟아놓듯 말하곤 여인이 고개를 숙여버린다.

사내가 비로소 시선을 돌린다. 바닷소리가 들리는 것 같다. 허옇게 거품을 물고 악을 쓰는 참혹한 바다의 비늘들이 반짝거리며 일제히 일어서는 것 같은 소리이다.

이때, 어디선가 발소리가 들려온다.

사내의 눈동자에 문득 불안한 바람이 분다. 발소리는 역 광장 건너편에서 시작되고 있다. 또각또각, 차츰 명료해진다. 다급하면서도 쪽 고른 간격이다. 사내가 손을 뻗어 유리창의 성에를 닦는다. 성에가 닦인 유리창으로 한 남자의 윤곽이 잡혀든다. 수은등의 불빛을 정면으로 받으며 눈바람을 뚫고 오는 남자는 가죽잠바를 입고 있다.

사내의 손끝이 파들파들 떨리기 시작한다.

재빠르게 주위를 살핀다. 역구내로 통하는 출찰구엔 먼지투성이의 유리문이 고리가 걸린 채 잠겨 있다. 역원은 사무실 의자에서 여전히 졸고, 쇠 주전자도 졸고, 거지 아이도 졸고 있다. 밀폐된 대합실에 정적뿐이다. 출구라고는 가죽잠바가 오고 있는 광장을 향한 출입구 하나인데, 가죽잠바는 벌써 그 출입구의 바로 코앞에 와 있다. 사내의 얼굴이 하얗게 질린다. 여인은 여전히 고개를 들지 않고 있다.

어디선가 요란하게 개가 짖기 시작한다. 광장 건너편인 것도 같고 역구내 어디쯤인 것도 같고 바로 대합실 안인 것도 같다. 컹컹컹…… 숨 돌릴 사이도 없이 자지러지는 개 짖는 소리에 사내가 몸서리를 친다. 이윽고 가죽잠바가 역사의 현관을 요란하게 열어젖힌다. 열린 문으로 가죽잠바보다 먼저 눈바람이 달려든다.

순간, 사내가 여인의 어깨를 거칠게 잡는다.

삽시간에 일어난 일이다. 일 미터 이상 떨어져 앉아 있던 사내가 전광석화 다가앉아 여인의 어깨에 팔을 두른 것이다. 여인의 눈동자가 크게 열린다. 사내가 힘껏 여인을 끌어안는다. 뭐라고 말하려는 듯했으나 여인의 말소린 짧게 잘려나간다. 여인이 본 것은 하얗게 질린 이마, 툭 불거진 정맥, 그리고 불안과 공포로 출렁이는 사내의 눈동자뿐이다. 여인은 그냥 눈을 감는다. 사내의 입술이 차다. 여인의 입술도 그렇다. 얼음장 같은 두 개의 입술이 하나로 포개지며 그들은 똑같이 푸르르 떤다. 문소리에 놀란 거지 아이가 잠시 눈을 떴다 다시 감는다. 바람 소리가 지나간다. 높은 천장, 닫힌 창문, 불결한 나무 벤치, 그리고 젊은 남녀의 철없는 포옹…… 그뿐이다. 대합실 안을 살피던 가죽잠바는 사무실로 통하는 창을 손등으로 두드린다. 창이 열린다. 깨어 일어난 역원에게 가죽잠바가 뭔가 속삭인다.

"알았습니다."

역원의 목소린 탁 갈라져 있다.

"그럼요. 막차가 올 때쯤 다시 나오세요…… 예, 막차는 손님이 거의 없으니까요, 금방 보면 알 수 있죠. 그럼요…… 연락하고말고요."

가죽잠바가 돌아서며 여인과 사내를 일별한다.

포옹도, 차가운 키스도 아직 끝나지 않고 있다. 가죽잠바가 피시식 웃는다. 역원은 창을 닫고 가죽잠바는 대합실을 떠난다. 개 짖는 소리도 들리지 않는다. 또각또각, 역시 간격이 고른 발소리를 남기며 광장 저편으로 가죽잠바가 숨어버리자 사내가 천천히 입술을 뗀다. 여인의 두 볼이 홍조로 다사롭다. 눈을 뜬다. 사내의 깊고 짙은 눈빛이 가깝게 있다. 그 눈빛에 진한 애소가 담긴다. 울 것도 같고 웃어버릴 것도 같다. 아니다. 사내의 눈빛엔 아무것도 없다. 바람도 없고 구름도 없고 불안도 없다. 이 사내는, 하면서 여인은 생각한다. 역시 얼마 못 살 얼굴이야. 여인이 사내의 손을 풀어내리며 유충처럼 웃는다.

"알아요, 알 것 같아요."

여인은 순간, 갑자기 열 살쯤 나이를 건너뛴다. 아니 투정하듯 짜증을 부릴 때에 비하면, 스무 살쯤 건너뛴 너그러운 목소리다.

당신은 도망자지요, 라고 여인은 생각한다. 그러나 그게 어떻단 말인가. 뭐든 알 것 같고 뭐든 용서할 수 있을 것 같다. 사내가 여인의 귀에 대고 부르짖듯 말한 것은 다음 순간이다.

"나는 살인자요!"

사내는 입김이 뜨겁다.

"현상금까지 붙어 있소. 원하기만 한다면……"

"신고할 수도 있죠. 하지만 돈은 탐나지만 비겁한 밀고자는 탐나지 않아요."

그러면서 여인은 거짓말을 한다.

"처음부터 난 알고 있었어요. 댁이 쫓기고 있다는 거. 그렇지만 난 하나도 무섭지 않아요. 나도 육 년 동안이나 교도소에 있다가 오늘 풀려난걸요. 육 년 동안이나요……"

웃는 듯했으나 결국 여인은 웃지 못한다.

눈동자에 맑은 물기가 고인다. 다급하게 지나가는 자동차의 엔진 소리가 하얗게 성에가 낀 유리창에 차갑게 와 닿는다. 시커먼 트럭 한 대가 역 광장을 돌아나가고 있다. 후미등이 한쪽만 켜진 고물 같은 트럭이다. 눈바람이 곧 남은 한쪽 후미등까지 잡아먹는다. 그러곤 다시 바람 소리만 남는다.

"내가 신고라도 할까봐 겁나나요?"

사낸 대답하지 않는다.

침묵이 온다. 여인이 팔을 길게 뻗어 성에 낀 유리창에 금을 긋는다. 사내의 대답은 이미 기다리지 않는다. 창유리엔 금방 바다처럼 시원한 길이 생긴다. 사무실의 쇠 주전자에 물 끓는 소리가 들려온다. 먼 곳의 바닷소리 같다.

"난요, 바닷가에서 자랐어요."

사내는 여전히 말이 없다.

"고향이 바닷가였어요. 바닷소린 내 숨결과 마찬가지였다고요."

그래도 사낸 정물처럼 역 광장을 바라볼 뿐이다.

"부웅, 고동 소릴 남기며 밤마다 여객선이 떠나는 것이었어요. 호사스럽게 불을 켜고요. 난요, 때때로 그걸 보며 울곤 했어요. 타보고 싶어서요. 아이 참……"

여인이 또 짜증을 낸다.

"대체 댁은 벙어리예요? 이곳을…… 무사히 떠날 것 같아요?"

"아뇨, 난…… 무서워요."

사내가 갑자기 떨면서 부르짖는다.

"무서웠어요. 도망갈 수 없을 겁니다. 나도 알아요, 그걸. 그를 죽일 때에도…… 다리가 떨렸어요. 죽어가는…… 그를 봤습니다. 칼에 찔려 넘어진 그 눈을 봤다고요……"

사내가 고갤 숙이며 몸서리를 친다.

여인의 눈빛에 연민이 서린다. 그러나 애써 웃으려고 한다.

"나도요, 무서웠어요. 댁처럼…… 사람을 죽이진 않았지만요, 무섭긴 매한가지였다고요. 도망치고 싶어 몸서리를 쳤어요. 순경 아저씨가 수갑을 채우데요. 불과 열여섯 살 계집애한테. 차가운 수갑이 내 손목을 하나로 묶자 비로소 도망치지 않은 게 속상하지 뭐예요."

"난 도망치지 않습니다."

사내가 눈빛을 번뜩인다.

"도망치는 게 아니라고요, 난."

"왜 두 번씩 말하죠?"

"난 떠날 뿐입니다. 내가 그를 죽인 건 나 자신을 위한 게 아니었어요. 그는 더 많은 우리를 죽였습니다. 정말이에요. 우리는 하루에도 수십 번 그의 손에서 죽어갔습니다. 정말이에요. 앞으로도 죽어갈 우리를 위해 난 그를 죽였을 뿐이에요. 내 탓이 아니라고요. 그의 탓이었어요, 전혀."

사내의 창백한 볼에 열기가 핀다.

그러나 사내의 확신은 튼튼하지 못하다고 여인은 생각한다. 안간힘을 쓰며 그는 매달리고 있다. 왜 모두들 떠나고 싶어하면서도 확신조차 가질 수 없는 것일까.

"난 모르겠어요. 댁이 말하는 것, 하나도 이해할 수 없어요. 하루에도 수십 번씩 죽었다고요? 거짓말."

여인은 괜히 청개구리처럼 되고 싶다.

그러나 사낸 이미, 본래의 표정으로 되돌아가 있다. 대답도 없고 동요도 없다.

"우리 아빠 일찍 바다를 떠났어요."

여인에겐 이제, 바다밖에 없다. 많은 말을 하고 싶다. 육 년 만에 출옥했으나 황폐한 바다가 아니면 아무데도 갈 데가 없으니, 누구에게든 자꾸 말을 하고 싶다. 서럽고 외로워서 죽고 싶어질까봐서 그렇다. 뭐든지 상관없다. 이놈의 정적이 불안하다.

"바람 센 겨울날, 우리 아빠 혼자 여객선을 타고 갔어요. 돈 많이 벌어 엄마 병 고치러 올게. 아빠 그렇게 속삭이면서, 엄마와 나한테서 도망쳤던 거예요. 우리 엄만요, 방파젤 쌓는 작업장에서 척추를 다쳤었거든요. 기운이 없어 돌을 든 채 넘어졌는데 뒤에 따라오던 다른 여자가 또 돌을 들고 엄마 위로 넘어졌지 뭐예요. 누구나 그렇게 기운이 없었어요. 먹을 게 없었거든요. 돌이 엄마의 척추를 쳤어요. 쑥돌이었는데 이만했어요."

여인이 팔을 들어 벌려 보인다. 사낸의 눈빛이 반짝 빛난다.

"거봐요. 당신의 어머니도…… 죽었지 않소?"

"아뇨, 우리 엄만 죽지 않았어요."

"죽은 거요. 하루에도 수십 번씩 누군가 당신네들을 죽였던 거요!"

"아니라니깐요. 우리 엄만 꼽추가 됐을 뿐이에요."

"죽었다니까!"

사내의 목소리가 한 옥타브 위로 튕겨진다. 그래도 여인은 천치처럼 웃는다.

"난요, 당신의 말을 이해할 수 없어요. 왜 내게 언성을 높이는 거예요? 우리 엄만 꼽추가 됐을 뿐이고 난 꼽추의 딸이 됐을 뿐인데……"

이때, 역 사무실 쪽에서 낡은 벽시계가 치기 시작한다.

하나둘 하면서 여인이 그 시계 소리를 헤아린다. 열한 번이다. 막차는 아직 오십 분이나 남았다. 오십 분, 단지 오십 분뿐이다. 가슴속이 타는 듯, 안타깝다. 오십 분 후면 눈바람을 뚫고 기차가 와서 이 고독한 사내를 어둠 속으로 싣고 갈 것이다. 어린아이 같고, 늙은이 같고, 연약한 것 같고 강한 것 같은 사내다. 이 사낸 자신이 어디로 가든 결국 혼자서라도 도시로 가는 막차를 탈 게 틀림없다. 그가 가는 곳에는 바다가 없을 터이다. 여인은 초조해진다. 막차가 오기까지 남은 시간은 겨우 오십 분에 불과하다. 너무도 짧은 시간이다. 사내가 또 라이터를 켠다.

"그 라이터……"

여인이 어린애처럼 손바닥을 펴 보인다.

"나, 주세요."

사내와 시선이 만난다. 피차 간절하고 깊은 눈빛이다. 사내가 여인의 손바닥에 라이터를 올려놓는다. 아주 작은 기름라이터다. 손때가 묻어 고물과 다를 것 없어 보인다. 사내는 오래 그것을 몸에 지녔을 것이다. 사내의 오랜 시간과 오랜 꿈과 오랜 상처가 라이터에 그대로 담겨 있는 것 같다.

바로 이때다.

정적을 찢어내며 사이렌이 울기 시작한다. 일 분, 이 분, 삼 분…… 사이렌 소리는 비명 같다. 끝도 없는 질긴 비명 같다. 사내가 부르르 전신을 떤다. 여인이 유리창의 성에를 손바닥으로 북북 닦아내린다.

"불이 났어요!"

역 광장엔 아직도 눈바람이 아우성치고 있다.

"불이 났단 말예요. 저 보세요!"

여인의 목소리에 돌연 활기가 넘친다. 탄력 있고 투명하다.

"가요. 어서요!"

자동차 소리도 들린다. 소방차의 사이렌 소리가 아직 끝나지 않고 있다. 눈바람에 잡아먹힌 도시의 정적을 낱낱이 물어뜯고 달려드는 사이렌 소리다. 먼 곳에서도 들리고 가까운 곳에서도 들린다.

"어서 가봐요. 불구경……"

여인이 사내의 팔에 매달린다.

저쪽 의자에 잠들어 있던 거지 아이가 언제 깨었는지 총알같이 광장으로 달려나간다. 하나둘 숨어 있던 사람들이 역 광장으로 몰려나오고 있다. 눈바람에 숨을 죽였던 나무들도 일어서고 눈바람에 눌려 있던 낮은 지붕들도 다 일어난다. 여인의 손에 끌려 사내도 대합실을 나선다. 불꽃이 낮은 지붕들 너머로 보이지만 어디쯤인지는 알 수 없다. 여인의 손에 이끌려 어느덧 사내도 뛰기 시작한다. 앞서 뛰어가는 사람도 있고 뒤따라 뛰어오는 사람들도 있다. 어디냐고, 악써 묻는 목소리가 그들의 뒷덜미를 친다. 어디에서 불이 났는지 정확히 아는 사람은 아무도 없다. 눈바람은 그러나 수그러들지 않는다.

"어디요? 어디서 불이 난 거야?"

"몰라요, 몰라. 그걸 알면 우리가 왜 뛰겠어?"

"젠장할, 사람 환장할 일이네!"

누가 하는 소리인지는 알 수가 없다. 사람들이 너나없이 눈바람 속을 죽어라 뛰고 있다. 그러나 한순간, 도시의 모든 불빛이 일제히 꺼져버린다. 근방의 변압기라도 쓰러졌는지 모른다. 가로등 불빛도 낡은 상가의 불빛도 꺼지고 나자 남은 것은 전방의 어둠을 살라먹고 있는 맹렬한 불꽃뿐이다. 구체적인 풍경의 그 무엇도 보이지 않고 그 무슨 소리도 더이상 들리지 않는다. 어둠이 깊을수록 불꽃의 향연 더 화려해 보인다. 그 불꽃을 향해 수많은 사람들이 침묵 속에서 어둠 속을 달려가고 있다. 어둠의 축제처럼.

언제부터인지 사내 혼자 대합실에 다시 돌아와 있다. 나무 벤치도 비어 있고 여인이 섰던 자리도 비어 있고 광장도 비어 있다. 다만 여전히 눈이 내린다. 창백한 형광등의 광채, 먼지 낀 높은 천장, 달려가는 바람 소리. 그뿐이다. 아무 일도 없었던 것처럼 도시는 어느새 본래의 제 모습으로 되돌아가 있다.

사내가 시선을 돌려 사무실 안의 벽시계를 넘겨다본다.

초조한 표정이다. 막차를 기다리는 건지 여인을 기다리는 건지 알 수 없다. 어쨌든 사내는 기다린다. 쇠 주전자엔 아직껏 물이 끓고, 눈을 감으면 그 소리는 바닷소리가 된다. 그러나 바다는 없다. 여인이 없으므로 바다도 울지 않는다. 사내가 담배를 꺼내 물다가 멈칫한다. 발소리가 들린다. 누가 헐레벌떡 역 광장을 가로질러 오고 있다. 사내의 이마에 잠깐 밝은 기운이 떠오른다.

여인이다.

대합실에 뛰어들어온 여인은 한참 동안이나 말을 하지 못한다. 가슴은 뛰고 숨은 차다. 사내가 다가서서 가만히 여인의 어깨로 팔을 뻗는다. 안타까운 눈빛이다. 여인이 사내의 손을 뿌리친다. 기차가 들어와야 할 시간이지만 기차 소리는 들리지 않는다. 완행열차가 제시간을 지키는 일은 드물다.

"아이 참……"

여인이 비로소 자신의 가슴을 두어 번 토닥거린다.

"혼자만 돌아오면 어떡해요?"

"사람들 속으로 빠져들어가더니, 어딜 갔었소?"

"왜요? 그사이 내가 밀고라도 했을까봐서요?"

사내는 입을 다문다. 확신은 있을 수 없다. 사내는 생각한다. 천진한 듯도 싶고, 영악스러운 듯도 싶고, 바보스럽기도 하고, 그러면서도 어딘가 허망하게 무너질 것처럼 안타깝고 애처로운 여인이다. 여인이 불쑥 손을 내민다.

"이걸 가지러 갔었어요."

여인이 환히 웃는다. 인형이다. 건드리면 머리가 파들파들 떨리는 조그마한 나무 인형이다. 불구경을 하는 와중에도 여인은 아마 눈 속에 떨어져 있는 그 인형을 보았던 모양이다.

"훔쳤어요. 라이터 대신 드리려고……"

"훔쳤다고요?"

"안 되나요? 훔친 걸 드린대서 기분 나빠요?"

여인의 표정이 딱딱하게 굳어버린다.

"난요, 뭐든지 잘 훔쳐요. 엄마가 내게 훔치는 걸 가르쳐줬어요. 배가 고팠으니까요. 얘야, 배 턱에 서 있으면 화물을 부릴 거야, 우리 엄만 늘 그렇게 말하곤 했어요. 뭐든지 집어와. 무서워도 잠깐뿐이야. 요렇게 슬쩍 집어서 뒤에 감추면 되거든……"

여인이 인형을 쥔 손을 등뒤로 가져간다.

반뜩이는 광채가 여인의 눈빛에 요술처럼 떠오른다. 사내는 여인이 거짓말을 하고 있다는 걸 알고 있다. 여인은 그러나 그런 건 상관하지 않는다. 여인을 붙잡고 있는 건 기억들이다. 먼 이역에 와 있으면서도 여인은 오래된 기억들로부터 여전히 한 발자국도 걸어나오지 못하고 있다.

"우리 엄만 어린 나를 붙들고 조금씩 미치는 것이었어요. 들키면 울어, 하고 엄만 말했어요. 배가 고프다고 말해. 우리 엄만 꼽추이기 때문에 배가 고파 죽겠다고 말해……"

발작하듯 여인은 두 손으로 얼굴을 감싸버린다. 사내가 양팔을 들고 여인은 사내의 가슴속으로 물 젖은 창호지처럼 무너진다.

"괜찮아요. 엄만 이제 없으니까."

어깨를 다독거리는 사내의 음색도 덩달아 젖는다.

"수없이 죽어본 사람은 쉽게 추위를 타서는 안 돼요. 해진 외투 하나로 혹독한 겨울을 견뎌야 되니까……"

사내의 마지막 말은 거의 독백 같다. 그들은 하나가 된다. 바람 소리도 들리지 않고 도시의 야경도 보이지 않는다. 그저 다사롭고 연약한 꽃이 하나 그들 가슴과 가슴 사이에 피는 것이다.

"막차 손님이면 차표를 끊으십쇼."

역원의 갈라진 말소리가 창을 넘어온다.

그래도 그들은 움직이지 않는다. 바로 이때, 다급한 발소리가 창 너머에서 들린다. 사내가 재빨리 창밖을 본다. 대합실을 향해 달려오는 그림자들이 보인다. 하나, 둘, 셋…… 다섯이다. 아니 일곱이다. 가죽잠바도 있고 제복도 있다. 플래시의 불빛이 사내가 마주선 창에서 번득이며 교차된다. 하얗게 질린 표정으로 사내가 마침내 전신을 떨기 시작한다. 그리고 또 기다렸다는 듯 그놈의 개가 짖는다. 컹컹컹컹…… 한 마리가 아니라 이번엔 여러 마리다. 뽀득뽀득 송곳니를 갈아대며 미친개들이 짖는다.

사내가 휙 역구내를 향한 창 쪽으로 달려간다.

미친개는 더욱 악을 쓴다. 도시는 숨고 미친개는 악을 쓰고 다가오는 발소리는 가깝다. 토끼처럼 잽싸게 창턱에 올라선 사내가 문득 뒤돌아본다. 짧은 시간, 사내와 여인의 시선이 대합실 차가운 공간에서 부딪친다. 너지? 사내의 눈빛이 이글이글 불타오른다. 네가 밀고했지, 그 손가락만한 인형을 주우러 가서? 사내의 눈빛이 그런 말을 하는 것 같다. 여인이 도리질을 한다. 아니에요. 난 아니에요. 잠깐이지만, 당신은 내 마음 한구석에 꼬마전구처럼 밝혀 있었던걸요. 그러나, 그들은 끝내 말하지 못한다. 대합실 문이 요란하게 열리며 제복의 남자들이 대합실 안으로 몰려든다.

"저기다! 역구내로 도망치고 있어!"

여인이 끌려가듯 가죽잠바의 뒤를 따라간다.

역사가 순간 온통 밝아진다. 역원이 역구내의 불을 다 켰기 때문이다. 눈바람은 그치지 않았으나 보일 건 다 보인다. 비정하게 번뜩이는 철로, 차갑게 얼어붙은 플랫폼, 전신주…… 아, 사내는 플랫폼의 끝을 향해 한 마리 어린 짐승처럼 굴러가고 있다. 그 플랫폼 너머에 빈 객차가 어둡게 놓여 있다. 세 갠지 네 갠지 알 수 없다.

"객차로 뛰어들었다. 쫓아 들어가지 말고 기다려. 흉기를 지녔을 테니까……"

가죽잠바가 자신만만하게 소리친다.

"서두를 건 없어. 독 안의 쥐야!"

독 안에 든 한 마리의 쥐를 때려잡기 위해 그들은 천천히 어두운 객차를 둘러싸고 진을 친다. 이때, 한줄기 강렬한 빛줄기를 앞세우고 멀리서 열차가 나타난다. 강렬한 불빛을 앞세우고 기적을 울리며 바람 속을 달려오는 건 기다리던 막차다. 아아, 여

170

객선……이라고 여인은 속으로 부르짖는다. 여객선의 불빛은 열차의 그것보다 더 화려하고 아름답다. 여인은 그렇게 생각한다. 신기루 같은, 그리움이 아무리 깊어도 단 한 번이나마 타보지 못했던 여객선이 아닌가. 왜, 하고 여인은 머리칼을 움켜잡는다. 어째서 수많은 사람이 떠나는데 자신만은 언제나 이렇게 뒤에 남겨지는 걸일까. 속력을 떨구며 열차가 서서히 역구내로 들어서고 있다.

"조심들 해! 승강구에서 눈을 떼지 마. 저쪽 열차로 건너 뛰어들면 곤란하다고!"

가죽잠바의 외침은 열차 소리 때문에 여인에겐 전혀 들리지 않는다. 사내가 뛰어든 빈 객차는 여전히 죽음 같은 어둠뿐이다. 한 칸, 두 칸…… 사내가 뛰어든 빈 객차를 가리며 사내가 기다리던 막차가 역구내로 들어서고 있다. 서치라이트 불빛 사이로 눈바람이 여전히 곤두박질을 치고 있는 중이다. 이제 마지막 한 칸의 객차를 가리면 사내가 뛰어든 빈 객차들은 보이지 않을 것이다.

바로 그때다.

여인은 아, 하고 짧은 외마디 비명을 지르면서 바닥에 주저앉고 만다. 눈송이들이 곤두박질하는 기관차의 서치라이트 불빛을 향해 부나비처럼 날아드는 사내의 실루엣을 보았기 때문이다. 사내가 틀림없다. 열차가 다가드는 순간을 기다렸다가 사내는 명백한 의도를 갖고 열차의 머리를 향해 몸을 날린 것이다. 사내의 몸이 열차와 충돌하는 것까지 여인은 순간적으로 본다. 사내의 몸이 열차의 머리에 받혀 오류 미터 허공으로 날아가는 실루엣까지. 열차가 급정거하는 금속성이 어둠을 찢는다.

"놈이야. 열차에 뛰어들었어!"

제복 중의 누가 소리치고 있다. 정차를 시도했으나 열차는 달려온 관성을 이기지 못하고 그대로 한참이나 미끄러져가다가 멈춘다. 역원이 달려간다. 가죽잠바도 달려가고 있다. 그러나 사내는 아무 소리도 하지 않는다. 기관차에 받치고, 기관차의 쇠바퀴에 의해 갈갈이 찢겨져 흩어진 사내의 육신을 누구든 주워 맞출 수는 없다. 다만 눈바람은 강건하다. 아무리 힘 센 열차라도 눈바람을 찢어발겨 죽일 수는 없기 때문이다.

눈 내리는 자정 무렵, 누구나 홀로 지혜롭게 깨어 있는 사람이면 알 것이다. 자정이란 평화가 아니라는 것을. 그 정적, 그 어둠 속에서도 수많은 사람들이 남몰래, 남몰래 죽어가고 있다는 것을.

—

내 귀는 낙타 등허리

그해 여름, 바다는 흰빛이었다.

　여객선이 새벽 여섯시 흑산도를 떠날 때 나는 이물 쪽에 있었다. 그곳엔 나 혼자뿐이었고, 내 앞엔 안개로 가려진 바다가 있었다. 바다는 아직 수줍은 신부였다. 여객선이 멈칫거리며 방파제 끝을 비껴 돌더니 이내 신부의 속살을 마구 유린하기 시작했다. 하지만 바다는 조금도 동요하지 않았다. 새벽안개가 한 떼씩 수면을 기어다니고, 그사이 검푸른, 살찐 바다가 언뜻언뜻 드러나면서 한 뼘씩 속깊이 내려앉고 있었다. 여객선의 기관은 더욱 잦은 가락으로 방정을 떨고 그럴수록 은밀히 안개 뒤로 돌아눕는 바다, 바다가 한순간 내 성욕을 자극했다. 오랫동안 불감증이었던 내가, 내 그것이 청대처럼 일어서고 있었다.

나는 얼굴을 붉혔다.

그때였다. 쭉 곧게 내리꽂히는 햇살의 한끝이 내 눈을 찔렀다. 나는 찔끔 눈을 감았고 수런거리며 사라지는 안개의 발소리를 들었다. 알 수 없는 감동이 나를 에워쌌다. 그것은 수면을 차고 뛰어오르는 날치의 비늘과도 같은, 그 어떤 싱싱한 탄력이었다. 한참 동안 나는 그 탄력의 리듬 사이에서 움직이지 않았다. 그리고 불현듯 눈을 떴을 때, 수평선까지 탁 트인 바다를 나는 보았다. 정결한 아침 햇빛이 미세히 쪼개져서 그 바다를 덮고 있었다.

누가 바다를 푸르다고 할 것인가.

그해 8월의 마지막에 내가 바다에서 볼 수 있었던 것은 백골과도 같은 희디흰 광채였다. 그 광채가 내 몸의 세포를 마디마디 다 죽였다. 아무런 생각도, 감정도 떠오르지 않았다. 순식간에 습기란 습기는 모두 빠져나간 마른 풀잎. 나는 사지를 알맞게 벌리고 기관실 앞의 그 삼각형 공간에서 혼자, 마른 풀잎으로 잠들었다.

눈을 떴을 때 나는 첫눈에 그 아이를 보았다.

아니, 내가 본 것은 수은등처럼 병약한 피부, 감긴 눈, 그리고 슬프도록 긴 속눈썹이었다. 이상도 하지, 어째서 아무도 오지 않는 이런 곳에 여자가 와서 잠들었을까. 나는 여전히 누운 채 시선을 더 아래로 내려보냈다. 묘해라. 나는 속으로 또 한번 고개를 갸우뚱했다. 검고 질긴 피부, 굵은 마디, 흉터투성이의 손이, 물빛 줄무늬가 시원스럽게 가로질러간 티셔츠 위에 얌전히 포개져 놓여 있었다. 얼굴과는 사뭇 다른 손이었다. 나는 몸을 반쯤 일으켜세우고 내 곁에서 잠든 그의 얼굴을 비로소 자세히 들여다보았다. 여자가 아니라, 그는 소년이었다. 열서너 살쯤 됐을까, 아이 같은 얼굴에 어른 같은 손을 하고 그는 아주 편안히 잠들어 있었다.

바다는 아직까지 흰빛이었다.

섬은 보이지 않았고 그 대신 먼 곳에 고깃배 한 쌍이 정물처럼 놓여 있었다. 여객선의 기관 소리는 이제 매우 단조롭게 들렸다. 그것이 나를 심심하게 했다. 휘파람을 불다가, 고개를 숙이고 여객선의 머리에 부딪히며 좌우로 갈라지는 바다의 흰 포말을 보다가, 나는 가방 속에 손만 쑥 찔러넣어 책을 한 권 집어올렸다. 적당히 이마가 벗겨진 하인리히 뷜이 내 손낚시에 물고기처럼 붙잡혀 나왔다.

……당신은 지방색이 없는 신문을 너무나 많이 읽고 있어요.

『아홉시 반의 당구』에서 뷜은 말하고 있었다.

당신은 물소를 달게, 혹은 시게, 빵가루를 묻히고 얼마만큼 소스를 쳐서 식사 준비를 하실 수 있어요. 당신은 손질된 신문들을 너무나 많이 읽고 계세요. 여기 이 지방신문의 문예란에서 당신은 혼합되지 않고 위조가 아닌, 당신이 원하던 진짜 오물을 매일 들이마실 수가 있어요.

웃기는군. 책을 탁 덮으며 나는 뷜을 향해 웃으려고 했다.

실패였다. 나는 웃지 못했다. 손질된 신문과 물소 고기의 요리가 나를 괴롭히고 있었다. 내가 원하던 오물이란 어떤 것일까. 우리 시대의 오물에 '진짜'라는 관형구를 붙여도 좋은 것일까. 아니, 내가 아침저녁 읽고 있는 신문에 진짜 오물은 있었을까. 빌어먹을, 이라고 나는 중얼거렸다. 그러면서 무심코 귓구멍 속에 새끼손가락을 집어넣었다.

당신은 귀 후비기 위해 태어난 사람 같아요.

아내가 말했다.

귀를 후빌 때처럼, 그렇게 집요하고 진지한 표정을, 나는 다른 때 당신에게서 본 적이 없어요. 정말이에요. 정말이에요, 하고 아내는 토를 붙였다. 나는 슬그머니 귓구멍에서 손가락을 빼냈다. 담배를 꺼내 물고 성냥을 켰다. 바닷바람이 성냥불을 냉큼 잡아먹었다. 두번째, 세번째까지. 그때 갑자기 맑고 결이 고른 목소리가 톡 튀어나왔다.

앉아서 해보세요, 아저씨.

어느 틈에, 잠들어 있던 아이가 내 등뒤에 와 있었다. 씩 하고 아이는 잇몸까지 온통 드러내면서 한 번 웃었다. 피리 소리, 아주 여리고 쾌청한 풀피리 소리가 아이의 웃음 속에서 났다. 별일이다. 저앤 그저 소리 없이 웃었을 뿐인데…… 나는 아이를 빤히 올려다보면서 앉은 채 담배에 불을 붙였다.

아저씬 참 귀가 웃긴다.

아이가 말했다.

귀, 귀 말이냐?

한 손엔 담배를, 다른 손엔 귀를 나는 붙들었다.

아저씨 귀는 있죠, 낙타 등허리예요.

낙타 등허리라고?

울퉁불퉁하거든요.

그래, 참!

아이의 표현이 너무 적절해서 엉겁결에 손까지 덥석 잡으며 나는 끼들끼들 웃었다. 맨 처음 귀에 진물이 조금 난 것은 햇수로 삼 년이 넘었다. 신문을 보다가 성냥골로 너무 거칠게 후빈 것이 화근이었다. 이틀쯤 지나 새끼손가락을 넣었더니 까실까실, 그 자리에 딱정이가 붙어 있었다. 떼었군요, 그걸? 아내가 물었다. 떼었지. 손톱으로 깔쭉대니까 쉽게 떨어지던걸. 나는 대답했다. 딱지가 떨어진 자리에선 진물이 또 났다.

또 떼었겠군요?

아내가 물었다.

또 떼었지.

또 진물이 나구요?

아무렴.

일 년이 못 가 양쪽 귀가 모두 수난이었다. 면적도 차츰 넓어져서 귀의 외피까지 번졌고 그에 따라 후벼내는 열성도 비례하였다. 귀이개가 날로 다양해졌으며 딱지를 떼내기 위해 새끼손가락의 손톱까지 기를 정도였다.

나는 귀이개가 열두 개나 된다.

어깨를 으쓱해 보이며 내가 말했다. 아이는 내 말뜻을 이해하지 못하는 것 같았다.

귀이개 말이다.

아이의 이해를 돕기 위해 나는 품속에서 손때가 묻어 반질반질한 귀이개 한 개를 꺼냈다. 아이의 눈동자가 동그랗게 당겨 올라갔다.

볼래?

아이가 고개를 끄덕였다. 나는 신이 나서 이 주머니, 저 주머니에서 귀이개를 꺼내 손바닥에 올려놓기 시작했다. 구리로 된 것도 있고 은이나 금으로 된 것도 있었다. 아이가 고갯짓을 하면서 귀이개의 숫자를 헤아렸다.

……열, 열하나, 열둘!

열둘, 하고 나서 아이는 한숨을 쉬었다.

귀는 두 개뿐인데, 어째서 이게 모두 필요하단 말예요?

물론 필요 없다.

나는 전적으로 아이의 말에 동의했다.

그럼 왜 갖고 다니세요?

그저 선물로 받았으니까.

사람들은 너나없이 내게 귀이개를 사줬다. 심지어는 생일날 멀리 떠나 있던 조카딸까지 정성스럽게 귀이개를 사 보낸 적이 있을 정도였다. 하지만 내겐 한 개 이상 필요하지 않았다. 제일 먼저 꺼내놓았던 구리 귀이개로 나는 양쪽 귀를 다 후볐다. 구리 귀이개는 내 손톱이나 발톱하고 같았다. 당신은 먼저 가슴속에 있는 그 분노를 몰아내야 돼요. 그래야 귓병을 고칠 수 있어요. 아내만이 그래도 '버릇'이라고 하지 않고 '귓병'이라고 불렀다. 이건 일종의 습진입니다. 손을 안 대야 치료할 수 있어요, 라던 이비인후과 의사의 말을 들었기 때문이었다. 분노라면 내 작품만으로 감당할 수 있어. 귀는 무죄야. 나는 주장하였다. 그래요, 귀는 무죄예요. 그런데도 당신은 맨날 귀만 재판하고 앉았어요. 그래. 맨날 나는 귀만 재판하고 앉았었다. 나는 작가였다. 나는 한때 소설이야말로 가장 오심이 없는 시대의 재판이 되지 않으면 안 된다고 생각하였다. 나는 열심히, 그리고 정직하게 나의 분노를 썼다.

정직하게라고?

내 친구, 술과 깡으로 세상을 사는 주정뱅이 내 친구는 말했었다.

무엇이 정직이니?

내 언어가 정직이다, 라고 나는 얼굴이 벌겋게 돼서 대답하였다. 웃기네. 넌 아직 술에 취해서 남대문에 사다리를 걸쳐놓아본 적이 없는 놈이야. 네 알량한 정직이 널 잡아먹게 될 거야. 모두들 흉내만 내고 있거든. 그러면서 친구는 두고봐, 라고 꼬리를 달았다. 두고보았더니, 어느 날부터 내 혈관마다 진실로 정직하지 못했다는 생각이 바늘처럼 아프게 쑤셔박히기 시작했다. 시대는 내게 풍자와 상징을 요구하고 있었다. 분노는 풍자와 상징이 아니었다. 그럼 어떡하면 좋겠니? 나는 물었다. 먼저 네 손발이 정직해지지 않으면 안 돼. 눈빛을 반뜩이며, 철인처럼 초췌한 내 친구는 말했다.

손발 말이니?

그래 인마. 소설로 어디 세상을 사니, 손발로 사는 거지.

친구는 단호하게, 작가가 아니라 그저 아무개인 나에게 어떤 결단을 요구하고 있었다. 나는 친구의 말뜻을 이해했다. 그러면서도 나는 계속 나의 분노를 아주 서툰 상징으로 썼다. 작품을 쓰고 난 밤엔 친구를 만나지 않고, 나는 귀만 후볐다. 내겐 용기가 필요했으며, 귀는 내 신체의 일부였고, 친구는 아직 나를 죄인이라 불렀다.

너는 귀를 후비고 싶지 않니?

아이를 향해 내가 물었다.

아뇨.

아이가 도리질을 하며 한 걸음 뒤로 물러났다.

난 내 귓구멍에 때가 꼈을 거라는 생각은 한 번도 해본 적이 없어요.

그렇구나. 네 귓구멍엔 아무런 오물도 없구나, 라고 나는 중얼거렸다. 지금도 귀를 파내고 싶으세요? 아, 아니. 정말로, 정말 후벼내고 싶지 않으세요? 정말이다, 하고 나는 덧붙였다. 정말이라니까!

봄부터 나는 심한 불면증과 두통에 시달렸다.

정체불명의 짙은 농무가 내 가난한 육신에 가득차 있었다. 귀를 쑤시고 있을 때를 제외하면 난 항상 가사 상태였고 카페인이 포함된 진통제를 먹어야만 겨우 글을 썼다. 쉬세요. 당신 이러다가 사람 버리겠어요. 아내는 간곡히 말했다. 생활은 글쎄, 내가 꾸려본대도요. 내겐 아내 말고 노부모와 애가 둘 있었다. 결혼하

고 육 년 동안 나는 사실 쉬지 못했다. 더구나 도시가 나를 지치
게 하고 있었다. 콘크리트의 빌딩숲과 시멘트로 포장된 거리에
선 절대 이끼가 자라지 못했다. 가능하면 이끼로 남는 게 도시로
이사 오기 전 내 꿈이었는데. 한 달이에요, 여보. 한 달쯤 모든 거
잊고 훌훌 돌아다니다 오세요. 돈 모자라면 전보 치고요.

한 달이 더 걸릴지도 몰라.

매연으로 뒤덮인 플랫폼엔 아내가 서 있었다. 아내는 새처럼
작았다. 나는 몇 년 만에 처음으로 아내의 체구가 작다는 걸 깨
달았다. 열차가 천천히 움직이고, 열차를 따라오면서 아내는 소
리질렀다. 더 걸려도 좋아요. 두 달이든 석 달이든 제발 그 귓구
멍 후비는 병만 고쳐가지고 오세요!

변산반도를 휙 돌아 홍도에 갈 때까지도 밤마다 외롭게 앉아
나는 귀를 팠다. 도시에서와 달리, 그렇게 귀를 파고 있으면 이
유도 없이 마디마디 서러워졌다. 이 악마 같은 귀의 습진은 도대
체 언제 내 손을 자유롭게 풀어놔줄 것인가.

사흘 됐다, 귀를 그대로 놔둔 것이……

감동에 차서 나는 아이에게 속삭였다. 아이의 질문이 내가 사
흘 동안 귀이개를 쓰지 않았음을, 내 귀에선 진물이 흐르지 않았
음을 확연하게 일깨웠기 때문이다. 가렵지 않았어요? 아이가 또
물었다. 몰라, 라고 나는 대답하였다. 가려운지 안 가려운지 귀

에 대해 까맣게 잊고 지냈으니까!

우리 주인아저씨도 이따금 귀를 파지요.

아이가 팔꿈치를 뱃전에 세우고 턱을 고이며 말했다. 팔과 얼굴의 대표적인 명암이 내 주의를 끌었다. 주인이 누구니? 목수예요. 절름발이고요. 우리 아저씬요, 문 짜는 덴 목포에서 이거라고요! 엄지손가락을 수직으로 내뻗으며 아이가 웃었다. 또 풀피리 소리가 들렸다.

네게서 풀피리 소리가 들린다.

난 피리 따윈 불지 않아요.

네 가슴속에 숨겨진 피리가 있는 게지.

참 내…… 하면서, 아이가 미간을 좁혔다.

난 피리보다도 톱과 대패를 하나씩 갖고 싶어요. 우리 아저씨처럼 훌륭한 목수가 되는 게 내 꿈이거든요. 꿈이라는 어절에 아이는 악센트를 주었다. 아아, 대패를 갖고 싶어하는 꿈이라니. 나는 햇빛 속에 가볍게 내려앉는 아이의 무성한 속눈썹을 보았다. 아이는 그대로 꿈이었다. 무언지 근원은 알 수 없었으나 아이의 몸에선 눈 시리게 정결한 명도가 샘물처럼 솟아오르고 있었다. 아이의 얼굴을 껴안기 위해 두 팔을 쳐들다가 나는 힘없이 내려뜨렸다. 내 손은 아직도 정직하지 못한 듯했고, 아이의 얼굴을 만지면 시꺼멓게 내 손자국이 남을 것 같았다.

너는 지금 문을 짤 수 없니?

있어요. 그치만 한식집 문은 못해요. 살이 많거든요.

문살도 잘 짜내게 되면, 네게도 주인아저씨처럼 목공소가 생길 게다.

그땐 나도 주인이지요. 엄마가 기뻐할 거예요.

어머닌 어디 계신데?

아이의 고개가 조금씩 밑으로 떨어졌다.

엄만…… 시집을 갔지요. 면사포를 쓴 모습을 몰래 훔쳐보았는데 삼삼했어요.

삼삼했다구?

나도 크면 엄마 같은 색시를 얻을래요.

너의 어머닌…… 어째서 너 같은 애를 버렸는지 모르겠구나.

버리긴요. 울 엄만 아무도 버리지 않아요.

너 혼자 목공소에 나와 있다면서?

난 남자예요! 아이가 어깨를 쭉 펴고 제 가슴을 두어 번 토닥토닥 쳤다. 남자는 부모에게 기대지 말고 독립해야 되는 거라고 엄만 말했어요. 나는 미간을 찌푸렸다. 네 엄만 거짓말쟁이야. 넌 아직 독립할 나이가 아니니까. 하지만 생각뿐이었다. 나는 아이의 믿음을 깨뜨리고 싶지 않았다. 아이가 찡그린 내 얼굴을 힐끗 곁눈질하고 나서 말했다. 아저씬 우리 엄마 말을 믿지 않는군

186

요. 네 엄만…… 하고, 나는 머뭇머뭇했다. 믿지 못하니까 귀를 후비는 거예요. 우리 엄만…… 귀 같은 건 후비지 않아요. 나도 그렇고요!

아이의 한마디는 내게 칼날이었다.

아이는 조금도 힘들이지 않고, 친구처럼 술에 취하지도 않고, 그렇게 내게 칼날을 내밀었다. 나는 아팠다. 한참 동안 우린 침묵 속에 서 있었다. 여전히 우리가 서 있는 이물의 삼각형 공간엔 아무도 나타나지 않았다. 좌현으로! 등뒤의 기관실에서 그런 소리가 이따금 들렸다. 멀리, 서쪽으로 고깔만한 섬이 떠올랐다.

저건 석황도라는 섬이에요.

아이가 불쑥 말했다.

앞에 조금 보이는 건 도초도고요.

잘 아는구나, 넌?

손바닥이죠, 뭐.

아이의 표정이 다시 환히 트여왔다. 그건 자부심이었다. 대부분 섬에서 주문이 오지요. 적당히 문을 짜가지고 섬에 싣고 가 맞춰 달아주는 거예요. 이 섬 저 섬, 섬이라면 안 가본 데가 없어요. 이번엔 어딜 갔니? 흑산도에 갔었어요, 사흘 전에. 학교 창문을 우리가 주문받았거든요. 혼자? 참! 아이가 웃었다. 학교 교실 하나에 창문이 몇 개 들어가는 줄 아세요? 모른다. 복도까지 스물여덟 개예요. 교실 세 칸 다는 데, 아저씨하고 형들하고 이틀 걸렸어요. 형, 형이 있니? 목공소 직공 말예요. 주인아저씨가 아침밥을 안 사줘서 지금 신경질이 잔뜩 나가지고 있어요. 안 먹었구나, 밥을? 아이가 고개를 끄덕거렸다. 늦으면 배를 놓친다고 아저씨가 그냥 타랬어요. 몇시에? 다섯시 조금 넘어서요. 여객선의 출발 예정 시각은 여섯시 반이었다. 이때, 등뒤에서 누군가 아이를 불렀다. 여드름투성이의 청년이 선실 쪽 입구에 서 있었다.

형이에요.

아이가 낮게 속삭이고 청년을 따라갔다.

도초도 방향에서 날아온 갈매기가 훌쩍 마스트를 뛰어넘더니 그대로 쏜살같이 수면을 겨냥하고 내리꽂혔다. 여객선이 진로를 삼십 도쯤 오른편으로 틀었다. 그러자 앞에서 마주오던 대형 화물선이 붕붕 하고 서너 차례 쉰 목소리로 울었다. 선원 한 명이 그 화물선의 갑판 위에서 웃옷을 벗어 흔들고 있었다. 잘 그은 선원의 상반신에 여름, 그 막바지의 불꽃이 청동빛으로 빛나고 있었다.

나는 선실을 돌아 나와 빵과 비스킷과 사이다를 샀다.

아이를 위해 일부를 남기고 비스킷을 먹었다. 바스락, 입안에서 비스킷 부서지는 소리가 나고, 바다의 수면엔 반짝반짝 햇빛의 입자와 충돌하며 멸치떼가 뛰어올랐다. 멸치의 비늘이 반뜩

빛날 때, 거기에서도 바스락하고 소리가 나는 것 같았다. 여객선이 비금도와 도초도 사이의 좁은 골목으로 들어서자 바다는 일시 그의 흰빛을 거둬들였다. 바다는 물레였다. 변신하는 물레였다. 초록빛 나는 미세한 실들을 무한으로 뽑아내고, 감고, 짜이고, 그리고 연접하고 중첩된 섬들이 그 위에 앙증스럽게 올라앉았다. 나는 햇빛 속에 서서 그 물레의 작업을 지켜보았다. 고깃배들이 열 척쯤 일렬종대로 내 곁을 지나쳐 갔다. 바람은 불지 않고, 흰 깃털을 가진 새들이 뿔뿔이 흩어져서 섬 쪽으로 뛰어가고 있었다.

우로 삼십!

씩씩하게 외치는 소리가 기관실에 들렸다

여객선이 멈칫거리며 한차례 몸서리를 쳤다. 뱃고동이 울려야지. 생각하자마자 뱃고동이 울렸다. 백여 미터 전방의 비금도 부둣가에 사람들이 하얗게 몰려들고 있었다. 투명한 햇빛을 한 광주리씩 이고서였다. 그리고 그 사람들 사이로 불현듯 솟아올려지는 꽃, 꽃상여 하나가 내 눈을 찔렀다. 남색 테두리의 앙장仰帳이 물결처럼 출렁이고 그 아래 상여를 뒤덮고 있는 오색 꽃송이가 일제히 날아오르는 것 같았다. 너무 현란한 빛깔이어서 눈이 부셨다. 나는 몇 차례 눈을 깜작깜작했다. 붉은 명정銘旌과 노란 공포功布 한 쌍, 바다 같은 하늘 향해 불쑥 비켜서고, 이름 모

를 새떼는 앙장 위의 정갈한 햇빛을 건드리며 강물처럼 휘돌아
진 바다의 한끝으로 내려갔다. 고기 낚는 어부들은 양의 갑의 떨
쳐입고…… 향두가가 들렸다. 짤랑짤랑, 요령 소린 햇빛보다 투
명하고, 상여꾼들의 후렴은 구성지고 서러운 가락으로 내 속 깊
은 어딘가에 정한처럼 내려앉았다.

어널어널 어너리넘자 너화야……
죽장 짚고 망혜 끌며 북망산천 돌아드니
어널어널 어너리넘자 어화야……
만경창파 좋다지만 여산이 여기로다
어널어널 어너리넘자 어화야……

빈객처럼, 나는 손수건을 꺼내들고 눈물을 닦았다.
하나도 서럽지 않은데 눈물이 났다. 당신은 너무 오래 쉬지 못
했어요. 아내의 말소리가 들렸다. 어째서 소설은 재판이 되지 않
으면 안 되나요? 아내는 묻고, 시대 때문에, 라고 나는 대답하였
다. 오심밖에 할 줄 모르는 시대 말이야. 시대가 오히려 당신을
재판할 거예요. 그렇다면? 울면서 나는 물었다. 아무것도 재판할
수 없다면, 그럼 난 뭐를 쓰면 되나? 우선 쉬세요. 아내는 따뜻하
게 속삭였다. 상여는 부둣가에서 한 발자국도 더 앞으로 나가지

않았다. 전혀 감정의 파문이 없이 나는 여전히 손수건을 눈으로 가져갔다. 오랜만의 이 빈 뜨락과 같은 휴식이 나에게서 조금씩 조금씩 불순물을 뽑아내듯 울게 한다고 나는 생각했다.

목포에서 나는 아이와 헤어졌다.

이걸 선물로 주마.

나는 아이에게 아무 소용도 없음을 빤히 알면서도 들고 있던 뷜의 소설책을 그에게 선물했다. 난……드릴 게 없는걸요. 넌 이미 내게 큰 선물을 했다. 뭘 선물했다는 거예요? 대들듯이 아이가 물었다. 풀피리 소리. 난 피리 같은 건 없대도요. 어쨌든 이걸 받으렴. 그 속에 내 주소와 전화번호를 적어놨다. 서울에 올 기회가 있거든 연락하렴. 그럼 네게 톱과 대패를 사주마. 고맙습니다. 아이가 꾸벅 고개를 숙였다. 선물은 첨이에요. 그치만 톱과 대팬 안 받겠어요. 내가 살 거니까요. 그래, 하면서 난 얼굴을 붉혔다. 주고 싶으면 마음대로 줄 수 있으리라는 내 우월감이 부끄러웠다. 그러나 어쩔 것인가. 그때, 그앤 내게 빛나는 작은 나무로 보였고, 여행이 끝나면 모든 풍경은 지워지고 다만 그애만이 화석처럼 내게 남을 것 같았으므로.

이 사람도 목수인가요?

아이가 뷜의 사진을 가리키며 물었다. 나는 머리를 끄덕거렸다.

그는 훌륭한 목수다.

아저씬요?

난…… 성급한 재판관이지.

눈이 부신 듯한 얼굴을 아이는 했다. 성급한 재판관보다 훌륭한 목수가 나은 거다! 나는 아이의 어깨를 가볍게 두드렸다. 안녕히 가세요, 아저씨. 그래, 안녕. 다시 혼자 남아 나는 진도까지의 승선표를 오백삼십 원에 끊었다. 목포의 부둣가는 찐득찐득한 하오의 열기로 짓무르고 있었다. 나는 오만분의 일의 전남 지도를 펴들고 목포에서부터 진도까지 붉은 볼펜으로 금을 그었다. 진도, 해남, 완도, 고흥, 그리고 소록도와 나로도를 누비고 여수로 빠지는 게 내가 밟고 갈 미지의 여정이었다.

진도행 여객선은 오후 세시에 출발하였다.

관광객은 거의 보이지 않았다. 일 년 중 이맘때가 여행객이 제일 적죠. 옆에서 중년의 사내가 설명했다. 여름도 아니고 가을도 아니고 어정쩡하거든요. 그러나 세시의 햇빛은 여전히 여름이었다. 부두에 정박한 제주행의 카페리호가 갈매기보다 흰빛으로 그 여름 한낮의 바다에 떠 있었다. 멀어져가는 유달산을 향해 나는 손을 흔들었다.

유달산은 바위뿐이에요.

아이는 말했었다.

일 끝나면 뛰어올라가 목포를 내려다보는 게 내 습관이죠.

심심하겠구나.

아니에요. 난 하나도 심심하지 않아요. 산에서 내려다보고 있음 내가 짜서 달아준 문짝들이 환히 보이는걸요.

거짓말. 지붕도 아니고 그까짓 문짝이 보이다니.

보인대도요! 아이가 고집스럽게 외쳤다. 대패질을 잘못해서 움푹 팬 자리도요. 꼭 한 번이었는데, 주인아저씨가 대패질 잘못한 자리에 그냥 페인트를 칠해서 달아주랬어요. 꺼림칙해선지 산에 앉았음 그게 제일 먼저 보여요. 목포극장 뒷집이에요. 유달산 때문에 목포극장 주변의 중심가는 전혀 보이지 않았다. 대신 아내의 얼굴이 산 위에 떠올랐다. 귀는 무죄예요, 라고 말하면서. 나는 고개를 끄덕거렸다.

여기는 남해, 여기는 남해. 내 귀는 무사함. 오버.

만선을 타전하는 무전수처럼 아내를 향해 나는 씩씩하게 외쳤다. 그리고 선실에 누워 깊이 잠들었다. 진종일 전쟁놀이에 지친 내 아들처럼.

내가 여비를 몽땅 잃어버렸다는 사실을 깨달은 것은 진도의 여관에 들어선 다음이었다. 여관비 천이백 원을 건네고 내 수중엔 팔백 원이 남았다. 돈을 꺼내놔야겠군. 나는 가방의 지퍼를 죽 열었다. 그 순간, 반짝 아이의 얼굴이 떠올랐다. 하인리히 뵐

이 떠오르고 아내가 떠올랐다. 아내는 내게 만 원권 열다섯 장을
주었었다.

　여행 때, 한군데다 여비를 넣어두는 게 아니에요. 지갑을 잃더
라도 다른 곳에 둔 돈은 남아야지요. 열다섯 장의 지폐를 반으로
나눠서 챙겨주며 아내는 타일렀다. 칠만 원은 지갑에, 팔만 원은
책의 겉표지와 속표지 사이에. 그렇다. 그 이중 표지의 책이 바
로 하인리히 뷜이었다.

　밤새 나는 거의 잠을 이루지 못했다.

　고스란히 저녁식사를 걸렀고, 주머니엔 단지 백동전 여덟 개
가 남아 있었다. 목포로 돌아가기 위해선 부두까지의 버스비까
지 합쳐 최소한 오백팔십 원 필요했다. 목포행 여객선은 일곱시
에 출발하여 열시에 닿았다. 이미 내게 바다는 보이지 않았다.
나는 이백이십 원을 가지고 아내와 천리를 떨어져 있는 목포 거
리를 걸어갔다. 여전히 귀는 후비지 않았지만, 주머니 속의 내
손은 귀이개를 쥐고 있었다. 아이는 말했다.

　시청 뒤에 있어요. 시청 뒤의 외다리 목수집이라면 다 알아요.

　정말 외다리 목수집은 다들 알았다. 나는 피로한 나그네처럼
그 목공소에 들어섰다. 내 앞에, 깡마른 장년의 사내가 앉아 있
었다. 의자에 앉아 있어 나는 얼핏 사내가 외다리라는 걸 알아보
지 못했다.

오늘은 마침 노는 날이지요. 그애, 좀 전에 나갔습니다만……

외다리가 말했다.

기다리겠습니다. 나는 초조하게 기다렸다. 배고픈 것보다도 더 견딜 수 없는 것은 여행을 포기해야 된다는 사실이었다. 얼마나 오랜만의 휴식이었던가, 하고 나는 생각했다. 진도에서 뒤돌아선 미지의 남해가 내게 혀를 날름거리면서 초록빛 실을 뽑아내고 있었다. 극장 구경이라도 간 것 같구만요. 외다리가 말했고, 그애의 방을 좀 볼 수 있습니까? 내가 말했다. 글쎄요. 뭐, 그래봅시다. 외다리가 문간에 매어놨던 끈을 풀어내자 목공소의 천장에서 천천히 사다리가 내려왔다. 우린 사다리를 밟고 다락방으로 올라갔다. 외다리는 메뚜기처럼 폴짝폴짝 뛰면서 일곱 개의 사다리를 순식간에 밟았다.

애들 넷이 이 방을 함께 쓰고 있지요.

외다리가 미소 지었다.

난 톱과 망치와 못만 있으면 어디든지 방을 만들 수 있어요. 이곳도 내가 만들었지요. 내게 방 따위는 어떻든 상관없었다. 내게 필요한 건 하인리히 뵐이었고, 미지의 바다였고, 그리고 휴식이었다. 뵐의 대머리 사진이 내게 바다와 휴식을 줄 것이다. 그러나 뵐은 아무것도 주지 않았다. 아이의 옷가방 맨 아래에서 그는 여전히 웃고 있었지만, 표지 사이는 이미 빈 채였다. 관절의 마디마디가 확 풀려서 나는 힘없이 주저앉았다.

　묘한 데 돈을 두시는구만요.

　외다리가 중얼거렸다. 그때, 때맞추어 아이가 돌아왔다. 여드름투성이의 청년도 함께였다. 몰라요, 라고 아이는 말했다. 제발 얘야. 내겐 이백이십 원밖에 남지 않았구나.

　정말 모른대도요!

　아이가 벽에 기대 세워둔 각목 더미를 발로 툭 찼다.

　보슈, 그 책은 우리들도 다 구경했시다. 그치만 돈은 구경하지 못했어요.

　여드름투성이가 끼어들었다. 그래, 어쩌면 아이 몰래 이 세 청년 중 누군가가 재미를 봤을지도 모른다. 나는 계속 주머니 속의 귀이개를 만지작거렸다. 돌아가쇼. 생사람 잡을 생각이면 상대를 잘못 골랐소. 이번엔 또다른 청년이 말했다. 완연한 협박의 말씨였다.

　작별 인사도 없이 나는 목공소를 나왔다.

　나오면서 얼핏 뒤돌아보다가 아이와 시선이 마주쳤다. 풀피리 소리는 전혀 들리지 않았다. 나는 피리 따윈 불지 않아요. 아이가 찔끔 눈을 내리깔았다. 언뜻, 옹기종기 서 있는 청년들과 아이와 외다리 사이에서, 그들끼리 암묵적으로 맺어져 있는 어떤 질긴 선 같은 게 내 눈에 보였다. 맞아. 아스팔트를 걸으며 나는 생각했다. 그들은 공범자야.

나는 발걸음을 멈췄다.

새는 날지 않고 도시의 허공엔 얼기설기 엇갈려간 전깃줄뿐이었다.

파출소가 보였다. 나는 한참 동안 파출소 앞에 서서 귀의 가려움증을 참고 있었다. 아저씬 귀가 있죠, 낙타 등허리예요. 소리 없이 아이가 웃었다. 차가운 배신감이 내 손에 집혀 나왔다. 나는 참지 못하고 마침내 귀이개를 귓구멍 속으로 쑤셔넣었다.

아저씬 귀가 있죠, 낙타 등허리예요, 라고 아이는 말하지 않았다. 그저 청년들과 나란히 파출소의 시멘트 바닥에 무릎 꿇고 앉아 있었다. 어서 불지 못해! 소장은 배가 불렀다. 양다리를 쩍 벌리고 앉아서 그가 한 번 탕 하고 책상 위를 방망이로 내리쳤다. 저런 놈들은 꼭 방망이가 등줄기로 가야 정직해지죠. 웃으면서, 내 곁에 앉아 있던 젊은 순경이 말했다.

귀가 가려운가요?

그래요.

나는 대답했다.

누구나 비슷비슷한가봐요. 나도 이따금 귀가 가려울 때가 있어요. 순경이 속삭였으나 귓구멍을 후비기 시작한 건 방망이를

쥔 소장이었다. 성냥골을 수평으로 들고 그는 얼굴을 습자지처
럼 구긴 채 처음엔 천천히, 나중엔 빨리 손을 놀렸다. 너무 철저
하고 너무 신경질적이어서 나는 그에게 귀이개를 건네주고 싶어
안달을 했다.

꼬마 일어서!

아이가 일어섰다.

말해봐. 정말 아무것도 안 봤니?

소장은 삼십 분 동안 똑같은 질문만 되풀이하고 있었다. 목수
를 봤어요, 라고 아인 떨면서 말했다. 하인리히 뵐이 떠올랐다.
목수라고? 저 아저씨가 훌륭한 목수랬어요. 대머리가 이렇게 벗
겨지고…… 얘가 스무고개를 하자는군. 소장이 웃으면서 성냥
골을 집어던졌다. 동시에 방망이의 끝이 아이의 배로 날아갔다.
바다는 아까 보았던 흰빛이 아니었다. 아이가 윽, 하고 비명을
내지르며 시멘트 바닥에 다시 무릎을 꿇었다.

불어! 정말 안 불 거야, 너?

소장이 다른 성냥골을 집어들었다. 나는 마른침을 꼴짝 삼키
고 소장처럼 귀이개를 바꿔 쥐었다. 우리 엄만요, 귀 같은 건 후
비지 않아요. 나도 그렇고요. 아이는 귀를 후비지 않았다. 조금
씩 내 가슴에 균열이 지기 시작했다. 떠는군요. 젊은 순경이 떨
리는 내 손을 보고 고개를 갸우뚱했다. 나는 대답하지 못했다.

내게 중풍을 앓는 할머니가 있었어요. 밤낮 손을 떨었는데, 언제부터 그 떨림이 멈췄는지 짐작하시겠어요?

언제부터였습니까?

죽은 다음부터지요.

순경은 웃지 않았다. 나도 웃지 않았다. 그때였다. 갈매기가 수면을 향해 화살처럼 내리꽂히고, 나는 무릎 꿇은 아이의 햇빛 같은 시선을 똑바로 받았다. 아이의 시선은 온통 흰빛이었다. 눈물이 한 방울이 톡 하고 떨어졌다.

바로 그때였다.

나는 아이와 청년들과 외다리 목수 사이에 내 멋대로 감아놨던 공범자로서의 끈이 그 눈물 한 방울로 손쉽게 녹아 없어짐을 보았다. 내 가방의 감춰진 다른 주머니에 돈을 옮겨놓았다는 사실이 그제야 생각난 것이었다. 목포역에 내렸을 때의 일이었다. 자주 꺼내 보는 책의 책갈피에 돈이 든 게 마음에 걸려 그것을 가방 안쪽 주머니로 옮겨놓은 걸 까마득히 잊고 있었던 나 자신이 너무도 미웠다. 배반의 칼을 든 건 아이가 아니라 내 쪽인 셈이었다. 아, 왜 단돈 팔만 원을 위해서 꿈같은 그앨 나는 왜 내가 증오하는 그물망에다 내던졌을까. 나는 자책과 회한으로 신음하였다.

어째서 넌 소설만을 쓰니. 네 손발은 너 자신에 대해선 분노하지 않니?

서울에 두고 온 주정뱅이 친구가 말했다.

나는 도망치듯 파출소를 나왔다. 바다는 아무데도 없었다. 바람은 아직도 불지 않고, 수많은 발을 지난 어둠이 머뭇머뭇 산 쪽에서 내려와 내 앞의 역사를 에워쌌다. 목포 역사는 새로 짓는 중이었다. 가로세로 얽어져 올라간 장대 같은 통나무가 어둠의 발과 음흉하게 야합하고 있었다. 나는 털썩 황량한 대합실의 나무 벤치에 주저앉았다. 이제 곧 1980년대가 오겠지. 새로운 연대가 와도 그러나 변할 것은 아무것도 없었다. 세상은 여전히 강력한 어둠의 날줄과 씨줄로 단단히 동여져 있고, 아이는 더이상 꿈을 꿀 수 없을 것이며, 나는 계속 귀를 후벼팔 터였다. 사람들이 매표구 앞에 줄을 서고 그 너머, 이제 막 들어서는 디젤 기관차의 괴물 같은 머리가 내다보였다. 꿈꾸는 개인은 일찍 죽는다고, 나는 생각했다.

나는 귀이개를 힘껏 쥐었다.

나를 분노하게 했던 시대는, 내가 고통처럼 껴안고자 했던 시대는 내 가슴에 있었다. 나는 귀를 후볐다. 후비고 후비고 또 후볐다. 딱지가 떨어지고, 떨어진 딱지들을 손바닥에 올려놓자 찌걱찌걱 진물이 나왔다. 귀는 무죄예요. 아내가 애원하듯 말했다. 아냐! 나는 거칠게 고개를 흔들었다. 귀는 내 신체의 일부였고,

나는 세상에 대해 침묵하거나 우회하고 있으므로 여전히 죄인이었다.

내 귀는 낙타 등허리.

언제, 내 양손에서 내가 사랑하는 귀는 자유롭게 풀어놓아질 것인가. 단지 그것뿐이었다. 내가 원하는 것은 내 귀를 내가 용서하는 일이었다.

그해 여름, 바다가 흰빛이라는 건 거짓말이었다.

—

취중 경기

버스의 내부는 고적해 보였다. 승객들도 마찬가지였다. 먼길을 그저 앉은 채 밀려온 권태, 무기력이 사람들의 이마에 깔려 있었다. 조용한 버스 속에 단조롭게 엔진 소리만 계속되었다. 창밖에 비가 내리고 따라서 부옇게 흐려 보이는 회색의 대지와 가로수가 버스의 반대쪽 방향으로 완만하게 흘러가는 듯 생각되었다. 고갯길이 시작되었다. 언뜻 세모기둥으로 세워진 이정표가 눈에 들어왔다.

D시 사 킬로.

멀지 않았군, 하고 나는 중얼거렸다. 표백된 지운의 얼굴이 차창에 선연히 떠올랐다.

이 년 전 겨울. 그때 나는 지운과 함께 D시에 온 일이 있었다.

사실은 겨울 바다의 그 황량한 분위기를 찾아 나섰던 참인데 열차의 연착으로 엉뚱하게 D시에서 기차를 내려버렸던 것이었다.

그 시절, 우리들은 하나의 소모품 정도밖에 안 되는 그런 생활 속에 빠져 있었다. 대학은 무기한 휴강 상태였고, 일부의 친구들은 긴급조치 위반으로 끌려갔고, 남은 친구들은 뿔뿔이 흩어졌으며, 지운은 무기정학 처벌을 받았다. 시골집에서 부쳐오는 송금 전표 사이엔 서툴게 쓴 아버지의 땀냄새가 오롯이 담겨 있었다. 희망은 없었다. 울분이 좌절로 변해가는 걸 수수방관하고 있을 수밖에 없는 게 우리의 젊음이었다. 자학적인 분위기가 우리를 사로잡고 있었다. 우리는 컴컴한 지하 술집에서 술을 마시고 반복적으로 토했다. 모든 길이 막힌 세상이었다. 완벽하게 지쳐서 육신과 꿈들을 소모시키는 것이 우리들의 목표였다. 어떤 일에도 목숨을 걸지는 않으며 대신 먹이를 보면 맹렬하게 달려들 준비가 항상 돼 있는 세상 사람들이 우리를 여지없이 패배시켰기 때문이었다.

지운과 나는 차츰 소원해지기 시작하였다.

이유는 뚜렷이 없었다. 한 달이나 두 달씩 못 만날 때도 많았다. 어쩌다 얼굴을 마주해도 삼십여 분 말없이 앉아 있다가 홀홀히 헤어지기가 보통이었다. 대학은 여전히 휴강, 개강, 또 휴강의 연속이었고, 지운은 아예 등록도 포기한 채로 대학 주변엔 얼씬도 하지 않았다. 기관원에 끌려간 친구들 중 누구는 고문의 후유증으로 걷지를 못한다고 했고, 또 어떤 친구들은 어디로 끌려갔는지도 모른다고 했다. 고문 때문에 누구는 아예 유명을 달리했다는 소문까지 도는 참이었다.

"대학 따윈 뭣하러 다녀? 눈치학이나 연구하고 진실을 기만해도 얼굴 붉히지 않을 두꺼운 피부를 갖기 위해서라면 모르지만…… 개 같은 놈들, 권력의 개가 되기 위해……"

지운은 때때로 이렇게 허공에 대고 욕지거리를 내갈겼다.

그러던 지운이 나약한 몸을 이끌고 돌연 입대해버린 건 지난봄이었다. 삼 개월도 넘게 행방불명이던 녀석이 엽서 한 장을 부쳐온 것은 바로 D시의 통신학교에서였다. 모든 사람들은 저마다 가면을 쓰고 단단한 구조의 세상에 맞추려 한다, 라고 지운의 엽서는 시작하고 있었다. 나 또한 이제 소속을 분명히 하고 가면을 쓰려 입대했다. 그뿐이다…… 지운은 또 이렇게 썼다. 그러곤 다시 소식이 없었다.

나는 부지런히 강의실을 들락거리면서 취직을 준비했다. 내가 가면을 쓰는 건 그런 방법밖에 없었다. 내겐 병든 부모가 있었고, 나를 희망으로 여기는 어린 동생들이 있었다. 진실을 말하기 위해 그 모든 걸 뿌리칠 용기는 내게 없었다. 그리고 이제 곧 졸업이었다.

알몸으로 버텨보고 싶었던 것은 얼마나 무모한 욕심이었던가, 하고 나는 버스의 창에 머리를 기대고 생각했다. 고개만 넘으면 육중하게 옷을 입고 단추까지 단정히 채운 정력 있는 사람들이 건설한 D시가 내려다보일 터였다. 좀더 왕성한 식욕을 지닌 사람들의 번질거리는 욕망이야말로 내가 이제 곧 맞닥뜨릴 세계였다. 나는 눈을 감았다. 가슴 안쪽에서 S물산 입사 시험 합격 통지서의 청결한 흰 빛깔이 전신을 막 찌르는 것 같았다. 기를 쓰고 준비를 해온 보람으로 S물산에 무난히 합격한 것이 얼마 전이었다. 지운에겐 조금 부끄러웠지만 오랜만에 나는 조그마한 항구에 닻을 내린 기분이었다.

지운이는 뭐라 할까? 세속적인 룰에 따라 세계에 편입하기로 한 나의 선택을 비웃을까. 네놈도 서둘러 가면을 쓰고 갑옷을 주워 입는군, 하면서 고개를 돌릴는지도 모른다. 버스가 불쑥 고갯마루로 기어올랐다. 멀리 D시가 빗속에서 아득하게 보였다. 나는 거수경례를 하는 순경의 모습이 그려진 이정표를 넘어다보며 마치 인사를 받듯 두어 번 고개를 끄덕거렸다. 순경의 발밑에는 "어서 오십시오. D시까진 2km 남았습니다"라고 쓰여 있었다.

면회소는 정문을 지나 약간 경사진 자갈길을 올라간 언덕 위에 세워져 있었다. 시멘트 블록으로 된 건물은 겉으로 보아 다른 막사와 똑같은 모양이었다. 다만 밖에서 보이는 몇 개의 넓은 창만이 규율 속에 짜인 이곳의 유일한 통로처럼 활짝 열려 있었다. 면회소의 출구 위엔 타원형 모양의 현판이 걸려 있고, 거기 파란 글씨로 '행정 안내소'라 쓰여 있었다.

행정 안내소의 내부는 생각보다 넓게 보였다.

나무 탁자가 배열된 양편으로 벤치가 놓이고 벤치엔 면회 온 사람들이 역시 피곤한 얼굴로 앉아 있었다. 그리고, 맞은편 벽에 계집애처럼 예쁜 병사가 M1을 쥔 채 경례를 올려붙인 포스터, 그 아래는 '라면 백오십 원' 등이 적힌 종잇조각이 죽 걸려 있는 매점이 보였다. 매점 반대편에, 낡은 전화통을 앞에 둔 하사의 모습과 함께 '접수처'라는 팻말이 눈에 들어왔다. 나는 조심스럽게 그 하사를 향해 걸어갔다. 젊은 여자가 접수대 앞에서 뭐라고 지껄이자 하사는 헤프게 웃었다. 내가 여자의 뒤로 다가서는 것을 본 하사는 순간 웃음을 거둬들이며 이마를 와락 찌푸렸다. 여자가 친구라고 해두세요, 하고 콧소리가 많이 섞인 목소리로 말했다. 나는 괜히 미안한 기분이 들어 창밖으로 시선을 돌려버렸다.

비가 그쳤으나 아직도 하늘은 무거운 진회색으로 가라앉아 있었다. 연병장도 막사도 고즈넉하게 비어 있는 게 마치 여름방학을 맞은 시골 학교 같았다. 이때, 부대의 정문에 카키색 지프차가 나타났다. 그림처럼 서 있던 정문 초병이 제꺼덕 손을 올려붙이자 지프차는 정문을 획 꺾어 돌아 저편 언덕의 막사 사이로 사라져갔다. 정문의 병사는 다시 정물 같은 부동자세로 돌아왔다. 흡사, 자동 장치가 된 마네킹 같군. 나는 감탄하였다.

"누굴 찾소?"

갈라진 목소리가 정문을 바라보던 나를 돌려세웠다. 접수처의 하사였다. 그는 모자를 벗어들고 계급장을 손으로 문질러 닦으며 핥듯이 나를 바라보았다.

"저어…… 서지운 소위를……"

나는 비굴하게 웃어 보였으나 하사는 모자를 눌러쓰며 갑자기 소리질렀다.

"여보슈! 여기에 소위가 한두 명인 줄 아슈? 소속을 말해줘야 할 거 아니오?"

"소속을요?"

나는 입술이 착 말라붙은 듯한 기분에 사로잡혔다.

"소속이라면……"

"글쎄, 소속을 말해야 면회 온 분을 불러드릴 거 아뇨? 나 참 별꼴 다 보겠네……"

하사는 퉁명스럽게 뱉으며 은하수 한 개비를 거만하게 빼물었다. 소속을 대기 전에는 절대로 면회를 시킬 수 없다는 오만함과 완고함이 하사의 몸짓에서 완연히 풍겨나왔다.

그렇다, 소속을 대야 한다, 하고 나는 생각하였다.

어렸을 때, 나는 논산 훈련소 부근에 산 일이 있었다. 일요일과 토요일엔 철조망이 쳐진 삭막한 공터에서 신병들의 면회가 이루어졌다. 그건 폭력적인 분위기의 축제였다. 나무 그늘이라곤 한 뼘도 없는 삭막한 광장에서 수많은 사람과 천차만별의 신분이 한데 어울려 폭염에 들끓는 듯한 광경이었다. 나는 동네 아이들과 함께 토요일 오후와 일요일엔 언제나 이 면회장 안에서 보냈다. 자주 먼지구름이 휩쓸고 지나는 황야지만 그곳에서의 주말은 언제나 신이 났다. 낯선 풍경이었다. 얼마든지 구경거리가 생겼고 심부름 한번 잘하면 빨간 뿔필통을 살 수 있는 돈도 생겼다. 면회장에서 부대로 통하는 입구에는 종일 신병들의 들어오고 나가는 대열이 끊이지 않았으며 높이 매단 확성기에선 쉰 목소리로 종일 낯선 이름들이 호명되고 있었다.

어느 여름, 나는 유달리 얼굴이 창백한 신병으로부터 '나이롱 면회'를 신청해달라는 부탁을 받았다. 그 신병이 원하는 다른 동료의 면회 신청을 해주는 일이었다. 신병은 흰 종잇조각을 나에게 쥐여주며 이것은 내 친구의 소속이다, 정말 소속이야, 하고 소곤거렸다. 나는 고개를 끄덕이며 멋진 글씨를 갈겨쓴 종잇조각을 들고 접수처에 달려가 형이라고 속여 면회를 신청하였다. 심부름이 끝나자 신병은 빨간 뿔필통쯤 다섯 개라도 살 수 있는 많은 돈을 주었다. 내가 놀란 눈으로 그를 바라보자 신병은 나의 작은 어깨를 톡톡 치면서 너는 우리들의 소속이 바뀌게 해준 거야, 우리들은 소속을 아주 바꿔버릴 참이거든, 하고 조금 슬프게 웃었다.

다음날, 등굣길에서 나는 권총을 찬 헌병에게 발길질을 당하며 끌려가는 두 사람의 군인을 보았다. 전날 내게 면회를 부탁하던 그 신병이었다. 동료를 데리고 그 신병은 아마 탈영을 했다가 붙잡힌 모양이었다. 나는 놀라서 학교를 향해 뒤도 돌아보지 않고 줄달음질쳤다. 헌병 아저씨가 권총을 휘두르며 나를 쫓아오는 것 같았다.

"정 모르시면 저쪽으로 가서 기다려보슈. 소속도 모르며 면회 오는 사람은 첨 봤소."

담배를 질끈 문 하사가 막연히 서 있는 나를 향해 이렇게 뱉으며 수화기를 잡아올렸다. 나는 황송한 기분이 되어 무겁게 고개를 숙였다. "고맙습니다." 이미 수화기를 귀에 댄 하사가 오만하게 고개를 끄덕거렸다.

나는 천천히 연병장이 잘 보이는 창 쪽으로 다가갔다.

정문을 통과한 한 무리의 신병들이 연병장을 지나가고 있었다. 대부분 체구보다 훨씬 큰 바지를 입고 있어서 아주 이상한 나라의 이상한 그림처럼 보였다. 나는 버릇처럼 담배를 물고 소리나게 성냥을 켰다. 성냥 불빛이 창유리에 환하게 타오르다가 꺼졌다. 그것은 대학 축제에서 보았던 불꽃의 유려한 잔해 같았다. 빌어먹을 대학 시절. 나에게 대학이란 좌절의 연속이었고, 또한 한없이 움츠러들고 휘청거리는, 개떡같은 가치의식의 혼란 이외에 아무것도 아니었다. 무엇이 학문의 전당인가. 출구가 없는 가면무도회장이 아니었던가. 닫힌 출구, 닫힌 젊음, 닫힌 학문이었다고 나는 생각했다. 하지만 나는 지운처럼 도중하차하지 않았을 뿐 아니라, 비겁하게도 이제 졸업이었다. 누가 패배자일까. 학교를 박차고 나간 지운보다 졸업하고 입사 시험에 합격 통지서까지 받은 나 같은 놈을 승리자라고 부를 수는 없었다. 까닭 없이 가슴이 두근거리기 시작하였다. 공연히 면회를 왔다는 생각이 들었다. 한 무더기의 군인들이 면회소 쪽으로 걸어오는 게 보였다. 머지않아 통신장교로 배치될 소위들이었다. 지운은 물론 보이지 않았다. 지운이 자식 어떤 얼굴을 할까. 이때, 누군가 나의 어깨를 가볍게 쳤다.

"누구신데 나를 찾았소?"

우선 소위 계급장이 눈에 들어왔다. 약간 비만한 체구에 헤퍼 보이는 소위 하나가 내 옆에 서서 삭막하게 묻고 있었다.

"무슨 말씀인지……"

"내 면회를 신청하지 않았소?"

"아뇨, 난 서지운 소위를 부탁했습니다."

"내가 서지운 소위요!"

소위는 무슨 말을 하는 거냐고 힐난하듯 명찰이 부착된 자신의 가슴을 손바닥으로 톡톡 쳤다. 분명 '서지운'이었다. 그렇다면 이건 어찌된 노릇인가? 나는 당혹이 뒤섞인 눈길로 소위를 바라보았다.

"그렇다면 혹 간부 후보생 출신 서소위를 찾나요?"

"글쎄요. 어떻게 임관되었는지는 잘…… 내 친구 서지운은 S대를 중퇴했지요……"

나는 여전히 더듬거리며 말했다. 그러자 소위의 하마 같은 입이 크게 벌어지며 움찔 놀랄 만큼 웃어젖혔다. 통쾌해 미치겠다는 얼굴로 한참 동안 비만한 몸을 흔들며 웃던 소위는 이윽고 들뜬 목소리로 자신이 웃었던 까닭을 털어놓았다.

"그렇군요. 우린 동명이인이라서 가끔 이런 혼란이 일어나죠……"

나도 비로소 비죽이 웃어 보였다. 이 통신학교에서 교육중인 서지운 소위는 둘이 있는 모양이었다. 하나는 내 친구고 다른 하나는 바로 이 사내였다. 나는 아직도 웃음을 거두지 않고 있는 사내의 명찰을 멍하니 내려다보았다.

"그 친구, 낮잠에 빠져 정신이 없는 바람에 내가 나왔는데."

"낮잠이라뇨? 내 친구 서지운이는 낮잠을 자지 않습니다."

나는 아주 단호하게 말했다. 지운과 나는 아주 오랜 불면증이었다. 나는 저녁에 못 잔 수면을 늦잠으로라도 때웠지만 지운은 아침이 오면 잠을 완전히 포기했다. 포기하는 것이 잠드는 것보다 훨씬 쉬웠기 때문이었다. 문제는 잠에 있지. 내게 불행의 시초는 모두 잠들어 있을 때 혼자 깨어 있다는 사실이야…… 언젠가 지운은 지하실의 구석자리에서 벌겋게 충혈된 눈을 번뜩거리며 무심코 이렇게 중얼거린 적이 있었다. 그의 살아 있는 영혼을 보는 것 같기도 했다.

"그래요?"

서지운 소위가 말하고 있었다.

"그거 참 흥미 있는데요. 내무반의 서소위는 잠꾼입니다. 틈만 있으면 아무 곳에서나 잠들곤 하죠. 그 친구 살이 오른 것도 다 건강한 수면 덕이라는 게 우리들의 일치된 견해인데요……"

"살이 올랐다고요?"

"말도 못합니다. 여기 입교할 때만 해도 젓가락 같던 친구가 이젠 나만큼이나 비대해졌죠. 참 풍채 좋습니다."

소위는 두 팔을 벌려 보이며 히죽이 웃었다. 나는 돌연히 한기를 느꼈다. 그것은 처음 싸늘한 한줄기 찬물처럼 가슴 어딘가를 치고 서서히 전신을 감싸왔다. 무언가 허전하고 쓰리고 아픈 확인 같은 것. 아니 묘하게 배반당한 기분이 송곳 끝처럼 나를 쪼아대며 밀려들었다. 기어코 연병장 건너 쪽의 막사 지붕에 후드득 빗방울이 떨어지기 시작했다. 살집 좋은 얼굴을 하고 돼지처럼 잠들어 있을 지운이 자식……

"그를 불러드리겠소!"

눈앞의 소위가 무뚝뚝해진 어조로 말했다.

"아니, 관두시오."

"관두다니, 도대체 형씬 뭐하러 오셨소?"

소위가 좀 신경질을 냈다.

"그야, 면회하러 왔지요."

"누굴?"

"서지운 소위요."

"그렇담 서소위를 불러야 할 것 아니오?"

"당신은 서지운 소위가 아닌가요?"

"아…… 딴은 그렇군요."

소위는 히죽 웃어 보이며 자신의 명찰을 내려다보고 어깨를 으쓱했다. 어린애처럼 단순하고 소박해 보였다. "난 당신을 면회하고…… 그냥 돌아가겠소." 나는 빠르게 말하며 그의 손을 잡아 빈 의자를 찾았다. 면회소는 점차 와자지껄해지고, 질척거리던 빗방울이 마침내 소나기가 되어 '행정 안내소'의 지붕을 요란하게 두들겼다. 어디선지 호루라기 소리가 삐르르르 창을 헤집고 들어왔다.

면회소는 열기와 떠들썩한 소음으로 무르익어가고 있었다.

창가엔 호젓이 즐기려는 남녀가 붙어 서 있고 나무 벤치마다 사람들이 꽉 들어차서 갖가지 풍경을 연출해냈다. 탁자 위엔 대개 먹을 것들이 잔뜩 쌓여 있었다. 먹기가 바쁘게 면회 온 사람들이 새로운 음식으로 빈자리를 채워놓고 있었다. 먹고 먹이는 일. 그것이 면회의 전부였다. 나 역시 서지운 소위를 위해 도넛을 비롯한 먹을 것들을 매점에서 열심히 사 날라 왔다.

"면회는 첨인가요?"

도넛을 입안에 가득 우겨넣으며 서소위가 물었다.

"친구가 S공대 기숙사에 있을 때 자주 면회 갔죠."

"나도 입대 전에 K여대의 기숙사엘 토요일마다 드나들었어요."

"거, 기분좋았겠습니다."

"곰 같은 계집애였어요. 늘 카스텔라를 네 개씩 사들고 오길 원하는…… 계집애가 쓰는 사 호실엔 네 사람이 들어 있었거든요."

"어떤 빌딩엔 사층이 없어요. 그걸 깨닫는 데 일 년이나 걸렸지요. 삼층이 끝나곤 금방 오층이죠. 그 사실을 깨닫자 빌딩에

흥미를 잃었어요."

나는 소위와의 대화가 유쾌해지기 시작하였다. 어색한 침묵, 부담스러운 사색 따위는 필요하지 않았다. 알맹이 없는 표피적인 지껄임이 오히려 신선한 매력을 주는 것이었다.

"제기랄, 그렇다니까요. 뭣이나 마찬가지예요. 군대 막사도 사동은 없어요."

"왜요?"

"그걸 모르겠어요."

소위가 의심스럽다는 표정으로 고개를 갸우뚱했다.

"그 여잔 어찌됐나요?"

"K여대? 시시했지요. 어느 날 기숙사로 면회 갔더니 계집앤 볼이 퉁퉁 부은 얼굴로 흰 종이 한 장만 던지고 뛰어들어갔어요. 그게 마지막이죠."

"흰 종이라뇨?"

"큰 소나무에 목매달아 죽은 계집애의 모습이 그려 있었어요."

"죽었나요?"

"모르죠. 그저 심심해요. 하품이나 합시다."

우리들은 입술을 활짝 열고 하품을 했다. 포만한 배가 꾸르륵하며 소리를 냈다.

"심심하지요?"

낯모르는 친구와 엉뚱한 술래잡기를 하는 기분으로 내가 물었다.

"늘 그래요. 이런 후방 생활이란 뭐 간지럽게도 느껴지거든요."

"간지럼을 잘 타나요?"

"그럼요. 우리 '취중 경기'라도 할까요?"

"취중 경기요?"

"왜, 모르시오? 당신 친구라는 서소위의 아이디언데."

"그놈은 항상 폭음을 했죠."

"술 한 잔 안 하고 취한 체하는 거예요. 혀 꼬부라진 소리로 횡설수설하며 누가 오래까지 끌 수 있나 내기를 거는 거죠. 아무도 서소위를 못 이겼어요. 그 친구, 한 십여 분 하다보면 정말 취한 것 같으니까요."

"무슨 이야길 잘하는데?"

"모르겠어요, 토옹…… 뭐 세상을 나무둥치처럼 꺾어버릴 도끼를 만들겠다는 둥, 한여름에도 두껍게 겨울 오버를 입혀달라는 둥, 가면을 써야 살아남을 수 있다는 둥, 도무지……"

"가면…… 옷…… 말이군요."

"그래요. 옷 얘길 잘해요. 그 친구 가난했던가요?"

"늘 헐벗고 다녔지요."

나는 웃었다. 우리들 옆자리엔 깡마른 상병 한 명을 에워싸고 네 명이나 되는 중년 여인들이 앉아 있었다. 그녀들은 서로 경쟁이나 하듯 먹을 것을 상병의 손에 쥐여주고, 상병은 질렸다는 얼굴로 두 손을 휘저었다. "배가 불러요. 저기 면회 담당 김하사님께 드리세요." 상병은 입속에 가득찬 도넛을 우물거리며 간신히 말했다. 여자들은 재빨리 접수처로 몰려가 하사를 거의 끌다시피 자리에 앉혔다.

"그 친구 거의 말이 없지요."

"그 친구라고요?"

"당신 친구 서소위 말입니다. 그 흔한 장기판 한번 기웃거리지 않아요. 늘 혼자예요. 섬뜩한 구석도 있죠."

"바둑은 제법 둘 줄 아는데……"

"그래요. 꼭 한 번 둔 일이 있죠. 그러나 중간에서 그만 포기해버리더군요. 지독하게 재미없다는 얼굴이었어요."

소위는 문득 말을 끊었다. 들떠 있던 면회소가 돌연 정적했다. 하사가 재빨리 접수처로 달려가 전화통을 집어들었다. 비상벨이 울렸기 때문이다.

"무슨 일이에요?"

옆 좌석의 여자가 엉거주춤 일어서고 있는 서소위에게 물었다.

"불이다! 막사에 붙었다!"

누군가 소리쳤다. 면회소는 돌연 소란스럽게 뒤틀려졌다. 사람들이 일어서 창으로 달려갔다. 건너편 막사에서 시커먼 연기가 피어오르고 벌겋게 불기둥이 솟았다. 비상벨은 시끄럽게 울려대고 연병장 서쪽에서 물탱크를 실은 트럭이 질주해 왔다. 순식간에 면회소는 수라장이 되어 들끓었다. 군인들은 미처 입속에 든 음식물을 씹어 넘길 사이도 없이 손짓으로 면회 온 사람들과 작별을 나누었다. 그러고 우 하며 몰려나갔다.

"오늘 면회는 끝났습니다. 모두 질서 있게 나가주십시오."

접수처의 하사가 고래고래 악을 썼다.

뽀얗게 흐렸던 하늘이 서쪽에서부터 조금씩 트여오고 있었다. 막사 쪽으로 가고 있는 군인들의 맨 앞에 소위가 몸을 앞뒤로 흔들며 돌진하는 게 보였다. 용감한 군인이었군. 나는 혼자 웃었다. 민간인들까지 썰물처럼 면회소를 빠져나가 실내는 휴지만 남기고 을씨년스럽게 비어 있었다. 문으로 가는 언덕길의 한쪽에 상병 계급장이 붙은 군모가 떨어져 있었다. 불은 이제 막사 전체를 휩싸고 있었다. 몇 대의 트럭이 막사를 포위한 채 물을 퍼부었으나 조금도 불꽃은 쉽게 사그라들 것 같지 않았다.

"저런! 옆의 막사에 옮겨붙잖아?"

누군가 소리쳤다. 정말 불길이 옮겨붙고 있었다. 비 온 뒤였으

나 블록으로 지은 가건물이어서 콰당 하는 소리까지 내며 불길
은 기세등등해졌다.

"저게 뭐야?"

"저 군인이 불을 지른 모양이죠."

막사가 있는 언덕에서 무개 지프차가 질주해 왔다. 지프차 위
엔 뭐라고 소리치며 몸부림치는 군인 하나를 두 명의 헌병이 엑
스자로 껴안고 있었다. 순간, 나는 걷잡을 수 없이 가슴이 뛰는
걸 느꼈다.

저건 지운이다!

사람들을 헤집고 좀더 앞으로 나가기 위해 나는 악을 썼다. 자
식, 마침내 일을 저질렀군. 살이 오르고 잠도 잘 든다더니 그건
엉터리였군. 뭐라? 옷을 입겠다고? 바보 같은 자식. 머저리! 그
러나 내 마음속엔 이상하게 빛나는 희열의 비늘들이 번뜩이는
것 같았다. 그러면 그렇지, 암…… 하는 기분이었다.

지프차가 정문을 향해 들이닥쳤다. 몰려선 사람들이 좌우로
갈라졌다. 지프차가 정문을 획 꺾어 돌 무렵, 참으로 짧은 순간
나는 발을 멈추고 거의 주저앉았다. 낭패감이 머리를 쳤다. 지프
차 위의 그 사내는 깡마르고 체구가 작았다. 어느 한 군데도 지
운일 닮은 데는 없어 보였다. 그는 지운이가 아니라 그냥 낯선
한 사내였다.

나는 아직도 사람들이 웅성거리는 부대의 정문을 떠났다.

다행이야, 그게 지운이 아니었던 건 참말 다행이었다. 하지만 웬일인지 싸느랗게 가슴 한쪽이 비어오는 기분을 어찌할 수가 없었다. 돼지처럼 잠들어 있다가 불길에 놀라 달려나왔을 지운의 모습이 떠올랐다.

아아, 춥구나. 제기랄!

나는 어깨를 떨며 낯선 가로의 잎 진 플라타너스를 바라보았다. 비정하게 잘린 가지, 쭉 곧은 동체, 칙칙한 표피. 나는 플라타너스를 조용히 부둥켜안고 볼을 부볐다. 가지를 잘린 맨살의 아픔이 차갑게 전신을 감싸 흘렀다. 옷을 입혀야겠군. 플라타너스의 동체에도 자크가 견고하게 달린 가죽잠바 하나 입혀야겠어. 이제 곧 겨울이니까……

–

염소 목도리

요란쇠는 올해 서른여섯, 홀어머니와 동생이 다섯 딸리고 오 년 전 장가들어 네 살배기 씨암탉 같은 딸을 하나 두었다. 어머니 양평댁이 요란쇠를 낳을 땐 보태지도 않고 빼지도 않고 꼭 아흐레 동안 진통을 했다. 그동안 양평댁이 죽어 넘어진 게 쉰아홉 번이고 맘씨 고운 두화 동네 사람들이 추렴을 거둬 송장 칠 준비까지 다 해두었다. 그런데 양평댁은 죽기는커녕 떡 벌어지게 아들을 낳았던 것이다. 못 먹어서 싸릿대처럼 말라붙은 산모에 비해 아들 녀석의 머리통은 좀 보태서 양평댁의 속곳만했다. 크게 될 인물여. 암, 요렇게 왼 동네를 벌컥 뒤집고 요란뻑적지근하게 나왔는디. 대갈통을 봐서도 워디 시시껄렁하게 밥지랄이나 허고 살 소소헌 팔자겄어. 동네에선 이례적으로 풍장까지 쳐 돌렸고 이름까지 대들보 팍 쥐어지르듯 요란쇠라 붙여놓았다. 이래서 박요란쇠.

"꼭 붙들어, 까딱수에 낙동강 오리알 신셀 팅게……"

동싱이 동네를 떠나며 요란쇠가 자전거 앞 체대에 올라탄 용안댁을 향해 한마디했다. 곧 자전거가 성동벌판을 가르마처럼 하얗게 가르고 간 자갈길을 씽씽거리며 굴러가기 시작했다. 연무대에서 강경읍까지 곧게 뚫린 신작로였다.

"워따매, 오널은 워쩐 일로 이릏게 심이 좋댜!"

"심 안 나게 생겼남. 오널 같언 날 더도 덜도 말고 열흘만 계속되얐으면 좋겄는디……"

"헤에, 사내가 워찌 그렇게 욕심도 적냐. 나는 오날 같은 날 석 달 열흘이 계속되어도 외눈 하나 깜짝 안 허겄는디."

"그려 그려. 석 달 열흘 아니라 삼십 년이 있다면 누가 마달까."

요란쇠는 엉덩이를 번쩍 들어올리고 페달을 힘껏 밟았다. 자전거 뒤에는 까만 염소 한 마리가 맨몸뚱이로 뉘인 채 밧줄로 꽁꽁 묶여 있었다. 정월도 다 지나갔지만 그래도 아직은 추운 날씨였다. 더구나 북쪽으로 산 하나 없이 탁 트인 벌판이 아닌가. 그렇지만 요란쇠는 조금도 춥다는 생각이 들지 않았다.

오늘은 참말이지 재수가 좋은 날이었다.

근처에 장이 서는 곳도 없는 오늘 같은 날은 본래 공치기가 일쑤였다. 그래서 아침녘에는 내내 배 깔고 누워 있다가, 해가 훌쩍 뜬 다음에야 강아지 몇 마리라도 살 수 있을까 하여 돈 만 원을 찔러넣고 나선 걸음이었다.

그런데 신화 동네에 들렀을 때 고양이 두 마리가 얻어걸렸다. 기껏해야 닭이나 강아지가 고작, 시골 살림에 고양이는 귀한 동물인데, 그것도 두 마리씩이나 얻어걸리다니 초장부터 낌새가 괜찮다 싶었다. 더구나 단돈 천오백 원에 샀으니 그만하면 거저 주운 거나 다름없었다.

그런데 금상첨화라고 그 고양이 두 마리가 신화 동네를 지나 동싱이 이 동네에 왔을 때, 제깍 팔려나갔다. 용안댁은 입술에 침한 번 안 바르고 마리당 칠천 원을 불렀다. 앉은자리에서 때도 안벗기고 오천오백 원이란 생돈을 먹자는 수작이었지만, 어찌된 일인지 칠순이 다 된 노인네가 빳빳한 천 원짜리 다발에서 일곱 장을 척 뽑아 건네지 않는가. 입이 떡 벌어질 일이었다. 동네마다찾아다니며 가축을 사다가 근처 장마다 쫓아다니며 소매를 하는이 장사 시작한 지도 그럭저럭 칠팔 년이 됐지만, 이렇게 힘 안들이고 오천여 원이 뚝딱 떨어지는 것은 드문 일이었다.

어디 그뿐인가.

동싱이 동네에서 그는 개 한 마리를 잡아주었고, 그 대신 이

년생 흑염소를 칠천 원에 또 샀다. 개를 잡아준 덕에 개고기를 두어 근도 넘게 얻었으니, 그것만 해도 요란쇠네 식구로서는 포식을 하고 남을 만한 횡재였다. 게다가 염소도 그렇지, 어디다 내놔도 토실토실 살이 오른 게, 만 원짜리 한 장은 따놓은 당상이었다. 이십 리, 삼십 리, 모진 겨울바람 속에 새벽부터 페달을 밟고 악을 써봐도 몇천 원 벌이가 하늘의 별 따기 형편인데 단숨에 돈 만 원이 생겨났으니, 이거야말로 복이란 놈이 통째로 터진 게 아니고 뭐겠는가. 섣달에 토정비결을 봤을 때, 정월은 나비가 꽃을 찾아가는 형국이라더니 지금 생각해보니 나비란 자기 자신이요 꽃이란 다름아닌 돈이 아닌가 싶어 요란쇠는 저절로 힘이 솟았다.

"성님네헌티 월매 받을 겨?"

용안댁 역시 한껏 기분좋은 얼굴로 악을 쓰듯이 소리쳐 물었다.

"뭘 말여?"

"염소 말여, 염소."

"글씨, 만 원은 받아야 쓰겄지?"

"얼레, 그러믄 단돈 삼천 원 냉겨먹자 그거여?"

"아따, 그거면 됐지, 누님헌티 바가지 씌워 되겠어?"

요란쇠는 여전히 엉덩이를 올려붙이고 페달을 밟아대며 퉁명스럽게 내뱉었다. 흑염소를 구하자, 그는 곧장 염소가 생기면 가지고 오라던 사촌 누님 생각이 났었다. 그래서 이왕 내친김에 강경 읍내 누님댁에 들러 아예 염소를 처분하고 돌아가자 나섰던 길인데, 용안댁은 처음부터 아예 봉 잡을 배짱으로 야박하게 나왔다.

사촌 누님의 남편 만수씨는 강경에선 제일 큰 시보리 공장을 하고 있었다.

생긴 것보다는 돈 버는 재주가 비상하여 트럭 두 대로 생선 장사를 할 때도 괜찮았는데 시보리 공장을 시작하고부터는 더욱 경기가 좋았다. 일본에서 원료를 들여다 부녀자들한테 헐값에 뜨게 해서, 다시 일본으로 가져간다는 시보리 공장 해온 지가 불과 오 년도 안 됐는데, 억대로 벌어들였다는 소문이 돌았다. 이층집을 새로 지어 이사한 것이 재작년 봄이고, 작년엔 털털거리는 지프차이긴 하지만 자가용까지 사들였다. 읍내에서 자가용 있는 사람은 버섯 공장 주인과 매부뿐이라 했다. 매부 만수씨는 눈도 작고 입도 작고 키도 작았지만, 뚱뚱하게, 씨암탉처럼 살진 체구에다 혈색이 좋았다. 그렇게 혈색 좋은 사람이 보약은 뭐하러 해먹는지 알 수 없지만 철따라 개탕이다, 뱀탕이다, 자라, 오골계, 심지어는 개구리탕에 흑염소까지, 닥치는 대로 몸보신을 해댔다. 요란쇠가 구해다준 강아지만도 따지고 보면 여러 마리였다. 몸에만 좋다면 쥐불알이라도 고아먹을 위인이어서 요란쇠에겐 도무지 요령부득이었지만, 그것도 다 돈 많은 사람들의 요지경 속 같은 지랄병이거니 여기고 부탁해올 때마다 별로 남기는 거 없이 짐승을 갖다 바쳐온 터였다. 한 달 전만 해도 요란쇠가 흑염소 한 마릴 잡아주었고, 그때 누님은 구해지는 대로 한 마리 더 가져오라 일렀던 것이었다.

"바가지고 머고 헐 거 없이, 눈 딱 감고 만 삼천 원만 받어!"

요란쇠야 퉁명스러워졌거나 말거나 용안댁은 여전히 염소값 계산에 바빴다.

"어뚷게 육천 원이나 더 부르란 말여?"

"지난번에도 이천 원밖에 못 냉겼다믄서?"

"이천 원 냉기는 것도 미안헌 일 아닝게비."

"워따, 미안도 허겄구먼. 혼자 공자님처럼 맘 존 척혀봤잔 겨. 그런 집이사 그깐 놈의 돈 몇천 원 있어도 그만, 없어도 그만인디. 그렇게 맘씨 좋게 혀봤자 벵신 노릇은 이쪽에서 도매금으로 허는 걸 워찌 모른다!"

용안댁이 백태눈을 허옇게 들어올리며 이렇게 오금을 박았다.

듣고 보니 그것도 옳은 말이었다. 단돈 천 원 한 장 안 남겨도 누님은 누님대로 요란쇠 장사시켜줍네 하고 공치사까지 하려들지 않던가. 요란쇠는 새삼 야무지기가 차돌멩이 같은 용안댁이 자랑스럽기까지 하였다. 생각해보면 이만큼이나 살림이 일어난 것도 전적으로 용안댁의 공적이라 할 수 있었다. 장가들던 오 년 전만 해도 홀어머니에 동생들만 줄줄이 다섯을 매달고 요란쇠는 그저 남의 집 개, 돼지나 잡아주고 잘해야 고기 두어 근, 그것도 아니면 암내 난 짐승에 수놈 접붙여서 몇 푼 얻어먹는, 알거지나 다름없었다. 본래 황소 한 마리가 있어, 수레도 끌고 논도 갈아 여섯 식구 근근이 풀칠을 해왔었는데, 용천배기 콧구멍에서 마늘씨를 뽑아먹는다고, 그 목숨 같은 황소를 어느 놈이 몰래 끌어간 뒤로는 그야말로 뱃가죽이 등가죽에 붙을 지경이 되었다.

그런데 용안댁이 들어오고 나서 열심히 일한 덕분에 이제 비록 선자이긴 하지만 농사를 다섯 마지기나 지었고, 바로 아래 동생한테는 황소를 사줘 수레를 끌도록 했다. 군대 간 셋째야 어쩔 수 없다고 하더라도 넷째 또한 연무대 구둣방에서 제 밥벌이는 하게 되었고, 6학년짜리 막내 계집애와 어머니는 시보리를 뜨고 있었다. 하나도 노는 입이 없으니 이젠 동네 사람들 말대로 살판 난 듯싶었고, 자신도 생겼다. 그게 모두가 용안댁 덕분이라는 걸 누구보다도 요란쇠는 잘 알고 있었다.

떠돌이 장돌뱅이 혹부리가 중매를 든 용안댁은 사실 요란쇠에겐 과분한 여자였다. 한 가지, 왼쪽 눈이 백태라는 것이 처음엔 마음에 걸렸지만 나이 서른이 넘도록 장가도 못 들고 빌빌대던 요란쇠 처지로서는 그것도 감지덕지였다. 뭐 외양으로 말하면 요란쇠도 어디 내놓을 만한 얼굴인가. 사지야 멀쩡했지만 머리통만 속없이 큰데다가 코는 납작이요 입술은 하늘 높은 줄 모르고 위로만 말려 올라간 형편이니 구태여 따지자면 백태눈 빼놓고는 그런대로 이목구비가 나올 데 나오고 들어갈 데 들어간 용안댁이 한결 낫다고 해야 할 판이었다. 거기에다 용안댁은 뭣보다 셈이 빨랐고, 악착스러웠고, 흥정 붙일 때 시치미 뚝 떼고 능청을 떠는 데는 요란쇠도 번번이 놀랄 지경이었다. 장삿길에 데리고 다니는 것도 그런 면에서 요란쇠보다 용안댁이 백배 낫기 때문이었다.

요란쇠야 딱 부러지게 말하면 그저 맘 좋은 반편에 가까웠다.

그래서 장사만 나서면 버는 것보다 속임수에 빠지는 일이 더 많았고, 그 때문에 결국은 용안댁이 덜렁덜렁 따라나서기 시작했고, 그다음부터는 탄탄대로였다. 새벽같이 요란쇠가 자전거를 타고 나서면 용안댁은 뒤따라 걸어오거나 버스를 타고 와서 장터에서 만났다. 흥정은 아예 용안댁이 도맡아 하게 되었고, 닭 잡는 것도 척척 잘도 해냈다. 염소나 개처럼 좀 큰 짐승을 잡아줘야 할 때는 개의 목에 칼을 지를 때 용안댁이 뒷발을 잡아주었고, 염소 머리에 망치질을 할 때는 용안댁이 눈을 가려주었고, 돼지털 벗길 때 용안댁은 잰 손놀림으로 내장을 간추렸다. 그야말로 부부가 손발은 물론이고 오장육부까지 찰싹찰싹 맞아떨어졌다. 그런 용안댁이 만 삼천 원으로 염소값을 홀때려 매겨놨으니 요란쇠로서야 따라갈 도리밖에 없었다.

"알았어. 그럼 그렇게 혀봐."

"흥정은 나헌티 맡기고, 당신은 염소나 잡을 생각 혀고 있어. 얼레, 저 기차 가는 것 좀 봐!"

용안액이 금방 밝아진 안색으로 벌판의 북쪽을 가리켰다. 강경에서 떠난 기차가 그 벌판의 한가운데를 주르르 달려가고 있었다. 너무 멀어서 기차는 마치 그림 속에 나오는 장난감처럼 보였다.

"기차 타고 훨훨 시상 구경이나 혔으믄 좋겠구먼. 맨날 보긴 봐도 원제 저놈으 걸 타볼 새가 있어야지……"

생전 그런 일 없던 용안댁이 성한 한쪽 눈을 가늘게 뜨며 천연스럽게 말했다. 기차야 요란쇠가 사는 곳에서 동구 밖에만 나오면 하루에도 몇 번씩 볼 수 있었다. 요란쇠는 고개를 돌려 기차와 반대편 벌판의 끝에 있는 두화 동네를 바라보았다. 소나무가 촘촘히 서 있는 강씨네 시조산 옆에 자신이 머리에 털 난 뒤부터 떠나본 적이 없는 두화 동네가 엎디어 있었다. 문득 남들처럼 꽃 피는 좋은 시절 나들이 한번 못 보낸 용안댁에게 요란쇠는 조금 미안스럽고 안타까운 듯한, 개떡같은 기분이 되었다.

"저 말인디……"

자갈을 피해 자전거의 핸들을 오른쪽으로 꺾으며 요란쇠가 어물어물 말꼬리를 사렸다.

"먼 말인디 헐라다 만댜?"

용안댁이 요란쇠의 말꼬리를 붙들고 늘어졌다.

"저 말여. 임자헌터 오널 슨물 한 가지 헐 게 있는디……"

"슨물?"

"응, 말허자면 슨물이지……"

"허허 참. 오래 산 것도 아닌디 존 꼴 두루두루 보게 생겼구먼 그려. 그 슨물이랑 게 뭐여?"

그러나 요란쇠는 괜히 귓불까지 붉히며 수줍게 웃을 뿐 입을 다물었다.

때마침 연무대로 가는 낡은 마이크로버스가 신용다리를 지나와 요란쇠 자전거 옆을 아슬아슬하게 스쳐갔다. 먼지가 구름처럼 피어올라 잠시 눈앞이 보이지 않았다. 뒤에 매달린 염소가 한 차례 요동을 쳤고 요란쇠는 흔들리는 자전거의 핸들을 십여 미터나 더 가서야 간신히 바로잡았다.

"썩을 놈의 차, 넓은 길 두고 워찌 요쪽으로 붙어 지랄이랴."

"임자가 손을 까불러싼게 그 운전사 새깽이가 매급시 히야까시를 헌 겨."

요란쇠는 쿨쿨 웃기만 했다.

"그나저나 그 슨물이랑 게 뭣이냔 말이여?"

"그건 이따 보면 알겨. 매급시 김칫국 마실 생각 말어."

"얼레, 자기가 슨물 준다고 혔지 내가 원제 김칫국 마셨댜!"

지난번 흑염소를 가지고 읍내 누님네에 왔을 때였다. 마침 외출했다 돌아오는 길인지 누님은 쪽 뽑아입은 두루마기 차림에 밍큰가 뭔가 눈처럼 하얀 목도리를 둘러댄 고귀한 차림새였다. 요란쇠는 두루마기보다 그 목도리에 시선이 갔다.

"그 목도리 월매나 허는 거유?"

"뭐? 월매 허면 느 예펜네 사주기라도 헐 판이냐?"

누님은 단번에 핀잔부터 주고 나왔다.

"돈 있어 사줘도 그렇지. 용안댁헌티 밍크 목도릴 둘러봐라, 그게 바로 돼지 막에 진주 아니었냐?"

"돼지 막에 진주가 뭐디유?"

"호호, 야 좀 봐. 하여간에 느그 댁헌티는 밍큰 고사허고 여우 목도리도 께벗고 장도칼 차는 식이 되는 겨. 혀주고 싶으면 차라리 염소 가죽이나 걸맞지……"

"염소 목도리도 있는 거유?"

"글씨 말이다. 있을라면 있고 없을라면 없지."

현관문을 탁 닫고 들어가며 누님은 이렇게 요란쇠를 윽박질렀다.

그래서 요란쇠는 그날 더욱 정성스럽게 염소의 가죽을 벗기고 가죽 안쪽에 붙은 기름기까지 깨끗하게 떠냈다. 집으로 가져올까 하다가 가죽이 완전히 마를 때까진 용안댁에게 숨겨둘 요량으로 그는 그것을 누님네 집 옥상의 물탱크 뒤편에 살짝 펴 널고 왔던 것이었다. 거기라면 이 추위에 누님네 식구 손 닿을 리도 없고, 해님 잘 드니 서너 주일 잊어버리고 있으면 잘 마르리라 생각했기 때문이었다. 비록 누님이 하고 다니는 밍크 목도리에 비하면 어림 반푼어치도 없겠지만, 이 차가운 정월, 떨어진 스웨터에 질끈 수건으로 목을 동여매고 다니는 것보다는 백배 낫겠다고 요란쇠는 생각했다. 선물이란 바로 그것이었다.

신용다리를 넘어서자 읍내까진 십 분 거리밖에 안 됐다. 요란쇠는 더욱 서둘러 자전거의 페달을 밟았다. 산양동 공동묘지 위편에 떠 있는 해가 두서너 자밖에 남지 않았다. 강경읍에서 두화동네까진 둑길을 타고 쨍쨍한 이십 리 길이다. 길도 가히 좋지 않으니 자전거로도 한 시간은 잡아야 된다. 아무리 빨리 염소를 잡아준다고 하더라도 집에 도착하기는 캄캄한 저녁이 되기 십상이었다.

누님네 집은 읍사무소 뒤편에 있었다.

요란쇠는 경찰서 앞을 휙 꺾어 돌아 읍장 관사의 측백나무 울타리 옆을 똑같은 호흡으로 지나갔다. 육중한 철제 대문을 들어서자 때마침 매부까지 뜰에 나와 있었다. 털이 복슬복슬한 개 찰리에게 운동을 시키는 중이었다. 요란쇠가 염소를 풀어내리자 찰리란 놈이 송곳니를 드러내며 날카롭게 짖기 시작했다. 찰리란 놈은 항상 요란쇠만 보면 유독 발끈해서 지랄 발광을 떨었다. 그까짓 거, 그래봐야 주머니칼 하나만 갖고도 삼십 분 정도면 입 안에 넣어도 좋을 고깃점으로 만들 자신이 있었지만, 요란쇠는 찰리한텐 눈 한번 주지 않았다. 하긴 찰리란 놈도 요란쇠의 솜씨를 미리 알고 겁에 질려 아우성을 치는 것인지도 몰랐다.

"자넨 뭣하러 따라왔나!"

누님이 뒤따라 들어선 용안댁부터 몰아세웠다.

동네 사람 모두가 요란쇠네가 용안댁 덕분으로 살게 됐다는 점에 반대가 없었는데 누님만은 그 점을 인정하려 들지 않았다. 용안댁이 들어오고부터 요란쇠가 완전히 백정이 다 됐다는 것이었다. 그런 누님의 기분을 헤아려서 어쩌다 강경 장날 누님네 집에 찾아올 땐 혼자 들르곤 했었는데, 염소 꽁무니에 용안댁까지 매달고 왔으니 역정내지 않을 리가 없었다. 그러나 그 정도 역정에 기가 죽을 용안댁이 아니었다.

"성님도 보고 싶고 그려서 왔쥬 머."

용안댁이 넉살 좋게 나오자 누님의 안면이 더욱 일그러졌다.

"성님이고 머고, 개장사 헐 땐 좀 따라다니지 말게."

"다 먹고살자고 허는 게 아닝거뷰."

"워쩌? 아, 요란쇠는 손이 없는가 발이 없는가. 사내가 허면
되는 거지, 원. 부부간에 백정 노릇이라니 남새스럽지도 않능가
말여."

힐끗 매부 쪽에 시선을 돌리는 것이 누님 생각엔 뭣보다도 매
부 보기가 창피했던 모양이었다. 그렇더라도 만날 때마다 백정,
백정 하는 것이 요란쇠에겐 마음에 걸렸다. 개나 염소나 주문에
따라 잡아주기는 하지만, 본업은 어디까지나 가축 장사가 아닌
가. 시보리 공장이 매부의 사업이라면 그것도 요란쇠에겐 사업이
다. 가축 매매 사업이라 해도 좋을 것을 가지고 누님은 걸핏하면
개장사에 개백정 어쩌고 하는 게 미상불 섭섭했다. 아니 뭐, 백정
이라면 또 어떤가. 남들이 몰라서 그렇지, 한 마리의 개를 잡는
것도 하루이틀 연습해서 되는 하찮은 일이 아니었다. 수없이 개
에게 물어뜯겨봐야 하고, 실수하여 칼끝으로 손가락도 찔려봐야
하며, 눈으로만 봐도 이놈은 몇 근짜리다 하고 어림짐작도 척척
맞아떨어져야 되는 게 그 짓이다. 남의 손으로 뜬 시보리를 팔아
버는 매부의 돈보다 내 손으로 피 묻혀 잡아 버는 나의 돈이 부끄
러울 게 무엇이란 말인가. 개 잘 잡던 독밭골의 절름발이 황영감
에게 나도 한번 잡아봅시다, 하고 끼어든 이후 개 목을 얽을 밧줄
에 매듭짓는 것만도 두 달이나 배웠고, 단칼에 멱을 딸 때까지,

개한테 물린 것만 해도 부지기수이니, 요란쇠로선 자부심을 가지면 가졌지 부끄럽다고 생각한 적이 한 번도 없었다.

이제는 개 잡는 거야 연무대 일대에선 요란쇠가 최고라는 소리를 듣는 터였다. 요란쇠의 시선만 만나도 개란 놈들이 혼이 빠져서 비칠비칠 꼬리를 사리는 정도였다. 그 점에 있어서 요란쇠는 자부심이 강한 사람이었다. 그런데도 누님은 요란쇠의 이 기막힌 재주를 언제나 혹평하고 가당찮게 여기니 영 입맛이 맞지 않았다. 누님 때문에 기분이 좀 언짢아지긴 했지만 요란쇠는 말없이 염소를 끌고 뒤꼍의 수돗가로 갔다. 그때 찰리를 개집에 매고 있던 매부가 불쑥 요란쇠를 불러 세웠다.

"이봐, 요란쇠. 염소를 거기서 잡을 겨?"

"그럼 워디서 잡어유?"

"저기 읍사무소 지남 개울 있잖여. 좀 있으면 애덜도 들올 틴디 글로 가서 잡잖고……"

"아이고, 인자 어둬질 팅게 글로는 못 가유. 냄새가 많이 나는 것도 아닝게 상관없슈. 금시 될 틴듀 머."

용안댁이 당장에 매부의 말을 막았다.

매부는 잔뜩 상을 찡그리고 별수없다는 듯 뒷짐을 지고 나무토막처럼 섰다. 양다리를 벌리고 뒤로 버틴 자세여서 불룩 나온 배가 더욱 커 보였다. 요란쇠는 우선 염소의 고삐를 수도꼭지에 잡아매고 비누를 찾아 손부터 씻었다. 언제부턴지 짐승을 잡기 전엔 뽀득뽀득 소리가 날 만큼 손부터 닦는 버릇이 생겼다. 그가 손을 씻고 있을 땐 감히 용안댁도 함부로 수작을 건네지 못했다. 그의 표정과 자세가 지나칠 만큼 정성스럽고 진지해 뵈는 탓이었다.

"개새끼 한 마릴 잡더라도 정성이 들어가야 되는 겨. 그게 읎으면 뒈져가는 짐승일망정 말을 안 듣는당게. 정성이 하늘에 뻗치면야 날뛰던 짐승도 댐박 온순혀져서 나를 잡어잡슈 하능 거지. 고게 왈 순종이라고 하지 않덩게비."

절름발이 황영감은 언제나 제 힘만 믿고 우격다짐으로 잡으려 드는 요란쇠를 이렇게 다독거렸었다. 차츰 황영감 말의 참뜻을 요란쇠도 깨달았다. 지금은 죽어, 자신이 수백 마리 개를 그슬렀던 독밭골 뒷산 그 타버린 소나무 밑에 묻혀 있지만, 짐승 잡는 일에 있어서만은 한 가지도 틀린 말을 하지 않던 황영감이었다. 요란쇠가 손을 씻는 버릇도 바로 황영감의 말뜻을 새삼 깨닫기 시작하면서부터였다. 말하자면 조금 후면 죽어갈 짐승의 명복을 미리 빌어준다고나 할까. 손을 씻을 때의 요란쇠 자세엔 다분히 그런 분위기가 담겨 있었다.

손을 다 씻고 나자 그는 기구를 챙겼다.

기구라야 항상 호주머니에 넣고 다니는 주머니칼 한 개와 망치 정도였다. 망치까지 찾을 필요도 없이 오늘은 수돗가에 놓여 있던 빨랫방망이를 쓰기로 했다. 그는 빨랫방망이를 등뒤에 감춰 잡고 우선 염소를 정면으로 잡아끌었다. 놈이 낌새를 알아차 렸는지 뒷걸음질을 했으나 요란쇠의 힘엔 당해내지 못했다. 요 란쇠는 똑바로 눈을 뜨고 놈의 시선을 붙잡았다. 우선 눈싸움부 터 해서 기를 꺾어놓는 게 첫번째 단계였다. 비록 짐승이긴 하지 만 백이면 백, 천이면 천 마리 모두가 자신에게 죽음이 가까워졌 다는 걸 본능적으로 눈치채게 된다는 것을 요란쇠는 오랜 경험 으로 알고 있었다. 황영감의 말마따나 체념하고 순종하는 자세 로 짐승을 이끌어들이기 위해 요란쇠는 모든 힘을 두 눈에 모아 내쏘는 것이다. 물론 이 첫번째의 눈싸움에서 요란쇠가 지는 일 도 가끔 있었다. 특히 개가 주로 그랬다. 순종하지 않고 체념도 하지 않고 끝끝내 악을 쓰며 버티는 경우였다. 그럴 땐 별수없이 그냥 칼을 지르거나 망치질을 하지만, 그렇게 짐승을 잡은 날은 하루종일 가슴이 답답하고 기분이 지랄맞게 얄궂어지는 게 보통 이었다.

두어 번 요동을 치던 염소가 금방 유순해졌다.

요란쇠는 이 순간을 놓치지 않았다. 빨랫방망이를 굳건히 잡 고 정확하게 뿔과 뿔 사이의 정수리를 힘껏 내리쳤다. 길게 비명 을 남기며 염소가 먼저 앞발을 꺾더니 이어서 풀썩 옆으로 뻐드러졌다. 사지가 파들파들 떨리고 눈알이 퉁방울처럼 비어져나와 있었다. 요란쇠는 만족스러웠다. 단 일격에 깨끗이 쓰러뜨렸으니 실수 없이 잘된 작업이었다. 한 방에 넘어지지 않아 두번째 망치를 내리쳐야 될 때는 늘 기분이 오래 언짢았다.

마지막 단계로 그는 주머니칼의 날을 펴서 염소의 목울대에 쑤셔박았다.

정수리를 맞고 실신한 놈을 아주 요절내버리는 것과 함께 몸 안의 피를 깨끗이 빼내야 고기맛이 제대로 나기 때문이었다. 곧 뜨거운 선지가 콸콸 솟아 나오더니 잠시 후 파들파들 떨리던 염소의 다리가 잠잠하게 늘어져버렸다. 선지가 수돗가의 시멘트 바닥을 타고 엉겨붙으며 흘러내려갔다. 사람에 따라서 칼잡이들이 뜨거운 선지나 김 오르는 콩팥 따위를 한입 받아 마시곤 하지만, 요란쇠는 절대로 그런 일은 하지 않았다.

"아이고, 징상혀!"

부엌문을 삐죽이 열어놓고 내다보던 누님이 눈살을 찌푸리자 여전히 뒷짐을 진 채 서 있던 매부 만수씨가 풀썩 웃기부터 했다.

"허허, 그 솜씨 한번 타고났구먼, 타고났어……"

"그러쥬? 이 양반 짐승 잡는 디는 알어준당게유. 펄펄 뛰는 개도 이 양반헌티 걸렸다 허면 그 뭣이냐, 초전 박살여유, 초전 박살."

244

용안댁이 자신만만해져서 이렇게 설레발을 떨었고 누님은 이런 용안댁을 향해 눈을 찢어져라 흘기고 부엌문을 탁 닫아버렸다.

"아, 잔소리 고만 늘어놓고 이거나 잡지 못혀!"

요란쇠가 퉁명스럽게 내쏘자 용안댁이 잽싸게 쭈그려앉으며 염소의 앞발을 벌려 잡았다. 그는 목젖에서부터 똑바르게 뱃가죽을 갈랐다. 하얀 기름기가 칼 가는 자리마다 선명하게 비어져나왔다. 다음엔 아랫배에서 열십자로 나눠 뒷발 끝까지 가르고 나서 발목을 부러뜨려 떼냈다. 앞발도 마찬가지였다. 그러곤 질기게 붙어 올라오는 기름기를 칼끝으로 잘라내며 가죽을 앞뒤로 잡아당겼다. 북북, 소리를 내면서 가죽이 쏙 벗겨져나오자 허연 기름 덩어리에 눈알만 두 개 불쑥 비어져나와 흉측한 모양이 되었다.

"아이구우, 저놈의 눈깔 좀 먼저 빼내라. 아주 폭 파내란 말여!"

다시 부엌문을 빼꼼히 열고 내다보던 누님이 몸서리를 쳤다.

"어따, 성님도. 약으로 쓸 틴디 뭐허러 눈알을 몽창 빼라고 그런데유."

"징상허잖여. 아, 후딱 빼내랑게……"

요란쇠는 칼끝으로 눈알을 후벼팠다. 그리고 창자를 둘러싸고 있는 얇은 막을 잘라버리자 내장이 주르르 미끄러져나왔다.

"엄세, 먹기도 징싱허게 많이 처먹었네."

누님이 잘 불린 돼지 오줌보 같은 밥통을 보며 또 한마디했다. 요란쇠는 우선 쓸개부터 찾아 따내고 밥통을 째서 똥을 털었다.

"아이고, 꿈에 나올까 무섭다. 너는 워뚷게 그런 일로 빠져갖고……"

누님은 이런 일을 하고 있는 사촌동생 요란쇠가 도무지 사람 같지가 않은 모양이었다.

"먹는 사람도 마찬가지쥬 머."

용안댁이 생글 웃음까지 띠며 누님의 말끝에 따라붙자,

"그렇게 멀 그릏게 열심히 보고 있어!"

만수씨가 대뜸 기차 화통 삶아먹은 소리를 내며 획 돌아섰다. 귓불까지 벌겋게 달아오른 것이 용안댁의 한마디에 비위가 틀린 모양이었다. 용안댁이 낼름 혀를 빼물고 만수씨의 등뒤에 주먹감자를 한 개 먹였지만, 요란쇠는 이미 앞다리는 앞다리대로, 몸통은 몸통대로, 분해하듯 떼내어 뼈마디마다 망치질을 했고, 용안댁이 그 옆에서 대충 씻어 솥에 담아 부엌까지 들여놓아주자, 작업은 대충 끝났다.

"성님, 비닐봉지 있으면 하나 찾어줘유."

"비닐봉지는 뭐헐라고?"

"저거 담어서 갖고 갈라고 그러는구먼유."

용안댁이 아직도 시멘트 바닥에 후줄근히 가라앉아 있는 내장을 가리켰다.

"얼레, 그 드런 걸 갖고 가서 뭐헐라고 그런다?"

"소가 잘 먹어유. 싸갖고 가서 그놈도 몸보신 좀 시켜야 쓰겄구먼유."

"소를 멕여?"

"왜유? 성님네가 잡술 거유?"

"아이고, 그런 소리 말어. 거 간이나 떼놓고 싹 쓸어가."

용안댁은 가죽과 내장을 따로따로 챙겨 자전거 꽁무니에 대롱대롱 매달았다. 개고기까지 매달린 봉지가 세 개였다. 내장도 갖고 가면 소만 먹는 게 아니라 요모조모, 찌갯감으로 오진 맛이 있었다. 그제야 요란쇠는 비로소 한 달 전 옥상 위에 펴놓고 간 염소 가죽이 생각났다. 그는 염소값이 얼마냐고 묻는 누님의 말을 등뒤로 들으며 도둑고양이처럼 살짝 옥상으로 올라갔다.

말린 염소 가죽이 어떻게 생겼을까.

어쩌다 가죽이 생겨도 삼거리 시장에서 헐값에 넘겨주곤 했기 때문에 요란쇠는 아직껏 말린 염소 가죽을 눈여겨보지 못했다. 하기야 모양새가 어떻든 무슨 상관인가. 남이야 뭐라든 어화둥둥 내 사랑, 그저 자신이 보기에 흉물스럽지나 않고 따뜻하면 된다고 요란쇠는 생각했다. 용안댁한테 장가들고 오 년 동안 기껏

고무신이나 구리무 한 갑 말고 뭐 한 가지 변변하게 선물이랍시고 해보지 못한 요란쇠로선, 염소 가죽 목도리에 대한 기대가 사뭇 컸다. 그러나 어찌된 영문인지 옥상 위로 물탱크 뒷자리는 시멘트 바닥만 싸느랗게 배를 내밀고 있었다. 바느질고리에 실바늘 떨어뜨린 것도 아니어서, 요란쇠는 한눈에 염소 가죽을 누가 가져갔다는 사실을 깨달았다.

대청마루의 분위기도 결코 안온한 것이 아니었다. 용안댁은 용안댁대로, 누님은 누님대로 입술을 빼물고 샐쭉하여 토라진 형편이었다. 염소값 때문에 암상스러운 대거리가 오고 간 낌새가 역력하였으나, 요란쇠는 우선 염소 가죽의 행방부터 알아보자고 마음을 다졌다.

"누님! 저 말여유……"

요란쇠가 이렇게 더듬거리는데 누님의 앙칼진 한마디가 요란쇠의 말끝을 잘라먹었다.

"누님 누님 혀쌓지 말어, 이놈아. 베룩도 낯짝이 있다고 아무려면 니놈이 나를 상대로 봉 잡을 작심을 혀?"

"아닌 밤중에 홍두깨라니 고건 또 무신 말이래유?"

"얼씨구, 안팎이 아주 잘 맞는구먼. 지난번엔 이번 것보다도 컸었는디 만 원 허고설라무네 인자 만 삼천 원여? 에라, 이놈아. 아무리 개장사를 해먹고 살기로 워디 그런 뱁이 있다냐."

"얼레, 속을 홀라당 까 뵐 수도 없고 사람 환장허겄네. 지난번 것은 크든 작든 그만큼 돈 들여 샀응께 그렇고, 요번 것은 아가 먹새 딱 부러지게 만 삼천 원 줬단 말여유. 땡전 한푼 안 냉기고 이 추위에 예까지 왔는디 사람 본정머리 읎시 그러면 못써유. 나 같으면유, 춘디 욕봤응게 고깃근이라도 사들고 가라고 한 이삼 천 원 더 붙여주겄슈."

일사천리 청산유수로 요란쇠 대신 용안댁이 잘도 엮어대었다.

"그려서 요란쇠, 만 삼천 원 다 받어야 쓰겄어?"

이번엔 팔짱을 끼고 안락의자에 꼴깍 숨어 앉어 있던 만수씨가 뱁새눈을 하고 요란쇠를 향해 말했다. 자가용까지 타고 다니며 염소탕이다 개탕이다 돈지랄은 있는 대로 다 까발리는 언필칭 사장 나리가 돈 몇천 원에 발끈해서 나서는 게 요란쇠에겐 밸이 꼬이고 해괴망측해 보였지만, 이렇게까지 일이 꼬이고 보면 그저 수수방관할 수만도 없게 되었다.

"생각혀서 주슈. 매부헌티 염소 한 마리 공짜배기로도 디려야 옳을 틴디……"

"옛어. 천 원 얹어서 만 천 원잉게 더 늦기 전에 삐낙히 건너가게. 동기간인디 이런 것 갖고 섭섭해허지 말고……"

만수씨가 지폐를 요란쇠의 바지 주머니에 쑤셔넣어주며 있는 체모 없는 체모 다 부려가며 다북다북 어깨까지 두드려주고 펑

하니 안방으로 건너갔다. 누님이나 용안댁이 똑같이 부어터진 입술을 했지만 남자들끼리 끝낸 싸움이라 피차 더이상 말하지 않았다. 남편이 오죽이나 구두쇠였으면 누님까지 덩달아 저 모양일까 싶어, 요란쇠는 서운한 기분을 스스로 다독거렸다. 생각하면 친정의 사촌인바, 누님으로선 매부의 눈치 안 볼 수도 없는 처지일 터였다. 저렇게 성깔을 돋우는 누님의 속마음도 가히 좋지는 않을 거라고 요란쇠는 속으로 마음을 돌려먹었다.

"저, 누님. 혹시 말여유, 옥상에서 염소 가죽 한 장 못 봤슈?"

요란쇠는 일부러 아무렇지도 않은 듯 이렇게 물었다.

"염소 가죽? 그려 참. 고걸 니가 놓고 갔었구나!"

"맞어유. 워디 쳐났슈?"

"쳐놓긴. 시상에 그 드른 것을 워찌 거기다 놔둬? 끄들끄들 말렀길래 개집에다 깔었다."

"뭐유, 개집유!"

요란쇠가 재빨리 뜰로 나왔다.

찰리란 놈이 제집에서 우루루 쫓아나오며 악을 쓰기 시작했다. 그렇거나 말거나 요란쇠는 개집 앞에 무릎을 꿇고 가마니 위에 깔아뭉개진 염소 가죽을 꺼내들었다. 그것은 한마디로 요란쇠네 안방에서 쓰는 걸레만도 못했다. 개 오줌에 늙어 비윗살 뒤틀리는 냄새까지 났고, 찰리란 놈이 심심할 때마다 이빨로 물어뜯었는지 갈기갈기 찢어진 채였다. 요란쇠는 속이 잔뜩 상해 입술만 질끈 사려물었다.

"고걸 워디 쓸라고 그랬나?"

마루에서 고개만 내밀고 묻던 누님이 순간 뭔가 짚이는 게 있던지 눈을 크게 떴다.

"니, 혹시 목도리, 오호호호……"

누님은 마침내 웃기 시작했다. 처음엔 허리를 꼬며 웃고, 다음엔 뱃살을 거머쥐고 웃더니, 나중엔 아예 눈물까지 찔끔찔끔 싸가면서 끝도 없이 웃어젖혔다.

"거참, 오널 잡은 놈도 염소 가죽 놓고 가지. 아직도 날씨 춘게로 말려서 찰리헌티 한 장 더 깔어주게."

영문을 몰라 디룩디룩 눈알만 굴리던 만수씨가 자전거를 끌고 대문을 나서려는 요란쇠의 등뒤에 대고 이렇게 말했다. 요란쇠는 말없이 염소 가죽을 싼 비닐봉지를 풀어 마당에 내던지곤 읍장 관사의 측백나무 울타리까지 성큼성큼 걸어나왔다. 저만큼 읍사무소 이층 지붕 위에 청승맞게 달이 밝아도 누님의 신들린 웃음소리가 거기까지 쫓아와서 낼름낼름 혀를 빼물었다. 요란쇠의 눈가에 참말이지 지랄맞게 눈물까지 고이고 있었다.

신용다리까지 와서 요란쇠는 연무대로 뚫린 하얀 신작로를 버렸다.

여기서부터 두화 동네까지는 강경천을 따라 굽이굽이, 제방 위를 따라 길이 흘러갔다. 둑에서 둑으로 이어지는 짱짱한 이십 리 길이었다. 연무대에 시장이 생기기 전까지만 해도 이 길이야말로 두화 동네를 비롯한 인근 마을 사람들이 세상으로 나가는 유일한 통로였다. 닷새마다 한 번씩 강경장이 설 때면 새벽부터 점점이 흰옷 입은 무리들이 떼 지어 이 길로 흘렀다. 지게 있는 자 지게에 지고, 자전거 있는 자 자전거에 싣고, 그 외 대부분의 장꾼들은 보퉁이나 망태 하나씩 걸머지고, 깨알 같은 웃음소리 눈치 없이 풀어놓으며, 다박다박 성큼성큼 걷는 길이었다. 서리서리 묻어뒀던 알감자며, 통가리마다 그득그득 채웠던 빛깔 고운 나락이며, 오밀조밀 엮어 모셨던 알토란 같은 마늘접이며…… 그 모든 것들이 이 길을 통하여 나갔다. 때론 검정 고무신 한두 켤레를 위해, 할아버지 제사상에 쓸 조기 한 마리 사기 위해, 새우젓이며, 연필 한 자루며, 부러진 낫을 바꿔오기 위해.

그런 장날이면 소달구지 몰던 요란쇠는 항상 신이 났다.

소달구지 하나 가득 볏가마를 때려 싣고 이랴, 이랴! 하며 몰고 갈 때면 돌아오는 길에 태워달라고 말 잘 않던 동네 처녀도 덧니까지 드러내며 웃곤 했다. 돌아오는 달구지엔 언제나 하얗게 여자들이 올라앉았다. 제천댁의 입심 좋은 재담이 끝없었고 청상과부 살짝곰보가 육자배기를 불렀다. 달이 밝은 저녁이면 돌아오는 길이 더욱더욱 흐뭇했다. 달아달아 밝은 달아, 소고삐 잡은 요란쇠도 덩달아 초성 좋은 소리가 절로 나오는 게 그런 날이었다.

그러나, 오늘 요란쇠가 자전거를 몰고 가는 둑길은 달빛만 차갑게 가라앉아 있을 뿐, 제천댁의 재담도 살짝곰보의 육자배기 가락도 남아 있지 않았다. 이젠 연무대에 시장이 두 곳이나 생겼으니 강경까지 먼 장을 볼 필요도 없었고, 더구나 마이크로버스가 두화 윗동네 칠등까지 뚜르르 들어오니 이십 리 둑길을 걸을 일도 없었다. 말하자면, 둑길은 이제 제방으로서의 구실만 남은 셈이었다. 날씨 좋으면 황소나 갖다 매고 여름철엔 꼴 베러 나온 아이들이나 잠시 쉴 뿐 거의 인적이 없는 길이었다. 요란쇠는 요즘에 와서 강경장을 다녀 어두운 이 둑길을 혼자 돌아올 때면, 바로 그 때문에 괜히 서운하고 쓸쓸한 기분까지 들었다.

"허긴 나도 인자 소 구루마 끄는 게 아닌디⋯⋯"

그는 이렇게 소리내어 중얼거리기까지 하였다. 그래도 역시 허전하게 찬바람 도는 가슴은 매한가지였다.

"워찌 그리 말이 읎댜?"

요란쇠의 기분을 알아차렸는지 등뒤에서 요란쇠의 허리를 부둥켜안고 앉아 있던 용안댁이 두 팔에 힘을 주며 말했다. 멀리 가물가물 두화 동네의 저녁 불빛이 보이고 그 왼편에 좀더 환한 연무대, 그리고 한가운데 선들 동네를 포위하듯 하고 있는 벌판은 달빛 속에서 한없이 깊게 가라앉아 보였다.

"춰?"

움푹 파인 곳을 피해 자전거의 핸들을 옆으로 꺾으며 요란쇠가 악을 쓰듯 말꼬리를 텄다.

"아녀, 목도리를 헌게 워뜽게 따신지 모르겠어……"

용안댁이 말끝을 흐리며 요란쇠의 등에 얼굴을 모로 포개댔다.

"당신만헌 사람 증말 읎을 겨……"

"무슨 소리여, 나헌티 시집와갖고 임자만 괜시리 고상이지. 갱갱이 누님 좀 봐. 그 목도리 하나에 몇만 원씩 헌다잖여."

"그런 거 나 하나도 부럽지 않구먼. 이 목도리가 워쩌서 그려."

용안댁이 요란쇠의 허리에서 오른손을 빼냈다. 아마 목도리를 만지작거리고 있는 모양이었다. 요란쇠의 얼굴에 만족스러운 미소가 떠올랐다. 그는 누님댁에서 나오다가 가게에 들러 용안댁에게 털목도리 하나를 우격다짐으로 사주었다. 용안댁이 천칠백 원짜리 털목도리가 웬 말이냐고 펄쩍 뛰었지만, 그는 모처럼 아내 앞에서 남편답게 고집을 부렸다.

"임자도 참 무던헌 사람여."

요란쇠는 여전히 미소를 띤 채 이렇게 말했다.

목도리를 사고 나자 그녀가 부득부득 어머니의 털신과 휴가 나온 셋째의 내복 한 벌을 사자고 졸랐고 요란쇠는 마지못한 듯 용안댁 뜻에 따라 그것들을 샀다. 생각지도 않던 지출이었지만 용안댁의 맘 쓰는 게 고마워서 요란쇠는 그 점에 대해 한마디도 하지 않았다. 이틀 후에 귀대할 셋째에게 찔러주기 위해 돈 만 원을 마련해둔 것도 사실은 용안댁의 따뜻한 배려가 아닌가. 장 삿길에 나서선 여자답지 않게 요령 좋게 적당히 설치면서도, 집 안 꾸려나가는 덴 인정 많고 서글서글한 용안댁이 요란쇠에겐 그저 한없이 미덥기만 하였다.

"하야칸에 당신 짐승 잡는 디는 최고여. 아까먹새도 염소 새깽이 한 마리 잡는디 반시간도 안 걸렸당게."

"반시간 걸렸으면 잘 잡은 것도 아닌디……"

"무신 소리. 아, 뒷재빼기 영팔이는 개 한 마리 잡을라고 한 시간도 넘게 씨름했다잖여!"

"멍청허게 짐승을 다루게 그렇지. 임자 말대로 칼잽이야 워디 영팔이가 나 따러오겄어, 헤헤헤……"

요란쇠가 엉덩이를 번쩍 들어올렸다. 기분이 좋을 대로 좋을 때 그는 엉덩이를 번쩍 들어올리는 버릇이 있었다.

"그려서 당신이 요란쇠 아녀? 칼잽이로야 아, 이 바닥에서 당신만큼 요란헌 사람 워디 있겄어!"

용안댁의 이 한마디에 요란쇠의 엉덩이가 더욱 팽팽하게 당겨져 올라갔다. 누님 집에서 잡쳤던 기분이 싹 가시고 이젠 완연히 새 힘이 솟았다. 스스로 자신 있는데다가 이렇게 마누라까지 알아주지 않는가.

"다이도(달도) 밝다."

용안댁이 더욱 요란쇠의 허리를 끌어안으며 장단을 맞췄다.

"마이나(말이나) 또이또이(똘똘)."

"두이다(둘 다) 바아보!"

마지막을 둘이 소리를 합쳐 내고 함께 웃었다 정월 보름이 지난 지가 일주일이 넘은 반달이지만 아직도 옹골차게 달은 밝았다. 반으로 딱 쪼개진 사기그릇 같은 달이 두화 동네로 활대처럼 휘어져나가는 포변 수문 위에 상큼하게 올라앉아 있었다.

"낼은 여산장이지?"

"암, 여산장이사 빈손으로 가도 괜찮지 뭐."

"새벽에 장에 가다 오늘맨키로 팽이 새끼 두 마리만 또 얻어걸렸으먼……"

"헤헤…… 그렇게만 사뭇 되먼야 올봄에는 선자 열 마지기도 문제없겠네."

"아따, 워찌 선자랴. 반달만큼 남었어도 내 논을 사야지."

"그려? 엄니도 내 앞에 논 한 마지기만 있어도 맘놓고 눈을 감겠다는디……"

"헐 수 있어. 있고말고. 우리 논을 살 때가 곧 있을 겨."

요란쇠는 논을 산다는 생각이 떠오르자 꺽꺽 숨까지 막힐 지경이었다.

아버지 적부터 얼마나 논을 갖고 싶어했던가. 몇십 년을 한결같이 그 너른 벌판의 한 자락을 떠나지 못하고 살아왔으면서도, 자신의 논에 쟁기질 한번 못해보고 눈을 감은 아버지였다. 그저봄, 여름, 가을, 겨울 남의 집 궂은일이나 해주고 여섯 남매 올망졸망 거느려 눈칫밥 얻어먹기 바빴던 아버지. 자신이 죽기 전날에도 방앗간집 할머니 송장을 묶어내고 괴춤에다 꿰미질한 돼지고기를 감춰오던 아버지가 아니었던가. 그런데 이제, 그 아버지가 몽매에도 잊지 못하던 논을 사게 된다. 용안댁이 산다고 장담했으니 백발백중 틀림없을 것이고, 그렇게만 되면 어머니의 유일한 소망도, 맘놓고 눈감을 수 있게 풀어지는 것이다. 여산장도보고, 익산장도 보고, 삼거리장, 연산장, 논산장, 그놈의 장날마다 어서 와서, 열 마리, 스무 마리, 멍멍이한테 칼질도 하고, 흑염소에 망치질도 하고, 돼지 불알도 단칼에 발겨줬으면 싶었다.

얼씨구 절씨구 잘헌다
품바품바 잘헌다

껑충 뛰면 연산장
신발 없이 못 보고

갑자기 요란쇠가 목줄기를 빳빳이 세우며 한가락 척 뽑아 넘
겼다. 돼지 멱따는 소리처럼 앙알앙알 갈라진 소리였으나, 어칠
비칠 페달을 밟는 리듬에 맞춰 어깨춤까지 곁들였기 때문에 요
란쇠의 가락 속엔 독특한 흥취가 절로 났다. 이어 기다렸다는 듯
용안댁이,

논산장을 보았드니
새서방 많어 못 보고
황등장을 보았드니
영감이 많어 못 보고

이번엔 다시 요란쇠가 더욱 잦은가락으로 엉덩이까지 들썩거
리며 한바탕 어우러지는데,

연무대에 삼거리장 술집 색시 제일이요
익산왕궁 금마장은 처녀 장군 제일이요
서서 보는 여산장은 마늘 곶감 제일이요

코 풀었다 강경장은 새우젓이 제일이요

얼씨구절씨구 잘헌다

품바품바 잘헌다

절씨구얼씨구 잘헌다

품바품바 잘헌다

이때, 잦은가락이 호흡을 한차례 꺾어 넘기 전에, 자전거가 주르르 미끄러지다가 벌렁 넘어졌다. 길 가운데 모아둔 두엄자리를 피하다가 잘못해서 경사를 타고 뒤뚱뒤뚱 둑 아래로 내려섰던 것이었다. 용안댁과 요란쇠가 한데 어울려 두서너 번 재주를 넘었다. 재주를 넘으면서 그들은 끼들끼들 웃었고, 결국 요란쇠의 배 위에 용안댁이 포개져 멈췄을 때도 웃음소리를 멈추지 않았다.

웃으면서 슬금슬금 용안댁의 한 손이 요란쇠의 괴춤 속으로 기어들어왔다.

아랫배가 만져지고 성글성글 일어선 털이 만져지고 마침내 요란쇠의 그것이 용안댁의 손아귀에 턱 들어왔다. 말라붙은 잔디 아래로부터 냉기가 솟구쳐올라왔지만 요란쇠의 사타구니엔 금방 따뜻한 피가 돌았다.

"먼 짓여, 임자 출 틴다……"

"춥기는 머가 춥다고 그런댜, 날씨야 선선한 게 좋기만 하구먼. 히히……"

용안댁이 또 웃고 요란쇠도 따라 웃었다. 하긴 셋째가 휴가 온 동안 막내가 요란쇠 방으로 건너와 잤기 때문에 맘놓고 볼일을 못 본 지가 보름이 다 됐다. 용안댁이 아래에 깔리자 그는 허리띠를 풀고 이미 건강하게, 숨 돌릴 사이도 없이 쭉 곧게 일어선 그것을 달빛 속으로 내놨다. 달빛이 그것의 힘을 당해내지 못하고 파랗게 죽어갔다. 바로 이 순간, 어디선지 와 하는 함성이 들렸다. 속곳을 끌어내리던 용안댁의 머리가 불끈 들렸다.

"워쩐 소리여?"

"애들이 쥐불 놓고 있잖여!"

과연, 손에 잡힐 듯 가까워진 두화 동네 어귀의 둑이 환하게 불타고 있었다. 낼름거리는 불꽃 속에 아이들이 어른거리는 그림자도 보였다.

"워쩟! 참 보기 좋네, 잉."

용안댁이 달빛 속에서 파르르 떨며 꿈꾸듯 중얼거렸다. 정말이지 벌판과 둑의 끝자락에서 타고 있는 그 불빛은 수만 송이 불붙는 꽃과 같았다. 야릇야릇, 어둠을 밝혀들며, 불꽃이 그들 부부가 아랫도리를 홀랑 까뒤집고 뒹구는 이 자리도 지나고, 포변 수문도 지나고, 신용다리도 지나고, 강경의 비린내 나는 개펄까지 지나서, 넓고 넓은 성동벌판의 둘레마다 화려하게 피어 일어설 것 같았다. 요란쇠는 무릎을 꿇고 괴춤을 쑥 내린 뒤에 용안댁 위로 단번에 엎어지면서 목덜미를 한 번 부르르 떨었다. 된장에 풋고추 꽂히듯이 그는 용안댁의 풍성한 몸안으로 꽂혀 들어갔다. 신선하고 힘찬 기운이 전신에서 쨍쨍하게 피어오르니 그는 단숨에 불꽃같이 타오를 수 있었다. 내일 여산장에도 복 있는 고양이 두 마리 왜 없겠느냐는 확신 속에서.

–

열아홉 살의 겨울

독서실로 경애가 나를 찾아온 것은 희끗희끗 싸락눈이 내리던 날 저녁 여섯시였다.

　"나와."

　침침한 층계에 경앤 서 있었다.

　"어딜?"

　"좌우간 나오라니까!"

　그애는 층계 밑으로 먼저 걸어내려가며 쨍하고 소리질렀다. 나는 외투를 걸치고 밖으로 나왔다. 빌딩 사이엔 음산한 어둠이 내리덮이고 있었다.

　"왜 그러니?"

　"뭘?"

"뿔이 돋았잖아."

뿔이 돋아난 경애는 꽃사슴처럼 예뻤다. 털모자를 꾹 눌러쓴 이마 아래, 희고 반듯한 콧날이 차갑게 보였다. 유리그릇 같았다.

"클럽에 가."

"돈이 없는데……"

"돈은 내게 있어."

"좋아!"

우린 낙원동 고고클럽으로 직행했다. 실내는 어둡고 탁했다. 빨간 조명이 꽃잎만큼씩 잘리며 우리들 발밑으로 어지럽게 떨어졌다. 비틀스가 악을 썼다. 한참 동안 몸을 흔들자 알맞게 열기가 차왔다.

"웬 놈의 술을 그렇게 마시니?"

"어때서?"

"물 먹듯 하니 말이야."

"취하고 싶어."

연거푸 맥주잔을 들어올리며 경애가 말했다. 다른 때하곤 분위기가 달랐다. 말끝마다 예리한 섬광이 묻어나왔다.

"무슨 일이 있었는지 말해봐."

"나이 먹은 체 좀 안 할 수 없어? 힐끔거리지 말고 술이나 따라!"

나는 또 맥없이 잔을 채웠다. 맥주 거품이 솜사탕처럼 피어올랐다.

"술도 못 먹는 게 순 깡이군, 깡이야."

경애는 담배는 잘 피우면서 술을 못했다. 두어 잔만 먹어도 현기증 때문에 비틀거렸고 다음날 만나보면 얼굴이 퉁퉁 부어 있기 일쑤였다.

우린 처음 학관에서 만났다. 비가 주룩주룩 내리던 여름이었다. 막 학관을 나서는데 그애가 등뒤에서부터 내 우산 속으로 뛰어들었다. 단발머리여서 나는 그애가 고작 여고 1, 2학년인 줄만 알았다. "어디까지 갈 거니?" 내가 물었고, "거긴?" 그애가 반문했다. "거기라니?" "그럼 뭐라고 하니? 자기라고 부르니?" 그앤 시치미를 뚝 떼고 앞만 보며 톡 쏘았다. "말 세탁 좀 해야겠다." "첨엔 어느 쪽에서 구리게 나갔는데?" "나야, 오빠 같잖아." "웃기지도 않네. 봐. 나도 있잖아, 59년생이라고." 그애가 내미는 걸 엉겁결에 받고 보니 학관 수강증이었다. 고경애, 1959년 9월 18일생, 그렇게 쓰여 있었다. "생각보다 나이배기군, 너?" "동갑이지?" "아니, 나보단 한 살 적어." "그럼 삼수생이게?" "응." 나는 고개를 끄덕거렸다. 삼수생, 어느 나라 사전에도 없는 그 낱말이 내 혈관을 찔렀다.

그렇다. 나는 삼수생이고 그앤 재수생이었다.

한 달에 한 번씩 시골에서 향토장학금이 왔다. 학관비와 독서실료를 빼고 나면 밥값이 항상 적었다. 밤이 깊으면 신경은 갈래갈래 찢어지고 입술은 까칠하게 말라붙었다. 공부도 안 됐다. 그저 오갈 데 없는 삼수생의 참담한 그늘만이 내 안에 어머니의 주름만큼 쌓여갔다. 그럴 때 그애가 내게 왔다. 재수생과 삼수생은 쉽게 친구가 되었다. 공부보다는 분식센터에 가서 아이스크림을 핥거나 고고를 추러 다니거나 침침한 막걸릿집 구석자리에 앉아 담배를 태워 없애는 데 많은 시간을 소비했다. 가급적이면 모든 걸 소모하고 잠자듯 죽어버리는 게 우리들의 꿈이었다.

돈은 대부분 경애가 냈다.

경애네는 부자고 난 가난뱅이였다. 우리가 세상을 향해 지니고 있는 불만과 자기분열은 부피에서 같았으나 질에서 달랐다. 부잣집 애의 자기분열과 가난뱅이 애의 자기분열은 고고의 급박한 리듬이나 막걸릿집의 탁한 그늘 속에서만 아픈 자리를 같이할 수 있었다. 그래도 경애는 술은 잘 마시지 못했다. 그애가 술을 먹으면 그 뒷감당은 고스란히 내 차지였다. 성북동 그애네 집 대문은 우리집 지붕보다도 훨씬 높았다. "다이너마이트가 있었음……" 취한 경애를 그 대문 앞까지 바래다주면 그앤 항상 이렇게 중얼거렸다. "차라리 불을 지르지 그러니?" "이건 불에도 타지 않아. 봐. 두들겨도 끄떡없잖아!" 경애는 발작적으로 자기

집 대문을 두들기곤 했다. 대문은 끄떡도 안 했고, 그 대신 내 쪽에서 비칠비칠 뒷걸음질을 쳤다. 참, 대문이 너무 좋아도 불행할 수 있는 거구나. 돌아오면서 나는 대개 미친놈처럼 킬킬거리고 웃어댔다. 재작년 여름인가, 어쩌다 고향집 대문을 발로 찬 적이 있었다. 한잔 먹은 기분에 발길이 가볍게 올라갔던 것인데, 판자로 된 쪽문이 벌렁 나가떨어졌다. 밤새 형에게 잔소리를 들어야 했다. 대문 허술한 건 손톱만큼도 생각하지 않고, 형은 그저 내 발길의 힘 좋은 것만 나무랐던 것이었다. 경애는 대문이 너무 견고해서 불행했고, 나는 대문이 너무 허술해서 불행했다. 그것이 경애와 나의 다른 점이었다.

클럽에서 나왔을 땐 밤 열한시였다. 내가 경애와 팔짱을 꼈다.

"비틀거리지 마."

"놔!"

"취했으면서⋯⋯"

"놓으라니까!"

경애가 거칠게 내 팔을 뿌리치더니 어두운 골목길에 풀썩 쓰러졌고, 꾸역꾸역 먹은 것들을 토해내기 시작했다. 나는 도닥도닥 그애의 등을 다독거리며 하늘을 올려다보았다. 별은 보이지 않았다.

"좋구나!"

"좋긴 자식아, 지저분하게 저런 계집앨 워찌 먹겠노?"

비틀비틀, 어깨동무를 하고 지나가던 남자 두 명이 우리에게 들으라는 듯 제멋대로 떠들었다. 여전히 싸락눈이 내리고 있었다. 어디선가 크리스마스캐럴이 들려왔다. 종로 쪽인 것도 같고 담벼락 안쪽의 이층집인 것도 같았다.

"애기가 죽었대!"

갑자기 경애가 소리질렀다.

"뭐라고?"

"참새도!"

"애기니, 참새니? 그게 어쨌다는 거니?"

"아까 집에 들어가보니까 우리집 정원사 아저씨의 애기가 죽었다잖아."

"왜?"

"수술비가 준비 안 돼서 몇 시간 미루다가 그리됐대. 세 살짜리 여자애였는데 굉장히 귀엽게 생겼었어."

"너희 아빠가 수술비를 마련 안 해줬구나?"

"우리 아빤 이상스러울 정도로 종업원들한테 인색해. 쩨쩨하게 식모 월급까지 깎으려드는걸."

"별일이다."

"일하는 아줌마한테 그 얘길 듣고 나니까 속이 발끈 뒤집히지 뭐야. 괜히 막 악을 쓰고 싶고."

제가 토해낸 오물을 발로 비비며 경앤 또박또박 말했다.

"그래서 어쨌어?"

"아빠 방으로 쳐들어갔지. 그랬더니 글쎄, 창문을 향해 서 있던 아빠가 쉬 하면서 손가락을 입술 위에 세우지 않겠어."

"왜?"

"공기총을 겨누고 있었거든."

"누구한테?"

"누군 누구야, 참새지. 정원엔 늘 참새가 날아들거든. 요즘엔 사냥이 금지돼 있으니까 창을 통해서 그거라도 잡는 거야."

"그래, 많이 잡았니?"

"응, 아빠 앞의 창턱엔 피가 말라붙은 참새가 여러 마리 올려져 있었어. 더 견딜 수가 없더라. 짐승처럼 달려들어 물어뜯었지."

"뭘, 참새를?"

"참새라니, 웃기지 마. 아빠의 넓적다릴 꽉 물었지."

"이런 나쁜 자식 봤나!"

"나쁜 자식은 우리 아빠야!"

경애가 칵 하고 침을 뱉었다. 광화문까지 왔을 때 눈바람은 더욱 거칠어졌다.

"춥지?"

내가 물었다.

"응, 추워."

"눈 때문이 아니라 바람 때문이야."

"것도 말이라고 해!"

한차례 목덜미를 부르르 떨면서 경애가 눈을 하얗게 흘겼다. 바람은 광화문 넓은 길에서 불어왔다. 차들이 쏜살같이 이순신 장군의 발밑을 지나가고 있었다. 마치 지구 한쪽이 옆으로 무너져 앉아 저절로 휩쓸려가는 듯 보였다.

"이순신 장군은 떨지 않는군."

"장군이니까……"

종각 앞에 엉거주춤 선 내게 착 감겨들며 경애가 소곤거렸다.

"아냐. 갑옷을 입었으니 안 떨지."

"어쨌든……"

"갑옷은 쇠야. 쇠는 뭐든지 다 비정하거든. 추위 따위엔 떨지 않아. 너희 아빠도 따져보면 쇠로 된 갑옷을 입었을 거야!"

나는 결연히 말했다. 서울엔 이순신 장군과 같은 어른들이 너무도 많았다. 지퍼마다 착착 올리고 단추마다 빼놓지 않고 튼튼하게 잠근 어른들에겐 추운 겨울이 없었다. 그렇지만 나는 난감했다. 날씨는 춥고 자정은 가까웠다. 택시를 타야지, 하고 나는 생각했다. 택시라도 태워야 통행금지가 시작되기 전에 경애네 성북동 집 대문까지 무난히 데려다줄 수 있기 때문이었다. 나는 조급하게 차도 쪽으로 한 발 내디뎠다.

"어쩌려고?"

경애가 뒤에서 내 허리를 붙잡았다.

"데려다줄게."

"싫어!"

경애가 완강하게 도리질을 했고, 나는 맥이 풀렸다.

"그럼 어떡해?"

"……"

잠시 동안 고개를 떨구고 서 있던 경애가 말했다.

"집엔 안 갈래. 들어가기 싫어. 숨이 막히는걸."

"그, 그럼……"

"아무데나 데리고 가. 자기 자취방이라도……"

"거긴, 나 혼자가 아니야."

형만이가 떠올랐다.

형만인 중학교까지 동창이었다. 형편이 닿지 않아 중학을 마친 뒤 곧장 전자제품 회사에 취직을 했다. 종일 납땜을 하는 어려운 일이었지만 사오 년 경력이 생기니까 제법 월급이 많아진 모양이었다. 방을 하나 얻어서 자취를 했다. 퇴근하고 나오면 양복으로 쪽 뽑아입고 휘파람을 불며 나갔다. 여자애들을 만나러 가는 모양이었다. "너도 인마, 대학 걷어치우고 취직이나 해라. 공돌이에겐 공순이가 있고, 커피 마시러 폼 잡고 돌아다님 모두 거기서 거기야. 밤낮없이 그놈의 책만 펴놓고 앉아서 궁상을 떠니 냄새 안 나니?" 곧잘 이렇게 큰소리를 쳤다. 그러다가도 술에 취해 돌아오는 날은 내 참고서들을 혹은 집어던지고 혹은 부둥켜안으며 짐승처럼 울 때도 있었다. "난 말야. 대학생들이 젤 부럽더라. 괜히 네놈에겐 폼도 재보지만 그게 다 질투가 나서 그러는 거야. 씨팔 것, 공돌이 노릇 백년 해봤자 세월 빤한 거 아니니? 어떤 놈은 그나마 저축한다 어쩐다 하면서 기를 써보지만 말짱 도루묵이라고. 난 저축 같은 건 안 해. 속상한 만큼 공순이들하고 헬렐레 놀고 한잔 칵 걸치면 그만이지……" 형만인 횡설수설하며 발광을 떨었다. 내가 그의 자취방에 껴든 것은 가을이 설핏 기울어서 독서실에선 추위 때문에 잠을 잘 수 없을 때였다. 처음엔 그런 줄 몰랐는데 날이 갈수록 나를 대하는 녀석의 태도에 변덕이 죽 끓듯 했다. 그 변덕에 이를 맞춰대자면 한이 없었다. 나는 녀석의 눈치를 받지 않으려고 늘 자정이 다 돼서야 슬그머니 들어가 잠자리에 끼어들곤 했다. 그런 곳엘 경애까지 끌고 들어가다니, 그건 말도 되지 않는 소리였다.

"바보!"

마침내 휙 고개를 돌리며 경애가 낮게 소리쳤다.

"남자들은 여자를 먹는다고 그런다면서?"

"……"

"오늘밤 날 먹어봐. 정말이야. 먹어보라니까!"

경애의 말소린 낮았지만 비명처럼 들렸다. 나는 꼴깍 마른침을 삼켰다. 눈은 여전히 왔다. 이순신 장군의 머리에도 하얗게 눈이 쌓여 있었다. 『어린 왕자』가 떠올랐다. 모자의 모양을 그려놓고 뭐냐고 어른들한테 물었었지. "그건 모자다" 어른들은 대답했고, "아뇨. 이건 모자가 아니에요" 어린 왕자는 말했다. "모자라니까!" "이건 코끼리를 삼킨 보아구렁이에요. 모자가 아니라고요." 어른들은 왜 구렁이 뱃속의 코끼리를 보지 못할까. 경애네 아빠 왜 경애의 외로운 절망은 바로 보지 못할까. "정말 소중한 것은 마음의 눈으로 보는 거야. 어른들은 너나없이 마음의 눈이 멀어 있거든." 어둠 속에서 반짝 살아나며 '어린 왕자'가 말하는 것 같았다.

우리는 손을 맞잡고 뒷골목으로 걸어들어갔다.

골목마다 은밀하게 어둠이 숨겨져 있었다. 그 어둠의 한 겹을 도려내며 저만큼 네모진 여관 간판이 하얗게 떠 있었다. 주춤주춤 우린 현관으로 들어섰다.

"꽉 찼습니다."

중년 여자가 손바닥만한 창에 눈알만 내놓고 말했다.

"뭐, 뭐라고요?"

"찼어요. 빈방이 없다니까!"

탁 하고 창이 닫히는 소리가 났다. 허둥지둥, 들어갈 때보다도 더 추위를 느끼며 우린 밖으로 나왔다. 주말이었다. 다음 집도 또 다음 집도 우리들이 추위를 피할 빈방은 남아 있지 않았다. "야, 이 개새끼들아!" 골목 끝에서 취한 남자가 혼자 악을 썼다. 그는 전신주를 머리로 들이받고 있었다. "넘어져. 넘어져봐!" 남자는 두 번 세 번 악을 쓰며 전신주를 받았으나 전신주는 끄떡도 하지 않았다.

"우리 아빠와 똑같네."

경애가 부르르 떨면서 말했다.

"뭐가?"

"저 전신주. 아무리 받아도 탄탄하게 서 있거든."

"부자라 그런 거야."

"아냐. 나이를 먹어서 그럴걸……"

"부자라서 그렇대도!"

우린 광화문을 지나 궁정동 쪽으로 걸었다. 계속해서 여관문을 열고 들어갔으나 계속해서 빈방이 남은 곳은 없었다. 자정이 넘었는지 자동차도 보이지 않았다. 나는 절망하였다. 집집마다 담장은 높고 대문은 튼튼하게 닫혀 있고 어둠은 서리서리 차가 웠다.

"다리 아파 죽겠어."

그때, 반짝 내 시야에 잡혀드는 게 있었다. 철거하다 만 이층 집이었다. 자하문 고갯길 근처였다. 먼길을 걸었기 때문에 경애가 참지 못하고 주저앉아 있었다. 갈 데가 없으니 그 집으로라도 들어가 밤을 새워야 할 것 같았다. 골조만 썰렁하게 남은 채 빈집이었다. 우리는 손을 잡고 조심스럽게 안으로 들어갔다.

"귀신이 나올 것 같아."

여기저기 구멍은 뚫렸으나 그래도 천장의 흔적이 남아 있는 한편 구석으로 가면서 경애는 말했다.

"눈 귀신이라면 순결해 뵐 거야."

"순결이 뭔데?"

"몰라."

우린 각목이 굴러 있는 바닥에, 떨어진 문짝을 올려놓고 나란히 앉았다. 드러난 철근 더미 저쪽엔 잠든 도시와 쌓인 눈과 수은 등의 하얀 빛이 환히 내다보였다. 경애가 내 손을 붙잡아서 제 티셔츠 속으로 가져갔다. 가슴속에 두근두근 기차가 오고 있었다.

"내 손, 차갑지?"

떨면서 난 말했다. 눈을 감은 채 그애는 조용히 도리질만 했다.

"쬐꼬맣구나."

솜털이 부스스 깨어 일어났다. 경애의 가슴은 엎어놓은 사기 종발만했다. 그것이 손바닥 안에 쏙 들어오자 숨이 막혔다.

"아, 어서 아침이 왔음 좋겠다. 기차를 타고 잠이 들면 아침이 빨리 오는데……"

"아무 소리 말아!"

경애가 짧게 내쏘았다.

"바보. 난 떨려서 그런단 말이야."

경애가 조용히 문짝 위로 누웠다.

"여기야……"

더듬거리는 내 손을 제 바지의 자크에 갖다대주며 경애가 한 차례 목덜미를 부르르 떨었다. 어디선가 컹컹컹 개가 짖고 있었다. 아주 조용하고 긴 밤이었다. 우리들은 피차 아주 서툴렀으나 최소한 길을 알고 있었다. 어느 순간은 너무 성급해서 문제였고 어느 땐 너무 길이 아닌 곳을 길로 착각해 문제였다. 그렇지만 우리가 합의로 함께 가고 싶은 길이었으므로 그 정도의 시행착오가 문제될 건 없었다. 그애는 아픈 눈치였지만 비명을 지르진 않았다. 상상했던 것만큼 황홀한 길은 아니었다. 그 길로 가는 일은 어둡고 축축했고 조금 슬펐다.

기묘한 생활이 시작됐다. 처음엔 아랫목에 경애가 눕고 그다음엔 내가 눕고 맨 끝에 형만이 누웠다. 형만인 밤마다 조금씩 술냄새를 풍기며 들어왔다. 경애는 밥을 할 줄 몰랐다. 연탄 구멍도 맞추지 못했다. 하루종일 고물 라디오를 틀어놓고 FM만을 들었다. 앤드루 골드의 노래를 제일 좋아했다. 특히 〈외로운 소년Lonely Boy〉이 나오면 고개를 까닥까닥하면서 따라 불렀다.

"안녕 엄마, 안녕 아빠. 저는 이제 갈 길을 가겠어요…… 69년 겨울에 소년은 집을 뛰쳐나왔지. 그러곤 잃어버린 사랑을 찾아 헤맸어…… 오, 외로운 소년……"

노래를 부르다 경앤 잠들었다.

형만인 뒤척이면서 밤새 잠을 이루지 못하는 것 같았다. 아침에 보면 경애의 뺨엔 눈물이 한두 줄기 말라붙어 있었다. 쌔근쌔근 숨결 소리만 골랐다. 옷을 입고 방문을 열고 나가며 형만인 꼭 한 번씩은 잠든 경애를 뒤돌아보았다. 반뜩반뜩, 칼끝처럼 예리하게 타오르는 열망의 시선이었다.

"형만이의 눈빛을 만나면 나까지 덩달아 목이 말라."

"그애는 가난한 공돌이야. 네 손가락 때문에 더욱 미치겠대."

나는 대답했다. 경애의 손가락은 하얗고 길고 섬세했다. 만지면 그대로 부서져 고운 가루만 남을 마른 꽃잎 같았다. 형만이의 시선이 언제나 경애의 손가락에 멈추면 탐욕의 색깔로 탈바꿈한다는 걸 나는 알고 있었다.

"손가락이 어때서?"

"형만이가 만지는 여자애들 손은 너 같지 않거든."

"왜?"

"이 바보 같은 계집애야!"

나는 소리쳤다.

"그앤 공순이들 손만 만져본단 말이야. 하루 열두 시간씩 일하고도 점심을 걸러야 되는 가난한 여자애들 손이 어떻게 생겼는지 알아?"

"몰라."

"모르면 넌 네 아빠와 똑같아. 알았어? 형만인 네 손이 탐나서 괴로운 거야."

"그럼 만져보지."

"뭐?"

"형만이보고 내 손을 만져보라고 그래. 이 손, 하나도 아깝지 않아. 누군 모를 줄 알고. 나도 있잖아, 기껏 눈물이나 닦아내는 내 손이 부끄럽단 말이야……"

갑자기 경애가 훌쩍훌쩍 울기 시작했다.

그날 밤부터 경애의 잠자리는 형만이와 나 사이로 옮겨졌다. 그애가 제안하고 고집을 부린 결과였다. 그애는 여전히 〈외로운 소년〉을 콧노래로 부르다 잠들었다. 똑바로 천장을 향해서 누운 경애의 양손은 공평하게 형만과 내게 분배되고 있었다. 언제부터인지, 우리는 그것을 자연스럽게 받아들였다.

겨울은 춥고 길었다.

판잣집 지붕의 갈기갈기 찢긴 루핑을 잡아먹으며 바람은 사정없이 허름한 문틈과 얇은 벽을 뚫고 방안으로 쳐들어왔다. 연탄한 장으로 덥히는 좁은 방에선 자정만 넘으면 자리끼 물도 꽁꽁 얼어붙었다. 달동네 손바닥만한 방 한 칸이 우리가 몸을 뉠 수 있는 지구상의 유일한 공간이었다.

"추워……"

내게 등을 보이고 돌아누우며 경애는 이따금 중얼거렸다.

아침이 오면 어느 때는 형만이 쪽, 어느 때는 내 품안으로 경애가 들어와 있었다. 그렇다고 패를 갈랐다는 건 아니었다. 그애가 어느 쪽 가슴에 들어가 있든지, 우리는 언제나 한덩어리로 잠들었다. 나는 그렇게 생각했다. 내 체온이 경애를 통과하여 형만에게 갔고 형만이의 체온이 역시 경애를 지나서 내게 왔다. 우리들에게 겨울의 추위를 이겨갈 재산이라곤 체온밖에 없음을 우리는 잘 알고 있었다. 그래서 우리는 서로가 서로를 배반하지 않았다. 크리스마스가 다가오고 있었다. 형만이가 공장으로 출근하면 남은 경애와 나는 다시 잠들기 일쑤였다. 정오가 다 돼서야 깨어 일어날 때도 있었다.

"나가."

"어딜?"

"어디든지?"

어디든지 진종일을 쏘다녔다. 나는 거의 대학을 단념하고 있었다. 경애도 마찬가지였다. 진열장마다 크리스마스카드가 예쁘게 걸려 있고, 사람들은 공연히 살기등등해 보였으며, 버스는 미친듯이 네거리를 달려가고 있었다. 어느 때는 나만 남겨두고 형만이와 경애만이 외출할 때도 있었다. 그들은 자정이 다 돼서야 얼굴을 벌겋게 해가지고 들어왔다.

"한잔씩 더 해!"

소주병 마개를 입으로 따며 형만이는 말했다. 경앤 코를 틀어쥐고 맑은 소주를 단숨에 마셨다. 취해서 우린 서로서로 부둥켜안고 넝마처럼 쓰러져 잠들었다. 취해서 잠드는 것이 훨씬 더 편안하고 좋았다.

"시골에서 소식 없니?"

형만이는 때때로 내게 물었다.

"응……"

나는 우물쭈물했고, 형만이는 미간을 찌푸렸다.

"내 벌이론 셋을 당해내지 못해."

우리는 늘 배가 고팠다. 아무리 기다려도 시골집에서 부쳐올 향토장학금은 오지 않았다. "더이상 어떻게 혀볼 도리가 읎게 되았다. 새마을 사업장에 나갔다가 엄니가 크게 다쳤다. 보상비도 한푼 안 나올 모양인디 어떡허겠냐. 장리쌀 몇 가마 얻어서 치료비로 날리고 있다. 일등으로 합격혀서 돈 안 들이고 공부헐 자신이 읎으면 내려오니라. 오 급 공무원 시험이 곧 있을 모양이드라……" 형의 마지막 편지는 그렇게 적고 있었다. 빌어먹을 대학 같으니라고. 나는 자조하듯 남몰래 혼자 웃곤 했다. 대학이란 내게 일종의 신기루에 지나지 않았다. 그놈의 신기루가 이빨을 갈면서 수년째 내 모든 것을 조금씩, 그리고 완강하게 무너뜨리고 있는 중이었다. 둑이 무너진 자리엔 음울한 바람뿐이었다.

"독서실에 있으면 안 되니?"

형만이가 노골적으로 그렇게 물어왔다.

"생각해봐. 내 월급이 삼만 원도 채 안 돼. 말은 산업 전사 어쩌고 그럴듯하지만 우린 씨팔, 도리 없이 공돌이 아니니?"

"알았어. 알았다니까!"

나는 경애와 형만 몰래 처음으로 피를 팔러 갔다. 주삿바늘이 내 혈관을 깊이 쑤시고 박히니까 비로소 어머니 얼굴이 떠올랐다. 아아! 어머니. 아픈 것은 주삿바늘이 아니었다. "동녘에 해 뜰 때 어머님 날 낳으시고 귀엽던 아가야, 내 인생 시작됐네. 열

두 살 시절엔 꿈 있어 좋았네……" 어디선가 그런 가사의 노래
가 탁한 잡음과 섞여 들려오고 있었다.

　형만이가 공장에서 쫓겨난 것은 크리스마스를 이틀 앞둔 날이
었다. 형만이가 다니는 공장은 라디오를 만드는 공장이었다. 바
야흐로 라디오가 모든 이의 가장 믿을 수 있는 친구가 된 세상이
었다.

　"틀렸어!"

　엉망으로 취해 돌아온 형만이는 그렇게 말했다.

　"뭐가?"

　경애가 라디오를 끄고 일어나 앉았다.

　"크리스마스엔 경애 너하고 멋지게 좀 놀고 싶었거든. 근데 텄
어."

　"트긴 왜 터? 놀면 될 걸 가지고 괜히 뜸들이고 앉았네."

　형만이가 획 고개를 돌리고 경애를 바라보았다. 쩽하는 살기
가 서린 눈빛이었다.

　"넌 부잣집 애야. 공순이하곤 분식센터에서 저녁 먹고 삼류 극
장쯤으로 돌아줘도 감격하지만, 넌 달라. 나는, 어떻게 해서든지
널 감동시키고 싶었어. 고급 술집에도 가보고 호텔도 데리고 갈
참이었어. 그런데 씨팔……"

형만인 잠시 말을 끊었고, 불안한 침묵이 왔다.

"그래서 어떻게 됐단 말야?"

"라디오 부속을 좀 훔쳐내려 했어. 전파사에 팔면 꽤 돈이 되거든."

"어쩜!"

경애의 얼굴에 당장 비늘처럼 신선한 생기 같은 게 반짝 떠올랐다.

"근데 감독, 그 새끼가 봤잖아? 눈깔이 그야말로 스티브 오스틴이라니까. 이제 공장에서 모가지야, 난……"

형만이는 자신의 목을 손가락으로 쓱 그어 보였다.

"멋져라! 난 있잖아, 고급 술집이나 호텔 따위엔 감동하지 않아. 그 대신 훔친다는 말을 들으니까 괜히 신나!"

경앤 일어서서 좁은 방안을 뱅글뱅글 돌기 시작했다. 형만의 차갑게 살기 띤 시선이 경애를 따라가고 있었다. 나는 깊은 절망을 느꼈다. 우린 어차피 체온을 나누어 가질 수 있는 이상으로 가까워질 수는 없었다. 경애와 형만도 그렇고, 나와 경애도 그렇고, 그리고 형만과 나 사이도 마찬가지였다. 진실로 나누어 가질 수 있는 것은 어디 있단 말인가. 나는 침묵을 견딜 수 없어 라디오를 켰다. 캐럴이 총알처럼 튀어나왔다. 그때였다.

"있잖아. 우리집을 털면 어때?"

손뼉을 딱 치면서 경애가 말했다.

"현금은 몰라도, 장롱 안엔 엄마의 보석이 가득할 거야. 그중에 한 가지만 털어도 크리스마슨 근사하게 보낼 수 있어. 어때, 멋진 계획이지?"

한동안 형만과 나는 입을 다물고 있었다.

그것은 일종의 빛나는 충격이었다. 턴다, 경애네 집을 턴다! 참외나 수박 서리가 아니라, 삼인조 강도가 되어 대담하게 부잣집의 현금과 보석을 털어내는, 특수 절도였다. 특수 절도면 몇 년이나 감옥살이를 해야 되는 죄일까.

어렸을 적 오리쌀 한줌을 훔친 일이 있었다.

같은 동네 사는 기웅이 호주머니에서였다. 기웅이 할아버지 김초시는 동네에서 제일 부자고 세력이 좋았다. 형만이네나 우리집이나 김초시한테 소작을 부쳐 먹고살았다. 수염이 뻣뻣하게 길고 고샅 돌아가며 헛기침을 쑥쑥 토해내던 고집 센 노인이었다. 하나밖에 없는 손자 기웅이를 끔찍이 여겼다. 별로 체격이 좋은 것도 아닌데 애들 사이에서 늘 기웅이가 대장 노릇을 도맡아 한 건 지금 생각하면 전적으로 할아버지인 김초시의 후광 때문이었다. 애들 중에서 어쩌다 기웅이 비위라도 상하게 하면 김초시보다도 먼저 애들의 아버지가 야단이었다. 어디 그뿐인가, 소작료는 소작료대로 오 할이나 갖다주면서 봄이면 쑥떡, 여름이면 메뚜기튀 김, 이른 가을엔 오리쌀, 이런 식으로 기웅이네를 위한 별식들을 해마다 뇌물로 바쳤다. 기웅이 호주머니는 그래서 늘 먹을 것이 떨어지지 않았다. 기껏해야 우리들의 아버지 어머니가 만들어 바친 것인데도 메쑥떡이라도 조금 얻어먹으려면 기웅이를 무등 태우고 마을 뒤 공터를 두 바퀴씩이나 돌아야 했다.

"나보고 할아부지라고 부르는 사람은 메뚜기 한 마리 준다아!"

"두 사람이 서로 뺨 한 번 때릴 때마다 쑥떡 한 개씩 준다아!"

기웅인 종일 이런 따위의 제안을 끝도 없이 했다. 메뚜기야 우리도 잡아다 볶아먹을 수 있으니까 덜하지만 떡이나 오리쌀 앞에선 모두 기를 못 폈다. 아직 완전하게 영글지 않은 나락을 베다 노릇노릇하게 구워낸 그 고소한 오리쌀 맛이 항상 우리들의 오금을 저리게 했기 때문이다. "아부지, 우리도 오리쌀 좀 혀 먹어." "오리쌀이라니?" "기웅이네 혀다 바쳤잖어!" "요런, 숭년에 밥 빌어 처먹을 놈 봤나? 목구녕 풀칠도 심든 판에 오리쌀은 무신 오리쌀여!" 뒤통수만 쥐어박히기 일쑤였다. 기웅인 이런 우리들의 절실한 염원을 요모조모 잘 우려먹었다.

언젠가 햇빛 따뜻한 가을 오후였다.

기웅이는 침을 꼴딱꼴딱 삼키는 내게 시위라도 하듯 오리쌀을 한줌 꺼내 먹다가, "야, 너 이 옷 좀 가지고 있어봐. 저기 우리 논에 좀 갔다 올 겨" 하면서, 아직도 오리쌀로 호주머니의 배가 부른 웃옷을 맡겨놓고 건들건들 고샅을 빠져나갔다. 혼자 남게 되자 일없이 시선이 자꾸 오리쌀이 든 호주머니로 갈 수밖에 없었다. 안 쳐다봐야지. 침을 삼키면서 일부러 고개를 돌려도 결과는 매한가지였다. "안 쳐다봐야지……" 일부러 소리내어 말해봐도 소용없었다. 심지어 기웅이 웃옷을 저만큼 갖다놔봐도 역시 입안에 침이 괴는 건 어쩔 수가 없었다. 에이, 딱 한줌만 먹어야지. 아직 많은데 그까짓 한 주먹 먹는다고 어디 표가 날까. 마침내 오리쌀 잽싸게 한줌을 꺼내 입안에 털어넣었을 때 기웅이가 냉큼 나타났다. 나무 꼬챙이를 하나 들고서였다. "짜식, 너 인마 입안에 뭐여?" 기웅이가 묻고, 오리쌀이 입안에 든 나는 똥 마려운 강아지 시늉을 했다. "내 오리쌀이지? 그렇지?" "……응." "이 새끼, 인자 본게 도둑놈이잖어. 도둑질하는 놈은 손모가지를 잘라놓는 거랴, 인마." 기웅이는 꼬챙이로 오리쌀이 가득 들어 있는 내 볼을 쿡쿡 찔렀다. "잘못혔어. 인자 안 그럴 겨." "느네 아부지헌티랑 다 일러바쳐야 쓰겄는디……" "자, 잘못혔당게……" "그럼 너……" 기웅인 내 발밑에 침을 찍 뱉고 말했다. "앞으로 뭐든지 내 말 들어야 혀. 안 들음 니가 도둑놈이라고 일러바칠 팅게. 알았어?" 나는 고개를 끄덕거렸다. 그때부턴 거의 기웅이 노예나 다름없었다. 기웅인 내 최소한의 자유와 권리까지도 오리쌀 한줌으로 완벽하게 차압해갔다. 좀 커서 깨달은 일이지만 그것은 기웅이의 상습적인 수법이었다. 오리쌀마저도 맘대로 해먹을 수 없는 가난한 집 애들은 누구나 똑같은 수법에 걸려들었다. 말하자면 오리쌀은 낚싯밥이었고 우리들은 배고프고 어리석은 붕어 새끼였다. 중학교 때 장발장의 이야기를 읽으며 내가 최초로 생각한 것은 밀리에트와 같은 주교는 절대로 이 세상에 있을 수 없다는 소박한 불신이었다. 은촛대를 훔친 장발장이 잡혀왔을 때 "그건 그가 훔친 게 아니라 내가 준 거"라고 말하던 밀리에트 주교.

그런데 지금, 경애는 제집을 털자고 하지 않는가.

장발장이 되자는 얘기처럼 들릴지는 몰라도. 이런 세상에서 진실로 장발장이 될 수는 없었다. 경애네 아버진 결코 밀리에트가 아니었다. 나는 고개를 흔들었다. 싫다, 라고 나는 생각했다. 감옥에 가면 무엇보다도 경애와 형만, 우리들 셋이서 한방에서 잘 수는 없을 터였다. 배가 고파도 셋이 등 대고 잠들면 얼마나 아득했던가. 내 상념을 툭 분지르며 형만이가 대답한 게 바로 그때였다.

"그거 참말이지?"

"그럼!"

경애의 표정은 아침 바람 같은 생기로 상기되어 있었다.

"좋아. 경애 말대로 근사한 계획이야. 그치?"

"그, 글쎄……"

나는 시선을 내리깔았다.

"글쎄가 뭐야, 좋으면 좋고 싫으면 싫은 거지. 싫어?"

"뭐, 싫다기보다도……"

"망설일 것 없어!"

경애가 무릎걸음으로 다가와 내 손을 탁 잡았다.

"정말 망설일 거 없대도. 감쪽같이 해낼 방법이 있을 거야. 우리, 크리스마스도 근사하게 보낼 수 있을 테고. 그리고 또 있잖아, 무엇보다 신나잖아. 긴장되고. 맨날 싸돌아다녀봐도 이만큼 신나는 일이 어디 있었니."

그건 맞는 말이었다.

우리들의 일상은 항상 고장난 태엽처럼 느슨하게 풀려 있었던 게 사실이다. 형만이는 어떨지 몰라도 경애와 나는 배고프다는 사실조차 절박하게 느껴지지 않았다. 피를 뽑아 팔 때도 참담하다든가, 지랄 발광이라도 하고 싶다든가, 그런 기분은 느껴보지 못했다. 그런데 턴다, 그것도 경애네집을 턴다, 할 때부턴 째깍재깍 초침 소리가 들리는 것처럼 갑자기 내부에서부터 시간이 농축되는 느낌이 들었다. 마치 바늘 끝이 찔러오는 것 같은 예리한 감정의 밀도가 짜릿했다.

"좋아!"

빌어먹을, 하는 심정으로 나는 마침내 이렇게 뱉곤 뒤통수에 깍지 낀 손바닥을 갖다대며 벌렁 누워버렸다.

"됐어, 그럼……"

"방법을 궁리해봐야지. 재미있긴 아예 강도를 하면 좋을 텐데……"

경애가 철없이 까불었다.

"강도는 안 돼!"

"형만이 계획은 뭔데?"

"경애가 우선 집에 들어가."

"집엘?"

"왜, 자신 없니?"

"아니. 들어가도 아마 아빤 날 어쩌지 못할 거야. 우리집에선 내가 완전히 시한폭탄이라고 생각하는 눈치거든. 다시는 못 나가게 적당히 감시야 하겠지만……"

우리들은 밤새 이마를 맞대고 궁리를 거듭하였다.

밤은 어둡고 추웠지만, 우리들의 월세방 지붕에선 찢어진 루핑 조각이 끊임없이 바람에 휘날렸지만, 우리들은 결코 춥지도, 삭막하지도, 답답하지도 않았다. 모처럼 찾아온 숨막히는 그 긴장이 좋았다. 우리들 스스로 설계하고, 우리들 스스로 실천할 일이 눈앞에 놓여 있다는 이런 기분은 참으로 오랜만이 아닐 수 없었다. 우리 셋이 완전히 한 팀이 되어야 할 수 있는 일이었다.

낮 한시 삼십분. 경애는 이층 제 방 창변에 붙어 서서 정원과 그 끝의 대문을 내려다보고 있었다. 그림엽서를 오려낸 것처럼 잘 정돈된 정원은 가운데 널따란 잔디밭을 중심으로 자연석 돌계단에 한 겹 꺾이면서 물속 같은 고요로 싸였다.

모든 것은 계획대로 완료되었다.

정원사도 점심식사 후 삼촌댁으로 건너갔다. 정원사는 백여 미터 바깥쪽에 있는 삼촌네 집의 정원 일도 함께 맡아서 했다. 보통 오전엔 경애네, 오후엔 삼촌네의 정원 손질을 하는 식이었다. 토스트와 오렌지주스 한 잔으로 식사를 때운 엄마가 나간 것은 불과 삼십 분 전이었다. "엄마, 요즘 헬스클럽에 다니는 거 너도 알지?" 엄마가 나가면서 말했고, "응." 경애가 대답했다. "큰일났다, 얘. 벌써 이십여 일이나 나갔는데 몸무겐 일 킬로밖에 안 줄었구나, 글쎄." "그것도 내가 속 썩혀준 덕분인 줄 아우." "말솜씨는 그저…… 헬스클럽 갔다가 곧장 들어올 테니까 어디 나갈 생각 마라. 낼부턴 영어, 수학, 과목별로 과외 선생이 올 게다……" 아빠와 오빠는 회장이고 사장이니까 그렇다지만, 엄만 뭐가 바빠 매일 외출일까. 파티, 쇼핑, 장관 부인 면담, 수영, 마사지, 골프, 자선 바자회, 헬스클럽…… 엄마가 말하는 외출 이유는 얼마든지 있었다. 취미도, 만날 사람도 많았고, 귀걸이, 목걸이, 반지도 많았다. 그러면서도 항상 많지 않다고 안달을 했다. 엄마보다 훨씬 적게 가진 친구의 엄마들한테선 때때로 부족함이 없는 듯한 여유를 느끼는데, 그러나 더 많이 가진 엄마에게선 어째서 그것을 느끼지 못할까.

발소리가 나더니, 이내 가정부 아줌마가 과일 쟁반을 들이밀었다.

"아줌마보고 엄마가 날 철저히 감시하랬지?"

"아, 아니……"

"아줌마 보기에도 내가 이상해 보여?"

"별말을 다 하네."

아줌마는 괜히 얼굴을 붉혔다. 알고 싶다, 하고 경애는 생각하였다. '나는 정말 시한폭탄일까. 그 집 근사하다, 라고 말할 때 엄마나 아빠처럼 얼마짜린데? 하고 묻지 않고 그 집의 벽돌들은 무슨 색깔이며 지붕 위엔 비둘기도 몇 마리 놀고 있더냐고 묻는 나는 이상한 애일까?'『어린 왕자』가 떠올랐다. 양을 매둘 고삐와 말뚝을 주겠다는 비행사 아저씨의 제안에, "양을 매둬? 그거 망측한 생각인데……" 어린 왕자는 말했고, "하지만 매두지 않음 길을 잃어버리기 쉽잖니?" 비행사 아저씨는 대답했다. "아니야.

누구나 길을 쉽게 잃어버리진 않아." 경애는 중얼거렸다. "엄마나 아빠가 내게 고삐를 자꾸 걸려고 하니까 오히려 난 길을 잃어버리는 거예요. 내가 바라는 건 참새 고긴 안 먹겠다는, 작은 자유의 인정이에요. 보세요, 아빠. 난 참새를 향해 총알을 재는 아빨 이해할 수 없어요. 엄마두요. 지난가을엔 새장 속 잉꼬 한 쌍이 아무도 모이를 주지 않아 죽은 일이 있었잖아요. 벽엔 외국산 대리석까지 사다 붙이는 우리집에서 어린 새 한 쌍이 굶어죽었다면 누가 믿겠어요?"

경애는 무릎을 세우고 얼굴을 묻었다.

그때, 이층 복도에 걸린 괘종시계가 두 번 둔중하게 울렸다. 두시다. 경애는 발딱 일어서서 커튼 사이로 밖을 내다보았다. 높은 담장 때문에 밖은 전혀 보이지 않았다. 건너편 이층집의 창도 두껍게 커튼이 쳐진 걸 보면 집을 비운 모양이었다. 골목은 지금쯤 텅 비어 있을 터였다. 이 고급 주택가의 골목은 늘 그랬으니까.

그랬다. 골목은 비어 있었다. 드문드문 윤기 나는 자가용들이 놓여 있을 뿐 시멘트로 포장된 골목길은 휴지 하나 떨어져 있지 않은 정갈한 맵시였다. 형만과 나는 조심스럽게 주위를 살피며 마침내 경애네 집 대문 앞에 섰다.

"약속한 시간 됐니?"

형만이 소곤거렸다.

"됐어."

"자, 그럼 시작하자."

형만이의 손이 쭉 올라가더니 초인종의 빨간 단추를 눌렀다. 경애와 미리 짜놓은 대로 짧게 두 번, 길게 한 번이었다.

"떨리니?"

"응, 조금……"

"짜식, 난 오히려 여길 오니까 사기 충천하는 기분인데……"

인터폰을 통해 낯선 여자의 목소리가 툭 튀어나왔다.

"누구세요?"

"저, 헬스클럽에서 사모님 심부름으로 왔어요. 뭘 좀 가져오라고 해서……"

"기다리세요!"

절대로 열리지 않을 것 같은 견고한 작은 대문이 쩔꺼덩 아가리를 벌렸다. 바람보다 빨리 형만이 안으로 들어섰다. 가정부 아줌마가 현관문을 연 채 서 있었다. 형만이가 재빨리 현관문을 향해 다가갔고, 내가 대문을 닫고 돌아서 보았을 땐 이미 형만의 칼에 하얗게 질린 아줌마가 목을 한껏 뒤로 젖힌 모습이 보였다. 나는 미리 준비한 나일론 끈으로 아줌마의 두 손을 뒤로 묶고 머리엔 검은 보자기를 씌웠다.

"부엌방에 가둬!"

가정부를 가두고 나자 이층에서부터 경애가 내려왔다.

"멋졌어, 정말."

손뼉이라도 치고 싶은 표정으로 경애가 속삭였다.

"커튼 틈으로 내려다보니까 형만이 솜씨 거의 프로급이던 데?"

"조용히 해, 아줌마 들을라······"

"안심 콱 붙들어 매. 우리집은 완전한 방음 장치가 돼 있어. 이 거실에서 총을 쏜대도 부엌방까진 들리지 않을걸."

형만과 나는 한동안 정신없이 집안 구석구석을 구경하고 다녔다. 너무 화려하고 너무 안락해서 숨이라도 막히는 기분이었다.

"이 금고를 열어야 해!"

경애가 안방의 커튼 뒤의 금고를 보이면서 말했다.

"어떻게?"

"가만있어봐. 내가 번호를 외워뒀으니까······"

금고 앞에 무릎을 꿇고 경애가 다이얼을 돌렸다. 그러나 두 번 세 번 돌려도 금고는 열리지 않았다.

"이상해, 정말. 엄마가 여는 걸 봐뒀었는데······"

"열쇠도 있어야 되는 거 아니니?"

형만이 소리쳤다.

"참!" 경애의 얼굴에 그늘이 졌다.

"그 생각을 못했네."

경애가 낭패한 얼굴을 했다. 금고는 열쇠로 열고 비밀번호를 돌려야 열 수 있는 이중 구조로 되어 있었다. 열쇠는 어머니가 들고 나간 모양이었다. 장롱, 화장대 서랍, 문갑 등을 뒤져봤지만 간편하게 들고 나갈 보석이나 현금은 보이지 않았다.

"그쪽에도 뭐 없니?"

"없어."

우린 절망하였다. 너무 급하게, 너무 열심히 온 집안을 쑤시고 다녔기 때문에 한 시간도 못 돼서 우리는 지쳐 주저앉고 말았다. 보석과 현금은 금고 안에 쌓아둔 모양인데 금고를 열 수 없으니 무슨 소용이겠는가. 집안은 화려하고 우아하게 정돈되어 있었지만 간편하게 들고 갈 만한 것은 거의 없었다.

"씨팔, 술이나 한잔씩 걸치고 보자."

거실 진열장엔 양주가 아주 많았다. 우린 말로만 듣던 나폴레옹 코냑을 뜯었다. 경애가 안주 될 만한 것을 찾아왔다. 시간은 천천히 지나갔고, 한두 잔씩 돌리자 긴장했던 참이라 금방 취기가 올라왔다.

"난 울 엄마가 이렇게 철저한 사람인 줄 몰랐어."

경애가 훌쩍훌쩍 흐느끼며 말했다. 나는 거실의 넓은 커튼을 활짝 열었다. 눈이 오고 있었다. 잘 정돈된 너른 정원 한쪽 구석엔 아랫도리만 걸친 여인상이 놓여 있었다. 그 옆으로는 모두 잘 전지된 향나무였다. 경애의 아버지가 공기총을 쏘는 곳이 아마 그쪽인 것 같았다. 담벼락이 높을 뿐 아니라, 담벼락 너머는 숲이 울창한 언덕으로 이어져 있기 때문이었다. 조각상 여인의 어깨에 눈이 쌓이기 시작했다. 저 여자, 춥겠구나. 나는 중얼거렸다. 광화문 이순신 장군은 갑옷을 입어 늠름했었는데……

"닫아!"

경애가 부르짖었다.

"밝은 건 싫어!"

나는 커튼을 다시 닫았다.

"이건 뭐야?"

충혈된 눈알을 굴리며 형만이가 물었다. 양주병이 놓인 진열장 옆에 놓인 또다른 진열장 안엔 도자기들이 여럿 진열돼 있었다. 백자도 있고 청자 화병도 있었다.

"고려청자야."

담배 연기를 훅 불어내며 경애는 짧게 대답했다.

"비싸니?"

"비싸지."

"얼마나?"

"잘은 몰라도 수백 갈걸. 잘됐네. 왜 그 생각을 못했을까. 맞아. 우리 그걸 가져다가 인사동에서 팔아. 반값만 받아도 우리 셋, 한동안 멋지게 보낼 수 있는 돈이 나올 거야."

경애의 표정에 홍조가 떠올랐다.

"수백, 수백만 원?"

"그렇다니까!"

잠시 동안 형만이는 청자 화병만 뚫어져라 바라보며 서 있었다. 수백만 원이라면 거의 변두리 보통 사람들이 사는 집 한 채 값이었다. 엄청난 고가가 아닐 수 없었다. 형만의 눈빛에 이상한 광채가 지나갔다. 목이 마른 눈빛이었다. 진열된 청자, 백자는 적어도 이삼십 개가 넘어 보였다. 수천만 원, 아니 억대가 넘는 보물이 아닌가.

"씨팔!"

형만이가 짧게 씹어뱉은 것과 청자 화병을 바닥에 내려친 건 거의 동시였다. 아무도 예상하지 못했던 행동이었다. 청자 화병이 한순간에 박살났다. 집 한 채가 순간적으로 날아간 셈이었다. 형만은 그러고 나서 히잇, 웃었다.

"미쳤니?"

경애의 목소리가 쨍하고 울렸다.

"히잇, 재미있는데 뭐."

"곱게 미치지. 이 청자, 문화재야. 문화재가 뭔지 알기나 해? 가지고 나가 팔자는데 그 귀한 걸 왜 깨고 지랄이야!"

"개소리!"

형만이의 눈빛이 번쩍했다.

"우리 공장 사장 집에도 이런 게 여러 점 있었어. 수백만 원이 얼마나 큰돈인지 경애 너는 모를 거야. 내 월급 십 년치를 갖고도 이거 하나 못 사, 알아? 우리 같은 애들이 공장의 침침한 작업장에서 허기와 피곤으로 고통을 당할 때마다 우리 사장네 집엔 이런 게 하나씩 생겨났을 거야. 안 그러니? 문화재 같은 소리 하지 마. 이거 하나마다 수많은 우리 같은 애들의 한숨, 비명, 고통, 그런 게 더께로 깃들어 있다고. 그런 것이 문화라면 문화도 씨팔, 깨뜨려버려야지!"

"그럼……"

경애가 진열장 서랍에서 손 망치를 하나 찾아 들었다.

"더 부숴!"

"히히, 좋지. 신나. 수백만 원짜리 집 한 채를 우린 망치질 한 번으로 작살내는 거야!"

"좋아. 문화재가 아니라, 더러운 청자니까 깨버리는 게 낫지!"

말리고 어쩌고 할 새도 없었다.

경애의 망치로 이번엔 백자가 하나 박살났고, 형만의 손에 의해 청자 항아리가 박살났다. 나 또한 온몸이 짜릿해졌다. 단순히 취해서 벌어진 일이 아니었다. 그것은 놀라운 쾌감이었다. 우리들은 급격히 미치기 시작했다. 청자와 백자를 깨뜨리고 난 경애의 망치가 이번엔 텔레비전을 내려쳤다. 전축도 있었다. 스피커를 찢어발긴 건 형만이고 앰프를 내던진 건 나였다. 우리는 그것들이 하나씩 깨질 때마다 서로 마주보면서 히잇, 낄낄, 쿡쿡쿡, 허리를 들썩이며 웃었다. 그것들은 오리쌀을 훔치게 해서 도둑으로 만든 뒤 제 맘대로 나를 하인처럼 다루었던 기웅이었고, 참새를 향해 총구를 겨냥하는 경애 아빠였고, 수많은 공돌이들의 월급을 깎고 착취해 제집의 진열장에 청자, 백자를 늘어온 형만네 회사의 사장이었다. 그것들은 박살이 날 만하다고 우리는 생각했다. 거실과 안방은 완전히 난장판이 되었다.

"죽었으면……"

제일 먼저 지쳐 쓰러진 건 경애였다.

나 역시 지쳐서 아무 대답도 하지 않고 경애 옆에 쓰러져 누웠고 곧 형만이가 뒤를 따랐다. 코냑 한 병과 위스키 한 병을 다 비운 지 오래였다. 거실은 갑자기 적막해졌다. 창 너머엔 아직도 눈이 내리고 있을 터였다. 하얗게 눈이 쌓인 너른 정원의 고요가 떠올라 보였다. 그것은 평화였다. 경애 아빠의 공기총에 맞아 날개가 찢어지는 어린 세떼들이 환영처럼 떠올랐다. 눈이 쌓인 고요한 정원에 피냄새가 배어 있다고 나는 생각했다.

"동녘에 해 뜰 때 어머님 날 낳으시고 귀엽던 아가야……"

가만가만 경애가 노래를 불렀다. 착 가라앉은 목소리가 청자의 빛깔보다 더 슬프게 들렸다. 나는 돌아누우며 작은 새 같은 경애를 꼭 껴안았다. 경애 건너편에 누운 형만의 손이 경애의 블라우스 속으로 들어가 있었다. 그런 건 아무 상관도 없었다. 눈물로 젖은 경애의 뺨이 내 뺨에 닿았다.

"울지 마."

나는 말했다.

"있잖아, 난 어렸을 때부터 울보였대."

"그건 나도 그랬어."

"근데 왜 안 울어?"

"몰라. 눈물이 안 나와, 인제……"

"늙어서 그래. 늙는다는 건 석회질이 된다는 뜻이거든.

"석회질?"

"그래, 석회질……"

"하기야, 젊어도 쉽게 석회질이 될 수 있는 세상이지."

"꼰대 같은 소리 좀 안 할 수 없어?"

"꼰대가 뭔데? 나도 있지, 이제 스무 살이야……"

코 고는 소리가 들려왔다. 술에 취한 형만이가 끝내 곯아떨어진 모양이었다.

"취해!"

"나도……"

내 손이 형만의 손과 엇갈려 경애의 블라우스 속으로 들어갔다. 사기종발만한 경애의 왼쪽 가슴이 손바닥 안에 다소곳이 들어왔다. 경애의 오른쪽 가슴을 쥐고 있을 형만의 팔은 뜨거웠다. 우리들은 늪에 갇힌 작은 세 마리의 짐승이었다.

"아직도 눈이 올까."

"응. 눈은 먼 꿈이야. 애처로워."

"경애 네 가슴에서 바람 소리가 들려."

어째서 바람 소리가 들릴까. 경애의 젖꼭지가 내 손가락 끝에서 씩씩하게 일어서고 있었다. 꿈결처럼 초인종 소리가 두어 번 나는 것 같았다.

"누가 왔어……"

"몰라. 잠이 와……"

일어나보려고 했지만 헛일이었다. 몸이 천근처럼 무거웠다. 잠이 작은 짐승 같은 우리를 먼 꿈으로 끌어당기고 있다고 나는 생각했다. 경애가 말한 먼 꿈이 무엇인지는 알 수 없었다. 그래도 먼 꿈이라는 말이 좋아서 나는 경애의 겨드랑이 속으로 한사코 코를 묻었다.

구치소 면회실에 나는 서 있었다.

"왜 왔니?"

"그냥……"

경애가 쓸쓸하게 웃었다. 쇠창살과 희부연 유리 저쪽에 서 있는 경애의 옷차림은 완연한 봄이었다.

"봄이구나?"

"응. 지금 3월이야. 오늘 입학식 하고 왔어."

"입학식?"

"나 대학에 들어갔어. 우리 아빠 워낙 요령이 좋으니까."

"……"

"미안해. 앞으론 철저하게 너를 배반하게 될 거 같아 마지막으로 한번 와본 거야."

나는 말없이 고개만 끄덕거렸다.

배반이야 진작부터 처음부터 정해진 것이나 다름없었다. 형만이와 나는 여전히 구치소 안에 갇혀 있고, 자유롭다는 바깥세상에서 경애가 여대생이 되는 건 기실 사필귀정이라고 할 수 있었다. 스무 살이 되면 누구나 배반을 배우게 되어 있었다. 대학생이 된 경애에겐 새로운 세상이 열릴 것이었다. 예감하고 있던 일이었다.

"잘 가!"

"안녕……"

투명하고 낮은 그애의 목소리가 뒤를 따라왔다.

　구치소 면회실을 나온 경애는 곧장 도시 외곽의 골목 끝에 있는 이층 산부인과로 올라갔다. 낡은 목조였기 때문에 밟을 때마다 삐걱삐걱, 소리를 냈다. "누워요!" 때 묻은 가운을 걸친 늙은 여자가 사무적으로 명령했다. 허리를 가르며 커튼이 쳐지고 이내 아랫도리에 차가운 쇠붙이가 닿았다. 경앤 꼭 입술을 깨물었다. 의사에게 맡겨진 커튼 아래는 자신의 몸이 아니라고, 경애는 생각했다. 그것은 한때 바람 속을 유랑했던 낯선 여자의 몸이다, 라고. "애 아빠는?" "없어요, 그런 거. 당장 수술해주세요! 당장요!" '아이 아빠가 누군지 그걸 모르겠어요.' 그러나 경앤 거기까진 말하지 않았다. 누구인들 그게 무슨 상관인가. 어디든지 여관은 꽉꽉 차고, 어디에서든 참새는 피투성이 되어 죽어나가는 세상인데. 아직도 얼어붙은 겨울의 굳은살은 저리 풀리지 않고 있는데. "좋아요. 그럼 마취를 할 테니까, 날 따라 세어요. 하나……" "하나." "둘……" "두울." 총알을 재고 있는 아빠의 모습이 잠깐 떠올랐다. 정원엔 참새떼가 나비처럼 날고 있었다. 아빠가 총을 들고 한쪽 눈을 질끈 감았다. 참새떼는 정원수 꼭대기에 앉아 투명한 하늘을 보고 있었다. 아빠의 손끝이 서서히 움직였다. '안 돼요, 아빠.' 경애는 소리쳤다. '보세요, 그 참새는 내가 잘 아는 재훈이, 형만이, 걔네들인걸요. 내 뱃속의 아이인걸요.' "다섯!" 의사의 갈라진 말소리가 마지막으로 들렸다. "다서……엇……" 어둠이 왔다. 눈을 감은 경애의 얼굴에 눈물 한 방울이 또르르 굴러내렸다.

아침에 날린 풍선

그는 한 해의 마지막날 밤 열한시에 내게 왔다. 그때 나는 H호텔 나이트클럽의 구석자리에 혼자 앉아 있었다.

"팔 분밖에 안 걸렸어요."

처음 그는 이렇게 말했다. 나는 갑작스러운 바리톤의 굵은 음색에 놀라며 고개를 들었다. 탁자 저쪽에 우뚝, 그가 서 있었다. 미루나무처럼 큰 키, 화사한 주황색의 순모 반코트, 이마를 반쯤 덮으며 내려온 머리, 그리고 하얀 밍크로 덧붙여 댄 코트 칼라에 파묻힌 그의 목덜미는 양털보다도 더 희게 보였다. 너무 잘 차려입은 옷차림에 해맑은 얼굴이어서 나는 하마터면 그가 여자인 줄로 착각할 뻔했다.

"뭐가요?"

핸드백을 챙겨들며 내가 물었다.

"아가씨 운 시간."

그렇구나, 한 해를 작별하려는 지금 나는 이 구석진 자리에서 혼자 울고 있었구나. 나는 비로소 내 입술 가장자리까지 눈물 한 방울이 굴러내려 맺혀 있다는 걸 깨달았다.

"나이트클럽에 와서, 우는 여자 얼마큼이나 우나 기껏 그것만 재고 있었어요?"

"나이트클럽에 와서 혼자 우는 여자도 흔한 건 아니잖아요."

내가 똑바로 시선을 들자 그가 대답하며 얼른 고개를 숙였다. 그리고 구두 끝으로 탁자 받침대를 툭툭 차기 시작했다. 수줍어 하는 티가 역력했다. 뻔뻔스러운 줄 알았더니 수줍음을 많이 타 는 애송이에 불과한가보았다.

"팔 분이면 오래 울었다는 건가요, 짧게 울었다는 건가요?"

"난 한번 울기 시작하면 한 시간 넘게 우는 버릇이 있어요. 잠 깐 울고 말짱한 사람들을 보면 거짓말쟁이같이 느껴져요."

"어머! 불쌍도 하시지."

내가 비웃었으나 그는 완강하게 고개를 흔들었다.

"근데 아가씬 팔 분 걸렸지만 정말같이 울었단 말예요. 정말이 에요. 손님이 없어서 속상했었나보죠?"

"네?"

"공치는 날엔 죽고 싶다면서요?"

나는 그만 까르르르 웃었다. 이 남자는 내가 나이트클럽의 호스티스인 줄로 착각한 거야. 잘생긴 얼굴에 세련된 옷차림하곤 다르군. 후훗, 쑥이네 쑥. 자주 여기를 드나들었다면 호스티스와 손님을 착각할 리 만무했다. 침울했던 가슴이 환히 밝아졌다. 이런 나이트클럽에서 이런 숙맥을 만나다니 청량한 바람 속에 서 있는 것 같았다. 그가 엉거주춤 허리를 꺾으며 허겁지겁 웃는 나를 가만히 바라보았다.

"왜 웃는 거요?"

"후훗…… 아니에요. 댁이 너무 잘 맞춰서요. 손님이 없어서 난 정말 죽고 싶었걸랑요. 근데 어떻게 그렇게 잘 알죠?"

"그야 뭐, 이런 델 자주 다니다보면 척 하면 짝이죠."

"척 하면 짝?"

"짝 하면 척이라든가……"

그가 뒤통수를 긁었다. 짐짓 꾼인 척하는 게 더 귀여웠다. 내가 또 웃자 이번엔 그도 따라 웃었다. 잉어의 비늘처럼 싱싱하고 고른 치아가 말쑥하게 드러났다.

"그럼 내 손님이 돼주시겠어요?"

"좋아요."

"어쩜! 고맙기도 하지."

"난요, 이런 데 올 적마다 아가씨처럼 손님 없는 여잘 선택해요."

"톨스토이 닮으셨나봐. 인도주의시니까. 참, 저 그냥 정아라 불러주세요."

"난 수민이에요, 오수민."

"그럼 일어나요, 우리."

"손님이 돼달라고 하고선 일어나다니요?"

"오늘밤은 올해 마지막 밤이잖아요. 여기에서 일에 매여 있고 싶지 않아요. 자유로워져도 좋은 날인걸요."

"그럴까요, 그럼."

핸드백을 어깨에 걸치며, 내가 수선을 떨자 그가 엉거주춤 엉덩이를 들었다. 어차피 여긴 떠나야 했다. 언제 상현이가 다시 나타날는지 알 수 없는 노릇이었다. 나 호텔방에 올라가 있을게. 707호야. 오려면 오고 가려면 가고 네 맘대로 해. 그 대신 가버리면 우린 그걸로 끝이야. 그런 줄 알아. 침침한 조명 아래 나 혼자 놔두고 이렇게 협박하며 상현이가 클럽을 떠난 것은 불과 이십여 분 전이었다. 자신감에 가득찬 말투였다. 난 알아. 괜히 고집을 부려보지만 결국 넌 내게로 오리라는 것. 나만한 남자는 그리 흔하지 않으니까. 상현은 그렇게 생각했을 터였다. 어째서 상현은 꼭 호텔방으로 들어가야 사랑이 완성된다고 생각할까. 아니, 그가 원하는 것이 정말 사랑일까. 한가한 사람들이 장미꽃 가지를 이리 치고 저리 꺾으며 꺾꽂이하듯, 상현은 그런 걸 겨우 사랑이라고 생각하는 습관에 젖어 있을는지도 몰랐다.

그러나 그게 뭐 어쨌단 말인가.

그런 생각이 갑자기 들었다. 상현이 같은 부잣집 남자아이들의 보편적 습관이 그렇다는 걸 나도 모르는 건 아니었다. 707호. 클럽 입구까지 나오다 말고 나는 멈칫 제자리에 서서 상현이 있을 위쪽을 올려다보았다. 드물게 멋진 남자였다. 불현듯 상현에게 달려가고 싶은 강렬한 욕망이 내 발목을 휘감고 있었다.

"왜, 어지러워요?"

뒤따라온 숙맥 같은 그가 물었다.

"그래요, 좀 취해요."

나는 그를 뿌리치고 카운터로 가 수화기를 들었다. 교환에게 707호실이라고 말하자 곧 신호가 갔다. 신호가 세 번쯤 갔을 때 상현의 갈라진 목소리가 달려나왔다. 지금 올라갈게, 라는 말이 목젖에 걸려 있었다.

"뭔 전화야, 바로 올라오라니까!"

"……"

"따분하게 굴지 좀 마. 나 방금 샤워하고 나왔어. 어차피……"

나는 거의 무의식적으로 수화기를 놓고 말았다. 마치 남편이

라도 된 사람의 말투였다. 따분하게 굴지 말라니. 어째서 호텔
방에 얼른 따라 들어가지 않는 것이 따분한 일이란 말인가. 나는
입술을 깨물었다. 나 방금 샤워하고 나왔어. 그의 오만한 목소리
가 심장을 할퀴고 지나갔다. 어차피 너는 내게로 올 수밖에 없을
걸. 상현은 그 말을 하려고 했을까.

내가 처음 상현을 만난 것은 지난봄의 대학 축제 때였다. 상현
은 내 친구 민영이의 파트너로 우리 대학에 처음 왔다. 명문대학
에다 잘생긴 얼굴이고 화술까지 좋아서 상현은 금방 과 동기들
의 인기를 독차지했다. 아니, 얼굴과 화술만을 인기의 요인으로
내세운다면 그것은 우리들의 부끄러운 자기기만일 터였다. 상현
은 부자였다. 사실은 상현이 부자인 것이 아니라 상현네 집이 부
자였으나 우리들은 누구나 상현이가 부자라고 생각하였다.

상현은 곧잘 빨간 차를 스스로 운전하여 우리들에게 찾아오
곤 했다. 옷차림 역시 최고급이었고, 세련미의 극치였다. 짜장면
도 잘 먹었지만 짜장면을 먹고 나선 호텔 커피숍에 가서 비엔나
커피를 주문했다. 거품이 백합처럼 피어오르는 비엔나커피는 한
잔에 칠백 원이었다. 대학생답게 소탈하게 굴어도 상현에게선
언제나 부잣집 냄새가 났다. 제라늄의 향기와 같았다.

그런 상현이 또렷한 발걸음으로 내게 걸어오기 시작한 것은
지난 초가을부터였다. 민영이는 나를 보면 샐쭉해져서 고개를

돌렸다. 나는 민영이의 질투심 따위는 생각하고 싶지 않았다. 그 애와의 우정 따위로 내게 찾아온 기회를 버리고 싶진 않았기 때문이다. 상현이가 부자이기 때문이 아니라고 나는 나 자신에게 말했다. 사랑한다고 나는 생각했다. 이십대 초반에 찾아온 귀한 사랑이었다.

"정아는 잘 익은 능금 같아."

상현은 이따금 말했다.

"너무 예쁜데다가 속도 탄탄하거든."

그러면 나도 대답했다.

"상현은 변덕쟁이야. 예쁘게 봤다 밉게 봤다, 그러거든."

그러면서 우린 비엔나커피를 마시고, 승마나 볼링을 하고, 연극도 보러 다녔다. 꿈같은 시간이었다. 젊은 한때가 그렇게 나를 관통하고 있었다.

"우리 여행 가면 어때?"

겨울의 초입에 상현은 말했다.

"여행은, 싫어."

"왜?"

"남잔 늑대랬어, 울 엄마가……"

"제기랄!"

나는 농담처럼 한 말인데 상현은 마음이 많이 상한 눈치였다.

그다음의 제안은 호텔이었다. 단둘이 있고 싶다는 것이었다. 단둘만의 시간을 보내고 싶은 건 나도 마찬가지였으나 나는 두려웠다. 순결에 대한 확고한 신념이 있는 것도 아니었다. 수없이 상현의 제안에 따르고 싶기도 했다. 오늘은 상현의 유인에 걸려주는 거야. 상현을 만나러 나올 때는 늘 그런 생각을 한 게 사실이었다. 스무 해 동안 간직해온 순결이란 것도 따지고 보면 손톱 밑의 가시와 같은 것에 불과할는지 모른다고 생각하기도 했다. 그렇지 않은가. 뽑아버리면 시원할 걸 가지고 왜 깜짝깜짝 놀라야 한단 말인가. 하지만 정작 상현을 만나면 나의 이런 생각은 아무 소용도 없었다. 안 돼! 내 속에 있는 또다른 나는 소리쳤다. '춘향'과 '도미의 아내'가 나를 붙잡고 있었다. 남자들은 제 욕심 채우면 끝이야, 라던 친구들의 말도 들렸다. 두렵고 두려웠다. 또다른 나는 오히려 그로써 사랑을 잃을 수도 있다고 강한 어조로 끝없이 속삭이며 내 앞길을 막았다.

오늘만 해도 상현은 열시가 조금 넘자 조르기 시작했다.

"한 달 전에 이미 예약을 해뒀어. 우린 서로 좋아하고 있잖아."

나는 이러지도 저러지도 못하고 묵묵부답 앉아 있었다. 상현인 어째서 꼭 방에 들어가야 비로소 단둘이 있다고 생각할까. 클럽에 앉아 있어도 우리는 둘이 있는데. 결국 상현은 화를 내며 먼저 방으로 올라갔다. 오려면 오고, 가려면 가고…… 그러나 네가 안 오면 그걸로 우리의 관계는 끝이라는 상현의 말이 계속 귓가를 울리고 있었다. 그것으로 관계는 끝이라는 선고는 내 입장에선 말이 되지 않았다. 그것은 아주 폭력적인 선고였다. 선택을 강요받으면서, 그것이 두렵고 그것이 억울해서 울 때 그가 홀연히 '손님'이 되어 내 앞에 나타난 것이었다. 팔 분밖에 안 걸렸어요, 하면서.

밖으로 나오자 희끗희끗 눈이 내리고 있었다.

"팔짱 낄게요."

나이트클럽의 호스티스가 된 내가 말했다.

"좋지."

바람둥이 남자처럼 손님인 그가 대답했다.

그러나 팔짱을 끼자 그의 떨림이 그대로 손바닥 안에 잡혀들었다. 그는 떨고 있었다. 한동안 그는 주머니에 두 손을 찌른 채 땅만 보고 걸었다. 눈송이가 조금씩 커지고 있었다. 처음엔 쌀알만했던 것이 곧 꽃잎만큼 커지고, 꽃잎만했던 것이 곧 애벌레의 껍질을 털고 나온 어린 나비만해졌다. 빌딩의 그늘마다 그렇게 흰나비들이 수천, 수만, 날고 있었다. 수많은 사람들이 눈과 어둠과 바람 사이를 빠져나가며 유쾌하게 웃고 떠들었다. 바야흐로 청춘의 빛나는 한 해가 저물고 있지 않은가. 호텔방에 혼자 서서 눈 덮이는 거리를 내려다보고 있을 상현의 뒷모습이 얼핏 떠올랐다. 바보같이, 하면서 나는 생각했다. 차라리 나를 담쑥 안고 걸어들어갈 만큼 상현은 왜 기운이 세지 못할까. 그랬더라면 나는 그냥 눈을 감아버리고 있었을 텐데. 아니 바람둥이 상현은 지금쯤 나이트클럽으로 다시 내려와 낯선 여자들에게 부킹을 신청하고 있을지도 몰랐다. 내가 상현의 제안에 따라나설 용기를 갖지 못한 것은 기실 그에 대한 확신이 없기 때문이었다는 걸 나는 한순간 아프게 깨달았다.

"무슨 남자가 그래요? 손님이 돼준다고 하고선……"

나는 여전히 땅만 보고 걷는 그의 팔을 거칠게 흔들었다.

"자, 팁이야!"

그가 동문서답을 하고, 빳빳한 오천 원짜리 지폐 한 장을 얼른 내밀었다. 내가 왜 팁을 주지 않느냐고 재촉한 줄 알았던 모양이었다. 귀엽고 순진한 남자가 아닐 수 없었다. 웃음이 터져나오려 했지만 나는 참았다.

"어서 받아, 그렇게 말하지 않았어도 지금 줄 참이었어."

"싫어요."

"왜, 적어?"

그가 다시 오천 원짜리 한 장을 더 내밀었다.

"오늘밤만은 팁 같은 거 신경 안 쓸래요. 나중에 주세요."

나는 미소 지었다.

"그럼 나중에……"

그가 갑자기 씩씩해진 음성으로 말했다. 세수하고 난 소년 같았다.

"몇 살이에요, 지금?"

"저……"

"거짓말 않기."

"사실은 어려. 오늘밤 지나면 스물하나야."

"어머! 나보다 한 살 많으시네요."

나는 얼른 내 나이에서 빼기 하나를 했다.

"정말이야?"

"왜, 할머닌 줄 아셨어요?"

"아니, 할머니의 손녀인 줄은 알았지만……"

우린 동시에 소리내어 웃었다. 사람들이 우리의 어깨를 사정없이 부딪치며 계속 지나고 있었다. 걷고 있는 게 아니라 밀리고 있는 느낌이었다. 하나같이 행복한 표정이었다. 한 해가 가고 한 해가 새로 온다는 게 어째서 축복인가, 하고 나는 생각했다.

"내 어깨를 안아요."

그는 서툴게 어깨를 안았다. 저만큼 삼일빌딩의 검은 동체가 눈에 들어왔다. 눈 속에서 빌딩은 하늘로 올라가는 바벨의 탑처럼 보였다.

"뭐하는 사람이야, 자기?"

나는 단번에 말을 놓아버렸다. 어깨를 감싸쥔 그의 손이 푸르
르 떨리는 듯하였다.

"방금."

그는 침을 한번 꼴깍 삼켰다.

"자기라고 그랬어?"

"그래, 자기."

"애인도 아님서?"

"애인 하면 되잖아. 손님 돼준다고 하고선……"

나는 눈을 흘겼다. 어린애처럼 마음이 들뜨는 기분이었다. 우
린 인형이야. 나는 생각하였다. 오늘밤 우리는 자라지 않을 거
야. 한밤이 다 지나도 몸무게는 똑같을걸. 어렸을 때 잠들기 전
엔 언제나 벽에 등을 대고 키를 재보는 습관이 있었다. 아빠가
파리채를 머리에 대고 벽에 금을 그었다. 어이쿠, 하루 만에 이
만큼이나 자랐는걸. 아빤 항상 놀란 얼굴을 했다. 나는 아빠의
거짓말에 늘 기분이 좋았다. 아빠는 하느님일는지도 몰라. 잠자
리에 들면서, 잠자는 사이에 미루나무처럼 키가 클 것 같은 환상
에 떨며 나는 그렇게 생각하곤 했다. 그런 아빠가 교통사고로 돌
아가신 것은 고등학교 2학년 때였다. 글쎄, 맘 착한 사람은 하느
님께서 먼저 데려가는 거라오. 이웃집 아주머니가 엄마의 어깨

를 감싸안으며 그렇게 속삭였다. 나는 하느님을 욕하면서 일주일의 낮과 밤을 울었다.

아빠가 돌아가신 뒤의 우리집은 그야말로 황량한 빈터가 되었다. 생활은 기울었고 엄마의 고운 볼에도 성에처럼 버짐이 피었다. 오빠와 엄마가 시장 안에 생선 가게를 낸 것은 내가 대학에 입학하던 작년 봄이었다. 나는 그래도 대학에 꼭 가겠다고 버텼다. 할 수 없지. 배우겠다는 애를 어쩌겠니? 대학에 못 가면 죽어버리겠다는 나를 두고 엄마는 그렇게 말했다. 나는 생선 장수 엄마한테서 등록금을 타 쓰고 기숙사비도 받아내고 커피값, 구둣값, 그리고 심지어는 여성만을 위한 껌값까지 긁어내었다. 그 대신 엄마의 얼굴은 하루하루 살기가 서렸다. 오빠의 얼굴도 마찬가지였다. 아아, 나도 실상은 똑같았다. 등록금을 타오는 날 거울 앞에 서면 내 얼굴 어딘가가 번득이는 아침햇살처럼 쫙 일어서는 살기가 보였다.

"사실은 나 재수생이야."

갑자기 은밀하게 그가 말했다.

"어머! 공불 그렇게 못했어?"

"우리 아버진 병원 원장이야. 자기 체면을 위해서라도 기어코 S의대를 입학해야 한다는 거야. 근데 난 미술 대학엘 가고 싶었거든. 그래서 공부를 안 했어."

"저런!"

"우린 부자야."

그가 목소리를 한 옥타브 올리며 덧붙였다.

"내 차도 있는걸. 그렇지만 비극이지 뭐. 부자라서 미술 대학엘 못 가게 하니까."

그가 쭈르르 미끄럼을 탔다. 거리는 완전히 흰 눈으로 덮여 있었다. 그래, 이건 비극이다, 하고 나는 생각했다. 그가 부자가 아니었으면 더 좋았을 텐데. 상현을 만나고 오는 날 거울 앞에 서면 나는 때때로 음모의 칼날처럼 솟아오르는 살기를 내 눈에서 보곤 했다. 상현이 부자이기 때문이었다. 상현이야말로 내 인생에서 최초로 만난 보물 상자라고 나는 생각하였다. 나의 사랑은 그러므로 조금도 자유롭지 않았다. 조심해야지, 하고 살기 띤 표정으로 나는 자신을 다독거렸다. 판도라의 상자처럼 잘못 열어선 안 돼, 라고.

그런데 오늘밤 결국 상자를 잘못 열었다는 뼈아픈 회한이 내 가슴을 쳤다. 지금이라도 돌아갈 수 있으면 하고 생각했다. 하지만 돌아가기엔 이미 너무 멀리 왔다는 걸 나는 이내 알아차렸다. 순결을 지키기 위해선 절대로 아니었는데. 아아, 손톱 밑의 가시밖에 되지 않는 게 순결일지도 모르는 걸 가지고 어째서 나는 상현이를 내게서 떠나보냈단 말인가. 나의 보물 상자를. 상현에게 가야 한다.

나는 발작적으로 돌아섰다.

"왜 그래?"

그가 무의식적으로 내 손을 붙잡았다.

"상현에게 가야겠어."

"상현?"

"내가 좋아하는 사람."

"……그가 나보다도 더 부자야?"

당장에 자신 없는 표정이 되며 그가 물었다.

"……그럼 가……"

그가 고개를 떨구며 내 손을 놓았다. 그 순간 그의 딱딱하게
굳은 손바닥 감촉이 화살처럼 내 혈관을 찔렀다. 그렇구나! 나는
그의 손바닥을 다시 쓸어보았다. 그는 거짓말을 하고 있었다. 수
없이 노동에 시달리지 않고선 박일 수 없는 거친 옹이들이 그의
손바닥에서 여실히 만져졌다. 그는 부자가 아니야. 일용 노동자,
혹은 운전수일는지도 몰라. 이것 좀 봐, 이 딱딱하게 굳은살이
박인 손바닥…… 그러자 거짓말같이 내 가슴속이 가라앉았다.
그의 손바닥에 박인 굳은살이 그렇게 정다울 수가 없었다. 나는
키득키득 웃었다.

"왜 웃어?"

그가 퉁명스럽게 말했다.

"가요, 우리."

"상현인가 누군가에게 간다면서?"

"거짓말을 해본 거야. 클럽 호스티스가 애인은 무슨……"

우린 다시 팔짱을 꼈다. 저만큼 종로 네거리의 종각 앞에 사람들이 모여 서 있었다.

"어머! 종 치려나봐."

"제야의 종소릴 들으며 소원을 말하면 뭐든지 이루어지는 거래."

그가 어깨를 으쓱하면서 아는 체했다.

"뭐든지?"

"그렇다니까."

"하늘나라에 가는 것도?"

"그럼."

"부자가 되거나 꽃이 되는 것도?"

"그렇다니까."

단호하게 그가 말했다.

이윽고 첫번째 종이 울렸다. 종소린 처음엔 둔중하게, 나중엔 가냘프고 애절한 떨림으로 몰려선 사람들을 건들고 눈 내리는 도심을 향해 쏜살같이 달려나갔다. 사람들이 와아 하고 함성을 내질렀다. 두번째, 세번째도 마찬가지였다. 수많은 사람들이 한 덩어리로 뜨겁게, 거대한 꽃송이처럼 피어나고 있었다.

"어깨동무를 합시다!"

누군가 소리쳤다. 우리는 낯선 사람들과 어깨동무를 했다. 괜히 찔끔 눈물이 나왔다. 오라. 우리들의 새해여. 추위와 외로움과 어둠은 가고 해처럼 고운 아침, 투명한 바람은 오라. 종소리는 우리에게 그렇게 속삭였다. 새날이 시작되고 있었다. 한 번도 가본 이 없는 눈밭같이 순결한 전인미답의 시간이었다.

"자긴 뭘 빌었어?"

종소리가 끝나고 광화문 쪽으로 걸어나오며 내가 물었다.

"아무것도."

"아무것도?"

"뭐든지 소망이 이루어진다는 내 말, 사실은 거짓말이거든."

그가 쓸쓸하게 웃었다.

"그 대신 정아에게 선물을 줄게, 받아."

조그맣고 새카만 만년필 한 자루가 그의 손에 들려 있었다.

"이거, 훔쳤어. 아까 어깨동무했을 때 내 옆 여자 호주머니에서."

"어쩜! 자기 혹시 소매치기 아냐?"

"소매치기였음 좋게."

"뭐가 좋아?"

"재수 안 해도 되니까."

우린 또 웃었지만 그러나 금방 시무룩해져서 입을 다물었다. 눈 덮인 광화문은 정밀한 고요뿐이었다. 사람들은 이제 거의 보이지 않았다. 돌연한 정적 때문에 우린 한동안 말을 잃었다. 우린 나그네야. 괜히 애틋해져서 나는 속으로 중얼거렸다. 스무 살이라는 애틋한 시간을 재빠르게 지나가고 있는.

풍선 장수 아저씨가 나타난 게 그때였다. 한 움큼 갖가지 색깔의 풍선을 든 풍선 장수 아저씨가 천천히 지하도의 층계를 걸어 올라오고 있었다. 마치 하늘에서 불현듯 내려온 천사 같은 이미지였다. 우린 풍선을 샀다. 그의 것은 노란색, 내 것은 눈 시리게 선명한 빨간색이었다. 서대문 쪽 도로엔 더욱더 사람이 없었다. 눈이 계속 내렸다.

"춥지?"

서대문 네거리를 지나자 그가 물었다.

"응."

"다리 아프지?"

"다리 아파."

"그럼……"

그가 골목 쪽으로 시선을 던졌다.

"여관은 싫어……"

내가 재빠르게 말했다.

"저쪽으로 가면 학교가 있어. 그리 들어가. 교실에 가면 덜 추울 거야."

"……"

나는 말없이 고개만 끄덕였다. 교실의 일부는 문이 잠겨 있지 않았다. 교사와 운동장과 나무들이 모두 흰 눈에 덮여 아무런 경계 없이 한통속이 되어 있었다. 우리가 걸어온 발자국만 운동장에 나란히 남았다. 우리는 이윽고 어두운 빈 교실의 창가 책상 위에 나란히 앉았다. 교문 주변의 수은등 불빛에 우리가 지나온 발자국이 아득히 내려다보였다. 아직도 눈은 계속 내리고 바람은 허공으로 흐르고 그리고 아, 기차처럼 우리들의 스무 살이 지나가고 있었다.

"있잖아, 나는 어렸을 때부터 공상하길 좋아했걸랑."

내가 그의 어깨에 기대면서 말했다.

"이를테면 지팡이로 호박을 툭 치면 황금마차가 됐다든가, 별나라 공주님이 은하수를 건너 왕자님을 만나러 간다는 그런 얘기……"

그가 떨리는 손으로 내 어깨를 안아들였다.

그의 팔에서 떨림이 지체 없이 전해져왔다. 그의 파동과 그의 순결과 그의 청춘을 충분히 느낄 수 있는 떨림이었다. 그것은 내게로 전이돼 나의 세포들을 섬세히 일으켰다. 두려운 건 아무것도 없었다. 나는 몸을 한껏 오그리고 더욱 그의 품으로 파고들었다. 눈물이라도 날 것 같았다. 멀고먼 풍진세상을 돌아와 고향집 추녀 밑에 서 있는 것 같은 느낌이었다. 그의 손이 떨면서 내 머리를 쓰다듬고 뺨과 목을 쓰다듬고, 이윽고 블라우스 위로 내려왔다. 내가 단추를 열어주었다. 신기할 정도로 따뜻하고 부드러운 마음이었다.

"맘대로 해도 돼. 나는 나이트클럽의 호스티스인걸⋯⋯"

"춥지?"

그가 한 움큼 뜨거운 입김을 불어내며 속삭였다.

"아니."

"미안해. 손을 미리 따습게 할걸."

그의 손이 열린 블라우스 속으로 머뭇머뭇 들어왔다. 어둠이 소스라치며 낼름, 혀를 내밀었다. 나는 차가운 교실 바닥으로 가만히 쓰러졌다. 그의 손길이 갑자기 난폭해졌다. 아, 아침은 환하게 올 것이다, 라고 나는 생각했다. 새로운 한 해, 그 첫날의 해는 떠오르고, 만원 버스는 경적을 울리면서 달려가고, 엄마의 가게에선 산 생선들이 뛰어오르고, 그렇게 황홀한 아침이 올 터였다. 나는 비로소 왜 내가 상현에게 아무런 확신도 가질 수 없었는지 알 것 같았다. 그에겐 땀방울로 쌓아갈 노동이 없고, 서둘러 타야 될 아침 버스도 없고, 튀어오르는 생선의 그 생동감도, 질기고 작은 소망도 없었다.

"아, 어지러워."

그가 한순간 중얼거렸다.

"마치 수만 송이, 꽃밭에 있는 것 같아."

그가 수만 송이 꽃밭에 있을 때 나는 생살이 찢어지는 통증을 느끼고 입을 쩍 벌렸다. 정아야, 넌 이제 스물한 살…… 나는 말했다. 그 통증은 스무 살의 강을 건너기 위한 제의적 통증이었다. 뜨거운 것이 목젖을 치고 올라왔다.

"이제 헤어져야 돼."

여명이 트기도 전에 걸어나온 큰길에 멈춰 서서 그가 먼저 말했다. 체인을 두른 버스들이 눈을 밀어내면서 바쁘게 다가오고 바쁘게 떠나는 중이었다. 첫 버스들이었다. 아직 밝아지지 않았는데도 네거리 버스 정류장은 부산하기 이를 데 없었다.

"정아가 먼저 가. 버스를 타고 한 번만 손을 흔들어줘."

그의 입술은 파랗게 죽어 있었다. 나는 고개를 끄덕였다. 그는 전화번호조차 묻지 않았다. 나도 그런 걸 묻고 싶은 생각은 전혀 없었다. 안녕, 이라고 소리내어 말하고 싶지도 않았다. 내가 타야 할 버스가 어스름을 밀어내며 다가오고 있었다. 나는 장애인처럼 그에게 손을 조금 내밀다 말고 그냥 돌아섰다. 그가 뒤에서 내 손을 잡아끈 것은 그다음 순간이었다. 불같이 뜨거운 손이었다. 시선이 마주쳤다. 잔뜩 충혈된 그의 눈에 어떤 광채가 번득이고 있는 걸 나는 보았다.

"난 원장 아들이 아냐!"

그가 낮게 부르짖었다.

"난 세탁소 직공이야. 이 옷도 아홉시까진 다시 다려놔야 돼!"

아, 바보같이, 라고 나는 생각했다. 그의 입을 막고 싶었다. 아니야. 당신은 멋진, 부잣집 도련님이야. 그렇게 말하고 싶기도 했다. 그러나 그는 참을성이 없었다. 오래 쌓여온 울분과 깊이 간직돼온 갈망이 내부로부터 그의 말들을 밀어내고 있다고 나는 느꼈다.

"난 어제 하룻밤을 위해서……"

거기까지 듣고 나는 다시 돌아섰다.

"하룻밤을 위해서 지난 삼 개월간 월급을 다 저축했어. 정아를 만나러 가려면 다시 삼 개월 동안 저축해야 돼. 그전엔 우리, 만날 수 없어!"

내가 타야 할 버스가 멈춰 서며 문이 열렸다. 나는 거의 텅 빈 버스에 재빨리 올랐다. 그가 웃는 듯 우는 듯한 표정으로 눈 쌓인 길가에 우두커니 서서 나를 바라보고 있었다. 안녕, 하고 그를 향해 나는 가만히 손을 흔들었다.

안녕, 나의 스무 살.

내 손에 빨간 풍선 하나가 들려 있다는 걸 의식한 것이 바로 그때였다. 그는 노란 풍선을 들고 있었다. 버스가 부르릉, 출발했다. 내가 창을 열고 풍선을 놓아준 것과 그가 풍선을 놓은 것은 거의 동시였다. 여명이 트고 있었다. 눈물보다 투명한 새벽하늘에 빨간 풍선, 노란 풍선이 둥실 떠올랐다. 그는 삽시간에 지워졌고, 나는 다시 한번 남몰래 중얼거렸다.

안녕! 바람 같던 내 스무 살……

작가의 말

「엔도르핀 프로젝트」는 중앙일보에 연재하고 중앙북스에서 2008년에 단행본으로 간행된 바 있는 작품이고, 단편 「아버지 골룸」은 『창작과비평』 2006년 가을호에 발표한 작품이다. 나머지는 1970년대 후반에서 1980년대 초반, 젊은 시절에 발표한 것들이다. 앞의 두 작품과 뒤의 작품들 사이엔 거의 이십 년 이상의 간격이 있는 셈이다. 1980년대 학생·여성잡지에 쓴 단편들을 따로 모아 『아침에 날린 풍선』이란 제목으로 책을 낸 적이 있는데, 「겨울 사냥」 「열아홉 살의 겨울」 「아침에 날린 풍선」이 바로 그 책에 수록됐던 작품들이다. 「취중 경기」는 콩트집 『있잖아, 난 슬픈 이야길 좋아해』에, 「내 귀는 낙타 등허리」와 「염소 목도리」는 두번째 소설집 『덫』에 수록됐던 작품들인데, 전집 각

권의 두께를 고려해 여기에 옮겨 싣는다. 한 작가를 두고, 이십여 년 이상 되는 시간의 단층을 경험해볼 수 있을 뿐 아니라, 이른바 본격문학적, 대중문학적 어필의 차이도 느껴볼 수 있는 작품집이 된 셈이다. 내가 구태여 '본격문학'이라 하지 않고 '본격문학적'이라는 어정쩡한 말을 사용하는 것은 본격문학, 대중문학 따위의 말로 문학을 편 갈라 층위를 두려는 협소한 태도를 평생 거부해왔기 때문이다.

2015년 10월
박범신

1946년   8월 24일 충남 논산군 연무읍 봉동리 242번지(당시 전북 익산군
        봉동리 두화부락)에서 아버지 박원용과 어머니 임부귀의 1남 4녀
        중 막내(외아들)로 태어남.

1959년   황북초등학교 졸업. 아버지는 강경 읍내에서 포목점을 하고 있
        어 일주일에 한 번꼴로 집에 들름. 남편 없이 자식들을 키워야
        했던 어머니와 네 누이들의 불화를 지켜보며 성장. 원초적 고독
        과 비극적 세계관이 이때 형성됨.

1960년   강경읍 채산동으로 이사.

1962년   강경중학교 졸업.

1965년   남성고등학교 졸업. 고등학교 2학년 때 수학여행비로 『사상계』
        를 정기구독. 쇼펜하우어 등 염세주의 철학자들의 영향을 크게
        받음. 3학년 때부터 시 습작을 시작함. 오로지 독서와 영화에 탐
        닉. 염세주의에 깊이 빠져 두 차례 수면제로 자살을 시도함. 가정
        형편상 전주교육대학 진학. 교내 문학동아리 '지하수'에서 활동.
        '남천교'라는 필명으로 대학신문에 콩트를 게재. 실존주의에 영
        향을 받아 실존주의 작품들과 철학서들을 두루 탐독.

1967년   전주교육대학 졸업. 무주 괴목초등학교 교사로 부임. 데뷔작

「여름의 잔해」의 초고인 「이 음산한 빛의 잔해」를 이곳에서 처음 씀.

1968년 무주 내도초등학교로 전임. 시와 소설을 습작. 『새교육』『교육논단』 등에 시 발표.

1969년 교사직 사임하고 무작정 상경. 모래내 판자촌 큰누나 집, 신교동 친구네 다락방, 왕십리, 마장동 판자촌 등을 전전함. 버스 계수원, 중국집 주방 보조를 거쳐 월간 『청춘』『민주여론』 등에서 잡지기자 일을 함. 치열한 생존경쟁 속에서 착취와 가난, 불평등한 부의 분배 등 인간을 소외시키는 도시의 생태를 이때 절실히 체감함. 원광대학교 국문학과로 편입.

1971년 염세적 세계관과 부조리한 세상에 대한 반항심으로 여관에서 동맥을 끊고 자살을 시도. 병원에서 깨어남. 원광대학교 국문학과 졸업. 상경하여 광고회사 스크립터, 『법률신문』 기자 등 여러 직업을 전전함.

1972년 강경여자중학교 국어 교사. 대학 1년 후배 황정원과 결혼함.

1973년 중앙일보 신춘문예에 단편 「여름의 잔해」가 당선되어 등단함. 원래의 제목은 「이 음산한 빛의 잔해」였음. 정릉동에 방 한 칸을 마련해서 아내와 함께 서울로 이사. 서울 문영여자중학교 국어 교사로 근무. 고려대학교 교육대학원 석사과정에 입학. 단편 「호우주의보」「토끼와 잠수함」 발표.

1974년 단편 「아버지의 평화」「논산댁」 발표. 장남 병수 출생.

1975년 단편 「우리들의 장례식」「청운의 꿈」 발표.

1976년	단편 「안개 속의 보행」 「우화작법」 「겨울아이」 「식구」 「취중경기」 등 발표. 장녀 아름 출생.
1977년	단편 「겨울 환상」 「염소 목도리」 「열아홉 살의 겨울」 등 발표.
1978년	소설집 『토끼와 잠수함』(홍성사), 『아침에 날린 풍선』(윤진문화사) 출간. 중편 「시진읍」, 단편 「역신의 축제」 「말뚝쇠와 굴렁쇠」 「정직한 변신」 등 발표. 교사직 사임. 여성지 『엘레강스』에 첫 장편 『죽음보다 깊은 잠』 연재, 당시 큰 인기를 얻어 연재중에 여타의 원고 청탁이 밀려들기 시작함.
1979년	『죽음보다 깊은 잠』(문학예술사) 출간, 베스트셀러가 됨. 중편 「읍내 떡빙이」, 단편 「흉기 1」 「단검―흉기 2」 「밤열차」 등 발표. 중앙일보에 장편 『풀잎처럼 눕다』 연재 시작. 이 작품으로 독자들의 큰 사랑을 받게 됨. 『깨소금과 옥떨메』(여학생사), 『미지의 흰새』(동평사), 콩트집 『쪼다 파티』(풀빛출판사) 출간. 차남 병일 출생.
1980년	장편 『밤을 달리는 아이』(여학생사), 장편 『풀잎처럼 눕다』(금화출판사) 출간. 고려대학교 교육대학원 졸업(석사논문 『이익상 소설연구』).
1981년	소설집 『덫』(은애출판사), 장편 『돌아눕는 혼』(주부생활사), 『겨울江 하늬바람』(중앙일보사), 산문집 『무엇이 죽어 새가 되는가』(행림출판사) 출간. 장편 『겨울江 하늬바람』으로 대한민국문학상 신인부문 수상. 우울증이 깊어서 다시금 동맥을 끊고 자살을 시도, 입원치료 받음.

1982년   콩트집 『아내의 남자친구』(행림출판사), 중편선집 『그들은 그렇
         게 잊었다』(오상출판사), 장편 『형장의 신』(행림출판사) 출간.

1983년   장편 『태양제』(행림출판사. 1991년 서울문화사에서 『태양의 房』으
         로 제목을 바꿔 재출간), 『불꽃놀이』(청한문화사), 『밀월』(소설문
         학사), 『촛불의 집』(학원출판사. 1990년 인의출판사에서 『바람, 촛
         불 그리고 스무 살』로 제목 바꿔 재출간. 단편선집 『식구食口』(나남
         출판사) 출간.

1984년   소설선집 『도시의 이끼』(마당문고) 출간.

1985년   장편 『숲은 잠들지 않는다』(중앙일보사), 『꿈길밖에 길이 없어』
         (여학생사. 1990년 햇빛출판사에서 『사랑이 우리를 변화시킨다』로
         제목을 바꿔 재출간) 출간.

1986년   장편 『꿈과 쇠못』(주부생활사), 『우리들 뜨거운 노래』(청한문화
         사), 산문집 『나의 사랑 나의 결별』(청한문화사) 출간. 오리지널
         희곡 『그래도 우리는 볍씨를 뿌린다』 공연(극단 광장).

1987년   장편 『불의 나라』(평민사), 『수요일의 도적』(중앙일보사. 1991년
         행림출판사에서 『수요일은 모차르트를 듣는다』로 제목을 바꿔 재
         출간), 중편소설 『시진읍』(고려원 소설문고) 출간.

1988년   장편 『물의 나라』(행림출판사) 출간.

1989년   장편 『잠들면 타인』(청한문화사) 출간. 장편 『틀』을 가도가와출
         판사角川書店에서 일어판으로 먼저 번역 출간.

1990년   연작소설집 『홍기』(현대문학사. 장편 『틀』의 일어판 출간 직후 월
         간 『현대문학』에 발표된 한국어판 원고를 함께 수록), 장편 『황야』

(청한문화사) 출간.

1991년   콩트집『있잖아, 난 슬픈 이야길 좋아해』(푸른숲) 출간. 명지대
학교 문예창작학과 객원교수, 문화일보 객원논설위원.

1992년   장편『마지막 연인』(자유문학사),『잃은 꿈 남은 시간』(중앙일보
사. 1997년 해냄에서『킬리만자로의 눈꽃』으로 제목을 바꿔 재출
간) 출간.

1993년   장편『틀』(세계사)의 한국어판 출간. 명지대학교 문예창작학과
교수로 부임. 문화일보에 장편『외등』을 연재중 소설에 대한 깊
은 고민으로 절필 선언. 이후 3년 동안 용인 외딴집에 은거하며
어떤 글도 쓰지 않고 침묵.

1994년   장편『개뿔』(세계사), 산문집『적게 소유하는 자가 자유롭다』(자
유문학사) 출간.

1996년   산문집『숙에게 보내는 서른여섯 통의 편지』(자유문학사) 출간.
『문학동네』 가을호에 중편「흰소가 끄는 수레」를 발표하며 작
품활동 재개.

1997년   3년 침묵 기간의 경험을 토대로 한 자전적 연작소설집『흰소가
끄는 수레』(창작과비평사) 출간.

1998년   문화일보에 장편『신생의 폭설』연재 시작. 단편「가라앉는 불
빛」(『작가세계』여름호),「내 기타는 죄가 많아요, 어머니」(『창작
과비평』여름호) 발표.

1999년   계간『시와 함께』봄호에「놀」외 19편의 시를 발표. 이후『작가
세계』『문학동네』『문학과 의식』등에 연달아 시를 발표함. 문

화일보 연재소설 『신생의 폭설』을 『침묵의 집』으로 제목을 바꿔 문학동네에서 출간. 단편 「별똥별」(『문학과 의식』 봄호), 「세상의 바깥」(『현대문학』 8월호), 「그해 가장 길었던 하루—들길 1」(『창작과비평』 가을호) 발표.

2000년   단편 「소음」(『문학동네』 봄호) 발표. 소설집 『토끼와 잠수함』을 제1권, 장편 『죽음보다 깊은 잠 1·2』(장편 『죽음보다 깊은 잠』을 『죽음보다 깊은 잠 1』로, 장편 『꿈과 쇠못』을 『죽음보다 깊은 잠 2』로 제목을 바꿔)를 제2·3권으로 '박범신 문학전집'(세계사) 출간 시작. 단편 「향기로운 우물 이야기」(『현대문학』 8월호), 「손님—들길 2」(『작가세계』 가을호) 발표. 소설집 『향기로운 우물 이야기』(창작과비평사) 출간.

2001년   오디오북 육성낭송소설 『바이칼 그 높고 깊은』(소리공화국)을 두 장의 CD와 테이프에 담아 출간. 장편 『외등』(이룸) 출간. 단편 「빈방」(『문학사상』 7월호) 발표. 박범신 문학전집 제4·5권 장편 『풀잎처럼 눕다 1·2』(세계사) 출간. 『작가세계』 가을호에 장편 『내 책상 네 개의 영혼』 연재 시작. 소설집 『향기로운 우물 이야기』로 제4회 김동리문학상 수상.

2002년   산문집 『젊은 사슴에 관한 은유』(깊은강) 출간. 박범신 문학전집 제6권 장편 『겨울강 하늬바람』(세계사) 출간.

2003년   박범신 문학전집 제7권 소설집 『덫』, 제8·9권 장편 『숲은 잠들지 않는다 1·2』(세계사) 출간. 단편 「괜찮아, 정말 괜찮아」(『실천문학』 겨울호), 「항아리야 항아리야」(『창작과비평』 가을호) 발표. 문화일보에 연재한 산문을 중심으로 엮은 산문집 『사람으로 아름답게 사는 일』(이룸)을 딸 아름의 그림 작업을 곁들여 출간. 첫 시집 『산이 움직이고 물은 머문다』(문학동네) 출간. 『작가세계』에 연재한 장편 『내 책상 네 개의 영혼』을 『더러운 책상』으로 제목을 바꿔 문학동네에서 출간. 이 작품으로 제18회 만해문학상 수상. 민족문학작가회의 이사, 한국소설가협회 운영위원, KBS 이사 등으로 활동.

2004년   소설에 전념하겠다는 이유로 명지대 교수 사임. 소설집 『빈방』(이룸) 출간.

2005년   한겨레신문에 연재한 장편 『나마스테』(한겨레신문사) 출간. 박범신 문학전집 제10·11·12권 장편 『불의 나라 1·2·3』, 제13·14권 장편 『물의 나라 1·2』(세계사) 출간. 산문집 『남자들, 쓸쓸하다』(푸른숲) 출간. 『나마스테』로 제11회 한무숙문학상 수상. 소설선집 『제비나비의 꿈』(민음사) 출간.

2006년   산문집 『비우니 향기롭다』(랜덤하우스중앙) 출간. 장편 『침묵의 집』(문학동네)을 개작하여 『주름』(랜덤하우스중앙) 출간. 『수요일은 모차르트를 듣는다』(세계사, 박범신 문학전집 제15권) 출간. 명지대 문예창작학과 교수로 복귀.

2007년   『킬리만자로의 눈꽃』(세계사, 박범신 문학전집 제16권) 출간. 딸이 그림을 그린 산문집 『맘 먹은 대로 살아요』(생각의나무) 출간. 여행 산문집 『카일라스 가는 길』(문이당) 출간. 젊은 작가들과의 대담집 『박범신이 읽는 젊은 작가들』(문학동네) 출간. 서

울문화재단 이사장 취임. 네이버에서『즐라체』연재 시작.

2008년   장편『즐라체』(푸른숲) 출간.

2009년   장편『고산자』(문학동네) 출간. 이 작품으로 대산문학상 수상. 『깨소금과 옥떨메』(이룸) 재출간.『틀』(세계사, 박범신 문학전집 제17권) 출간.

2010년   장편『은교』(문학동네) 출간. 종이책과 전자책을 동시에 출간함. 갈망 3부작(『즐라체』『고산자』『은교』) 완성. 장편『비즈니스』를 계간지『자음과모음』과 중국의 문학지『소설계』에 동시에 연재한 후 한국과 중국에서 동시 출간(한국어판은 자음과모음). 이후 차례로 장편소설 8권이 중국어로 번역 출간됨. 산문집『산다는 것은』(한겨레출판) 출간.

2011년   장편『나의 손은 말굽으로 변하고』(문예중앙) 출간.『외등』(자음과모음) 개정판 출간.『빈방』(자음과모음) 개정판 출간. 명지대 문예창작학과 교수직에서 정년퇴임 후 논산으로 낙향.

2012년   스마트폰으로 원고지 900매 분량의 글을 써서 산문집『나의 사랑은 아직 끝나지 않았다』(은행나무) 출간. 상명대학교 석좌교수로 부임.

2013년   마흔번째 장편소설『소금』(한겨레출판) 출간. 여행 산문집『그리운 내가 온다』(맹그로브숲) 출간.『은교』대만어판 출간

2014년   장편『소소한 풍경』(자음과모음) 출간. 산문집『힐링』(열림원) 출간. 상명대 문화기술대학원 소설창작학과 개설에 참여.『은교』프랑스어판 출간.

2015년 　　장편『주름』(한겨레출판) 개정판 출간.『촐라체』(문학동네) 개정 판 출간. 건양대학교에서 제1회 와초문학포럼 개최. 논산 탑정 호집필관에서 제3회 와초 박범신문학제 개최. 문학동네에서 장 편『당신—꽃잎보다 붉던』, 문학앨범『작가 이름, 박범신』, '박 범신 중단편전집'(전7권) 출간.

* 이 연보는『수요일은 모차르트를 듣는다』(세계사, 2006)에 실린 '작가 · 작품 연 보'와 1993년『작가세계』겨울호에 실린 김외곤의「고독과의 허무주의적 대결에서 깊고 넓은 현실통찰로」를 참고, 추가 · 보강하여 작성되었습니다.

박범신

중앙일보 신춘문예에 단편 「여름의 잔해」가 당선되며 작품활동을 시작했다. 소설집 『토끼와 잠수함』『흉기』『흰 소가 끄는 수레』『향기로운 우물 이야기』『빈방』, 장편소설 『죽음보다 깊은 잠』『풀잎처럼 눕다』『불의 나라』『더러운 책상』『나마스테』『촐라체』『고산자』『은교』『외등』『나의 손은 말굽으로 변하고』『소금』『소소한 풍경』『주름』등 다수가 있다. 대한민국문학상, 김동리문학상, 만해문학상, 한무숙문학상, 대산문학상 등을 수상했다. 현재 상명대학교 석좌교수로 있다.

박범신 중단편전집 3

엔도르핀 프로젝트

ⓒ 박범신 2015

초판인쇄 2015년 10월 12일
초판발행 2015년 10월 22일

지은이 박범신
펴낸이 강병선

책임편집 강윤정 | 편집 김형균 | 모니터링 이희연 | 디자인 고은이 유현아
마케팅 정민호 나해진 이동엽 김철민 | 홍보 김희숙 김상만 한수진 이천희
제작 강신은 김동욱 임현식 | 제작처 한영문화사(인쇄) 신안문화사(제본)

펴낸곳 (주)문학동네
출판등록 1993년 10월 22일 제406-2003-000045호
주소 10881 경기도 파주시 회동길 210
전자우편 editor@munhak.com | 대표전화 031) 955-8888 | 팩스 031) 955-8855
문의전화 031) 955-3576(마케팅) 031) 955-2678(편집)
문학동네카페 http://cafe.naver.com/mhdn | 트위터 @munhakdongne

ISBN 978-89-546-3789-3 04810
    978-89-546-3786-2 (세트)

www.munhak.com